U0448938

新时代文学晋旅　山西中青年实力作家中篇小说代表作

邢利民　李骏虎＿主编

迂回的隐痛

YUHUI DE YINTONG

浦歌　著

山西出版传媒集团　北岳文艺出版社

·太原·

图书在版编目(CIP)数据

迂回的隐痛 / 浦歌著. —太原:北岳文艺出版社,2023.8

("新时代文学晋旅":山西中青年实力作家中篇小说代表作 / 邢利民,李骏虎主编)

ISBN 978-7-5378-6724-5

Ⅰ.①迂… Ⅱ.①浦… Ⅲ.①中篇小说—小说集—中国—当代 Ⅳ.①I247.5

中国国家版本馆CIP数据核字(2023)第099067号

迂回的隐痛
浦歌 著

//

出 品 人	出版发行:山西出版传媒集团·北岳文艺出版社
郭文礼	地址:山西省太原市并州南路57号
	邮编:030012
选题策划	电话:0351-5628696(发行部) 0351-5628688(总编室)
高海霞	传真:0351-5628680
	印刷装订:山西万佳印业有限公司
责任编辑	
范 戈	开本:787 mm×1092mm 1/16
	字数:208千字 印张:15
装帧设计	版次:2023年8月第1版
张永文	印次:2023年8月山西第1次印刷
	书号:ISBN 978-7-5378-6724-5
印装监制	定价:68.00元
郭 勇	

本书版权为本社独家所有,未经本社同意不得转载、摘编或复制

目 录

迂回的隐痛 …………………………………001

大海　大海 …………………………………038

离那儿不远有个养老院 ……………………064

孤独是条狂叫的狗 …………………………090

盲人摸象 ……………………………………119

某种回忆 ……………………………………143

叔叔的河岸 …………………………………176

大鱼的模样 …………………………………208

迂回的隐痛

我当然不是第一次看到假发，就是这种经常挂在理发店墙上的：有棕色、黑色，也有黄色。不过，只要说起黄色假发，我意识到的，绝不是泛泛的抽象的，而是唯一的一顶。我从未提及那个往事细节，因为它并不经常出现在回忆里，然而，它像水面漂浮的一块木板，常常在不经意间晃晃悠悠漂回来，重新来到眼前。不过，它总是先有所预示，最后才从懵懵懂懂之中缓缓呈现。它无法捉摸，像是毫无目的，不过谁又能说清呢。

十五年来，我的处境发生了诸多变化。我离开了原来打工的单位，先后换了两个工作，后来，我与一个叫小艺的女同事结了婚，生了一个女孩。女儿今年十岁，已经可以阅读《红楼梦》，我们可以简单讨论那些人物的命运和细节。就像我们曾经栖身于其间，见证了主人公们命运丛生的生活。再也没有父女之间的这种交流更感甜蜜的了，似乎我的生活已经像饱满的果实，不需要任何额外的事物。然而，正是在这样猝不及防的时刻，一个念头悠悠荡荡，像是无意中闯进我的意识，带着莫名的意志。那先是一个闪念，类似一个不经意间浮动的波纹，我的腮腺里有了一点儿苦涩的滋味，它激发出脑中一个完全模糊的情景，这个情景是如此混沌和随机，以至于我一直将它认同为我的幸福感的延续。接着，毫无预兆地，比如说，一个惊人的细节挣脱出来：一组生锈的巨型机械出现在眼前，它如此陌生又熟悉，带来一种曾经熟悉的沮丧氛围——那是被废弃在路边的大厂装置，厂子的顶部已经不见，庞大的铁器机械表面已经生锈，一道道红锈像水迹一样。我当然能想起来，这是十五年前的太原铜厂。这个画面似乎是不经意的，普普通通的。似乎还在诱使我更进一步，向它的四面八方延伸。接着，可能会出现我在废弃大厂长而空寂的林荫道上的模糊画面，就像我十五年来一直在那里走动，不曾停歇。那里有一种被抛弃之感。包括路旁五六十年树龄的老槐树，它们无人照管，虫害严重，有风吹过，会有细丝触碰到脸上，那是垂挂着吊死鬼虫子的丝线。老槐高大得令人眼晕。它们在头顶足有二十米高的光影之中围拢起来，逆光发着无助、懈怠的黑色。

那是十五年前，我租住在太原铜厂宿舍，经常会路过厂区。那里后来已经变成面积巨大的美特好商场。它几乎占用了大厂厂房和林荫道的大半个位置，剩下的一块地方，留给了体育路那头的汽车修理厂。六七年之后的一天，我很偶然地去这个美特好购物，我几乎行走在与原先同样的位置，只是我完全无法意识到这一点。我的四周是排列整齐的日用商品，每一分区依照条状排布，像田地里一垄一垄庄稼一样，空间大得让人眼晕，几乎望不到尽头。那种无穷无尽、停滞的空间感，与当时的铜厂很有相似之处。我到那里只是为了买一个创可贴，不知道在哪里可以找到如此微小的商品，所以站在密密麻麻的商品中间，陷入了临时性的恍惚之中。

后来，我才明白那里就是曾经的铜厂旧址。那天，我站在美特好超市，食指顶端在隐隐作痛。我记得，时间很紧迫，然而，我还是毫无意义地一动不动站了片刻。女儿再次患了支气管肺炎，发烧到39℃，正在家里等我挂号。小艺执意要换一个中医专家就诊，因为据说二营盘附近一个叫贾念生小儿中医的民间诊所效果很好。自从女儿频繁生病以来，我们先后已经换过七八位专家。下车之后，我顺便买了一个卷饼，路过一家商铺门前的猫笼时，听见近乎凄厉的小猫的喵喵声，一只棕色花纹的小猫正在里面看着我，我从未见过如此幼小又如此瘦弱的猫，它用右爪不停地拨弄它跟前的一个空铁碗。于是，我蹲下来，将吃剩的一点儿火腿递给小猫，这时，小猫激动得支棱起来，抓得铁笼子吱吱响，它没有探出嘴巴，而是猛然用爪子划过我的手指，将食物拍进笼内。手指一阵锐痛，冒出一团红血。

那一刻，我的心里涌起一阵不愉快的荒谬感。因为这将意味着我必须要打疫苗，以防范狂犬病。这个小小的生活插曲或许将不是插曲，而是一条笔直的路，通向致死的狂犬病。走在超市货架前通道里，我少有地感受到一阵轻飘飘的无意义感。我看着手指肚，那里有一条细细的缝，依然有血迹从里面渗出来。

出了超市，再次路过那个猫笼时，我突然决定，我将隐瞒被猫抓的事实，也将不去打疫苗。在此后的每一天，每一时刻，狂犬病或许都会随时袭来。我愿意承受这样无厘头的结果。

在那一刻，我心里隐隐升起了怨怼，虽然明知并非如此，还是将事情的所有症结归为小艺毫无道理的求医原则。她不信任任何医生，即使这个专家已经顺利看好了孩子的病。比如说，有一次，我们找的是中医研究所最有名的儿科专家王柯宇，我们拿回他开的中药，熬了一服，孩子只是遵嘱喝了半碗，下午五六点的时候，孩子居然已经好了。那天下午，女儿不是像往常那样疲倦地躺在床上，带着哭腔说话，而是在客厅乱窜，在演绎自己编造的兔子故事。在那个故事里，她是超级小白兔，正在爬上树魔，她的朋友是鼻涕虫和蚯蚓，她不停地照护它们，让它们都紧跟着自己，她正要给树魔打针。于是，树魔开始痒痒起来，笑得喘不过气来。她两腿搭在凳子上，像坐在船上一样，她晃动身子，说：坐稳了小伙伴，树魔马上就恢复正常了！她的声音健康清脆，而且一声不咳。她的体温也完全正常了。咳喘的种种迹象都消失不见了。那天上午接诊的时候，王柯宇一边号脉，一边有点儿犹豫地皱着眉头说：要不输个液？发烧到39.6℃呢。小艺说：不。因为女儿由于肺炎曾断断续续输过两个月的液体，她再也不允许女儿身体里有抗生素药液从血管里进入。然而，正是医生的这句话，让我们提心吊胆，觉得女儿的病情超出了专家的控制范围。回到家时，依然弥漫着烦躁和惶惶的气氛。所以,那天孩子的症状好得让我们备感惊异,即使那个专家听了,也会为此惊叹。

下一次看病时,我心里当然早已选定了这个专家。但她却毫不犹豫地说:

不能找他!你不觉得,他的药太怪吗?只喝了半服药就好了!比神药还灵,哪有这样的药?!

那不是挺好的?她的逻辑让我万分惊讶!

你没看见?他的药太毒,每服药都有蝎子!小心喝坏了你孩子。

这就是以毒攻毒嘛!不然效果能比输液还好?

他也不是每次都管用啊!咱们去过好多次了,也有不管用的时候啊!

那为什么非要试一个生手呢?

你不试怎么知道好不好?万一比这个专家强呢。

十五年前,二营盘一带的布局是这样的:太原铜厂向南紧挨着是同乐门饭店,然后是铜厂澡堂,接着是花鸟鱼市。路的对面是狄村北街,那是一条土街,夏天有雨会变得泥泞。两旁是简陋的砖瓦房或者临时搭建的门面房,卖着油饼、米汤、面条等等家常饭食。也有其他类别的商铺。我每天上班都要路过这里,当然首先要路过铜厂厂区的林荫道。然而,那个晃晃悠悠飘荡来的记忆,正是选择了其中的一次行走。回忆经常先是从我曾经特殊瞩目过的巨大废弃铁器开始,那或许是因为,我正是在那次面对着它观看的过程中,突然诞生了内心的一个空洞,就像一张照片被火点燃时一样,火从中间开掘出一个小洞,然后才向四周蔓延吞噬。

那是十月份的一个周末,我并没有特定的出行目标,或许困扰我的正是这一点。等我站在楼下的时候,正是种种可能的存在让我心烦,我在那里来回走动了片刻,那模样就像是一个正在专心想事的人。往常,我或者是到体育路上的体育场,那里有一大片露天茶座,我会坐着看来往的陌生人,直到有人过来要求我消费。或者是沿着铜厂宿舍的小路,路过自行车棚,从一个后门出去,走向一条狭窄的巷子,那里有各种小商铺,还有一个菜市场，在一个古旧的建筑二层，有一个没有窗户的阴森森的法律书店，之后，就到了正对着并州路的巷子尽头，道路似乎正要把我推向来来往往的人流，我为此感到茫然和畏惧。

在楼下那一刻，我觉得每一个选择都乏味和无聊。我放弃了选择，我只是让腿自由散漫地行走，就像我已经不再由我自己控制，等我发现这一点时，我已经毫无意义地走到大厂林荫道的一端。闲暇时候，我很少沿着这条上下班的路行走，也许是周末，空旷阴森的林荫道上空无一人。像是并不准备接纳任何一个贸然闯入的人。

只有走过中段部分时，才能看到大厂裸露的巨大设备，而站在起点上，会给人一种原初、浑然的萧条氛围，就像侏罗纪时代结束后，庞大的森林废墟留了下来，等你走进其中，只感到让你牙龈发冷的荒凉。慢慢地，你终于看到恐龙布满红锈的遗骸——巨大的铁器设备，像巨人实验室的铁器试管和各种联通管道一样，在树林后面裸露出来。这是像肠道一样结构复杂的圆筒状钢铁废墟。由于位置和姿态不同，会有不同层次的红，朱红、猩红、鲜红、灰玫红、壳黄红、玫瑰红，也有不同模样的红，有斑驳陆离的，有像砂纸一样颗粒状的，还有厚厚花粉般的红、轻描淡写的浅红，也有露出原初天蓝色表面的为数不多的地方。一些巨大的接口位置，是那种腐肉一样发黑并结痂的玫红。

因为毫无目标，我慢悠悠走到了这里，就像是从不认识这个地方一样，毫无戒心地看着这个大厂器械。似乎正要在上面辨认什么。有一个圆筒状朝天的空心铁圆柱，每隔六七米，会有半个螺旋状悬置走道，细细的铁杆当作护栏，我的视线沿着它慢慢升高，它足有二三十米高，正在毫无意义地伸向高空。之后，我又顺着它往下看，有一个玫红锈迹、直径几米的大管道高昂着头，从低处伸出来与其相接，将它连在一些更复杂和混乱的器械装置上。这里毫无声息，像是正在上演一个无声的、似乎正在为我而演的戏剧，一种默默的静止不动，可以绵延不绝的纯然的静止。各种杂草蔓生在机械底部，也纹丝不动。我只是看着这一切，然而，某种东西带着痛感，一下子攫住了我，就像有刺的网将我兜起来，使我与废弃机械在精神上合为一体。就在那时，一种类似活物的东西在内心里慢慢苏醒，像是一个昏昏欲睡的软体动物，正缓缓抬起头来审视周围的一切，并驱离了原先占据在那里、一直被我所熟悉的那个"我"。它的身体和目光都充满下坠感，使得我慢慢变得僵直，浑身起了鸡皮疙瘩。如同死亡预先袭来，灌注进来黑暗和麻木一样。我知道，是这个情景捕获了我，或者说蛊惑了我。这时，一个念头像巨浪上面滑翔的小艇一样，突然来到眼前，并一下子震惊和控制了我：

下个星期，我猛然想到，我就去做那件事！

之前一段时间，我一直相信，那件事对我只是一个概念，我甚至可以在这个概念中得到庇护。每当这个概念袭来时，就像感冒发烧一样，身上会隐隐觉得抽象意义上的冷，和一种绝对的客观，就像自己已经变成一个物体，并为自己这样一个变化感到一种快意。像是正在向谁复仇一样的快意。这似乎是一个长久的过程。是的，"自杀"这个概念，就像是一个依靠，靠着它，你可以长久地存在于生活中那个悠长昏暗的轨道。而现在，这样的决定是如此突然而坚决，它让我既警觉又迟钝。我的感官一下子充沛敏锐起来，像是内心那个动物开始巡视和检验我的生活，同时，又非常懈怠，觉得什么事情都已经距离我非常遥远。

所以，等我走出铜厂，面对横在我面前的并州路上来往的车辆，我反而觉得非常轻松。我带着灰暗的心理，似乎是遥望着眼前的一切，并且觉得，我似乎可以任由自己做任何事情。

那天出门前，我刚刚读完《白鲸》。站在废弃的巨大器械前，那个突然而至的念头或许与此有关。大约在此之前一个月，自杀念头莫名汹涌起来时，我正躺在床上，戴着耳机听窦唯的《山河水》。听着像念咒一样的哼唱，我感觉自己已经像石头一样，不再对事物有所反应，虚无充斥了我租住的小小房间。我已经没有能力追究这一情绪的来源，或许在我一个人漂泊在太原时，它已经像影子一样跟随。两三年之后，我终于开始面对它。我以一种绝对的态度看待周围的一切，就像自己已经变作中介性物质。然而，正是在窦唯的《山河水》音乐中，《白鲸》闪进了我脑中的，我隐隐记得，这是一个狂热的与命运搏斗的人亚哈的故事。或许这是身体内部一个潜在的求生机制作用下的结果。我暗自渴望通过它得到某种启示。

最早我是在北岳文艺出版社的《浪漫主义经典小说选》上看到《白鲸》节选。那是在大学期间的特价书摊上见到的。那时我狂热地相信，我将成为一名作家。毕业之前，我用带家教的钱买了一共一百零六本书，即使是特价的旧书，我也用报纸做一个封皮。我觉得，那将是我人生的一大基石。我只是一个小小地方的专科生，即将回到偏远小村，我曾与身边不多的几个文学爱好者激辩，为文学是否有必要以绝望为主题。其中一位同学被我激怒后说，我还不具备当作家的能力，因为我依然欠缺很多。他躺在宿舍高架床的上铺，手里拿着一本劳伦斯写的《虹》，正在为之惊叹。他或许觉得，站在他眼前的这个与他一样狭隘的人，距离劳伦斯那样的人简直是天地之遥。然而，我立刻为此憎恨他。毕业两年之后，我坐在《法制周报》的办公桌前写一则干巴巴的新闻稿时，终于发觉，我只是文学之外的一枚毫不引人注目的弃子。一种原本抽象的绝望感，真实地落在我身上。

此刻，我从那个因为单位处理旧物而被我得到的旧书柜里，在好久没有动过的《金阁寺》《了不起的盖茨比》《卡夫卡小说选》等等书之间，找到旧书店买到的《白鲸》。这些书籍，更像是我的耻辱与失败的见证。我坐在椅子上，像正在法庭上面临法官的审判一样，诚惶诚恐、一本正经地开始阅读《白鲸》。在故事的第一页，被称为以实玛利的"我"的忧郁症到了"不可收拾的地步"，他会不由自主地在棺材店门前停下脚步，并且，每逢人家出丧，就尾随着他们走去。每到这时，他唯一的办法就是出海："这就是我的手枪和子弹的代替品"。

我立刻觉得，以实玛利就是我，是我在《白鲸》中的一个替身。这是

1990年版、上海译文出版社出版的一本厚书，我在建设路一家要倒闭的夜航船书店三折买到的。我还清楚记得买书的情景，那天从书店一出来，猛然发现，暮色已经初起，街面上有了鱼肝油那样的黄色灯光，我将《白鲸》放在红色塑料袋里四本书的最上面，便于路上随时可以翻阅。那时，想翻阅的微微的诱惑力，促使我能够以巨大的意志力，抵御周围无形的涣散的街景。我的眼睛无目的地投放在周边，在一个个类似大同勾刀面、唐久超市、日用百货等等门店上掠过，便道由小方砖垫成，有的地方已经翘起。每一个地方，每一个事物，都由陌生的、没有丝毫让人留恋的形体组成，像染了灰土的沥青路面一样，有一种毫无干系的无名性。某个瞬间，我会试图在脑中建构我想要的文学想象，然而，它总是在那些已有的混沌故事周边，像商品附赠的小玩意儿似的，出现一个小小的思绪。很久以来，我试着在脑中构想一个叫《沉默》的小说，然而毫无建树。我将目光放在从眼前走过的不同的陌生的面孔上，我发现，总能在某个时刻看到一张怪异的脸，比如一只耳朵缩成一团的人，或者脸上像地图一样布满白斑。他们似乎早已习惯于此。果然，这一次，我看到的是一个中年男人，他的左眼只有眼白。他站在街边的灯影里，为了确认这一点，我特意仔细端详那只眼睛，它对我的盯视毫无反应，然而，等他稍稍侧过来时，我看到另一只眼睛里的瞳孔，在那一瞬间，他一定看到了我，至少感觉到有人在观察他。我认为，这个形象的出现一定抱有某种目的。它在震慑我的一刻，就进入了我的生活。那时，淡墨般的暮色与浅黄色的街灯，营造出戏院即将开幕的时刻，那是报幕员站在白光照着的大幕前的时刻。而那一刻，那只几乎超现实的白眼，似乎可以将我带入一个无法预知的大戏之中。就像顺着小说语言的通道，可以抵达一个故事。然而并没有，周围庸常的情景依然让我震惊和沮丧。我脑中那个像是已经被许多人熟知的文学图谱，巴尔扎克、托尔斯泰、福楼拜、福克纳……它们由炽烈而恒定的语言组成，而我饥肠辘辘，脖子里油腻腻的，汗滴正浸湿了后背，还要走很远才能回家。这里靠近火车站，似乎依然有一种无休止的变动、南来北往的气息，加上朝阳街的东方红等等小商品批发中心的市场氛围，到处都是乱哄哄的人流。这一切像无形的波浪一样，会影响到这条街，使它有一种应付和暂时的气氛。等我走到双塔寺街口时，似乎才稍稍摆脱了那种匆忙和无乡的茫然。我由北往南缓缓走着，渐渐体会到莫名的恐怖和仓皇感。就像我是一个无名的逃亡者，也并不知晓为何逃亡至此。

当天下午，我还在书店翻找图书时，在处处显示出倒闭迹象的狼狈书列中，也看到相似的潦草和慌乱。书架上的书已经开始乱放，有的书脊朝里，有的书从斜上方插入，像刀斧劈入一排书籍之间。还有一些书，干脆堆在墙角。一本《查泰莱夫人的情人》夹在几本简陋的《七侠五义》中间，或者果戈里的《死魂灵》与《妇科知识》肩并肩，一套不知名出版社印刷的张爱玲《倾城之恋》，封面恶俗，纸张粗糙，在书籍的大海上到处可以见到。等我目光落在这些或者紧紧挤压或者随意倾轧的书本上，那些陈旧、带着尘土的故事也带给我一阵恐慌，《古今小说》《九尾狐》《隋唐演义》……这些即将被三折处理的书籍，就像对我的存在也予以贬值。书店里到处迷漫着一股书籍放久的淡淡霉味，它像是慢慢被浸入脑中，带来一种终将进入虚无的感觉。书店里过度丰富的知识和近于无限的虚构故事，使得眼前的一切日常都变轻了。而我，居然还试图在这样的文字世界发出自己微弱的声音，等我看到角落里随意放置的《白鲸》时，我想起了那个狂徒亚哈。

六七年前，被猫抓的那天，我在网上查到：狂犬病病死率近乎100%。这给我一个怪异的感觉。被咬后的第三天，我的嗓子变哑，像是那里塞了一个隐形的球状物，使吞咽时总有一种紧张感。这使我想起狂犬病的症状。百度百科是如此说明：临床大多表现为特异性恐风、恐水、咽肌痉挛、进行性瘫痪等症状。其典型症状是恐水现象，即饮水时甚至是听到水声，患者就会出现吞咽肌痉挛，不能将水咽下，即便患者口极渴亦不敢饮水，故又名恐水症。生活里充满了这种含混性，使我不能执其一端。即使我的潜意识相信，这不过是感冒，然而我又认为，怎么能排除它就是狂犬病。每当我试着听水管里的水声，我感到耳朵深处像是有锐器在悄悄探进，使得我的咽喉部位一阵紧张感，于是我频频吞咽，石头一样的东西造成的隐痛和不适，使我的喉咙一阵痉挛。

一早起来，伴随着喉咙隐痛，头的一侧像是一间空屋，所有轻微的声音都会因此震荡并放大。所以说，我内心这样揣测：狂犬病才会怕风，因为风声会激起不堪忍受的声音。我矫情地感觉到，这一解释使我暗自满意。甚至听到女儿一阵剧烈的咳喘声，都没有使我像往日那么焦虑。那声音常常惊心动魄，使家庭瞬间进入消沉和忐忑的气氛里。

天已经大亮，楼下传来击打羽毛球的声音，而屋子里，因为有窗帘的遮挡，依然沉浸在明暗尚未分明的昏蒙状态。那一刻，我迷信起来，似乎觉得接下来的短暂时间里即将迎来一生中决定性的时刻。就像蚕虫在茧内化蛹一样。这时，我听见熟悉的声音。那是小艺将盛了豆浆的碗有意重重地放在桌子上，她还自言自语道：我受够了！从她隐忍又无法控制的语调里，我嗅到她情绪崩溃的迹象。看到出现在门口的我，她说：

你今天不要和我吵架！

说完就扭身走进厨房。

这是一个突兀的警告和挑衅，毫无预兆。然而，想象中的狂犬症像一个天然的屏障，似乎使我不那么受伤。只是它激起了物理上的疼痛，就像有人正在喉咙上刀割一般。我记起大江健三郎的《万延元年的足球队》中，曾经引起我注意的一句话："我害怕妻子开始沿着她自身内部那歇斯底里式的自我厌恶或自我怜悯的螺旋式阶梯无边无际地降下去……"每一次预感到冲突之时，我会下意识想到这句话。

当然，偶尔也会附带着，出现躺在沟壑的柿子树下目光首次留意到这句话时的情景，那时，我大学毕业已经一个多月，穿着母亲自己用床单料子缝制的廉价花色短裤，赤裸着晒得蜕皮的后背，躺在蛇皮袋子上，头枕着发烫的、干巴巴的土地。那是艰辛的劳作间隙，大汗淋漓的夏日中午，书上印满了手上的汗渍，有时候，热风会吹落手背上的沙粒，落在枕着土地的头上。蚂蚁还会爬到我的脸上，我一动不动，任由它爬动。那是正午，光线强烈，树下每一个光影都带着细长的针一样的锋芒，我必须时时刻刻眯着眼睛阅读。就在那一刻，这句话不知为何像音乐中的降八度一样，在我的心里留下一道声音的阴影。它似乎在我脑后的某个位置停留下来，留下一个永久的涡纹。我只是一个不知道去哪里工作，更不知以后会怎样的二十二岁毕业生。然而，我一分钟都不愿去想要做什么的问题，正是无限的可能性，以及我的悲观情绪，会引起生理上的不适感，让我隐隐恶心和反胃。这句话之所以引起我的注意，或许首先是对主人公"我"抱有的隐隐恶心的同情感。他的右眼被小孩子无意投来的石子击中，从眼白到瞳仁横向撕裂，丧失了视力。因此有了一张自认丑陋的脸。他的自我贬低和懦弱不知为何会击中我，或许是主人公被作者赋予的近乎本能的观察能力，以及对自己的卑劣念头的敏锐认知。它也促使我觉察到自己难以预知、无法控制的各种念头。这是作为单身的我，第一次被小说中的婚后生活所震动，夫妻之间处处弥漫菌类"孢子"一样的有毒微粒，逼迫我不断对此做出心理反应。奇怪的是，我对那样一个妻子形象并没有产生真正的恐惧，反而隐隐有着某种向往。或许在一开始，我就没有完全将小说里的妻子当作真正的虚构，而是附着了现实的影子。我在书的附录里看到，1960年2月，二十五岁的大江健三郎与"著名电影导演伊丹万作的女儿伊丹缘结婚"。就在我看到这一句话时，一阵风从沟壑侧面吹过来，拂过我的身体，似乎正是这一阵风中诞生了她的一副高雅的形象。之后，我还不断想象过那样一个艺术家庭的姑娘，会以怎样的谈吐介入家庭生活。透过小说的细节描写，或许也隐隐透露出真实中的伊丹缘具有的某些特征。那是话语的机锋，还有某个不小心袒露的细节，比如文中两次提到的"上翘的嘴唇"等等。小说一开始，他们面临的最大困境是，他们所生、患脑瘤的"低能儿"。这个被放置在小说背景中的重要事件，也是作家大江健三郎夫妻现实中所面临的真实困境。小说中，作为一种逃避，他们来到故乡的森林故居。这一行动或许是作者的某种虚构，然而，那确实是他的故乡，是他在小说《饲育》里描写过的森林。作为对自己当作家的期许，我试图在小说里查找作家隐藏在其中的真实印记，以此找到创作小说的某种技法。然而，小说从去森林开始，就进入亦真亦幻的设置和圈套。我明明知道，他已经来到距离事实很远的地方。然而，一直伴随着我所认定的真实所呈露的细节，我只好顺从地迷失在其中。作为对自己形象刻意的贬低，作者在小说中被赋予一个半盲人的丑陋形象，右眼只有一片白。这使我感到恐慌，一部分是因为形象本身所引发的生理上的反应，一部分是因为虚构：这盲掉的一只眼，似乎在不断提醒我，这一切都是伪造。它提醒我，不要在这里徒劳地寻找真相。另一方面，我似乎发现，这个"丑陋"的人，似乎在延展成我的一个形象，最后将变成未来的我的一个形象资源。似乎预先作为一个懦弱的"丈夫"形象篡夺了我未来的某个位置。或许正是因此，在如此炎热炙烤的正午，我在他小说建造的绵密细节里常常感到后背隐隐发凉。

  我或许也是一个虚构与实在并存的混合物，我在何种程度上才是我呢。我感觉，我与那些阅读过的大量虚构人物之间存在一种暧昧性。我附着在堂吉诃德、包法利夫人、阿Q身上，也在《局外人》里的索尔默、《万延元年的足球队》里的根所蜜三郎身上，我是一个混合物。然而只有这一刻，我知道我只是我。这像是非常恐怖的一件事。因为我必须承担如此具体、如此没有真正意义的行动，它不会在文本层面形成永恒的共鸣，它只是在我的生活里变成一个卑微的一个组成部分，行动完成之后，它只是对有限的几个人造成了真实的后果，最终与整个世界形成了微乎其微的互动。

  这是文字世界从未遇到的具体困境，等我一旦要做决定，我知道这不是任何虚构人物在行动，他们只是一个影子，根所蜜三郎瞎掉的一只眼似乎附着在我的眼睛上，它给我造成一种异象，那就是我无法看到世界的某一部分，也是我行动里包含的丑陋元素。我想象的狂犬症加剧了这种丑陋，我怎么会矫情地认为自己一定是患了狂犬症，我在扮演中获得了一种特殊的快感。就像我重新变成了一个虚构人物，他不存在于任何小说世界，只存在于我的意识——我是绝对真实的虚构人物。

于是，这么想着的我再次走进卧室。

再给女儿试着喝点儿稀粥吧！我摸了一下孩子红通通的脸，她至少有39.5℃。

你就不能让她安稳睡一会儿？

女儿刚才吐过一回，我很清楚，高烧加上呕吐容易脱水。女儿刚才吐了很多，我害怕这一后果。我记得，女儿更小的时候遇到过一次，送到医院的时候，她唯一的表征就是嗜睡、高烧，她不愿意醒来：眼皮透亮，隔着长长的眼睫毛，能看到细微的一点儿眼白和瞳孔，她显露出瘫软般的倦怠，鼻息轻轻发出一点儿咝咝声。

就像小艺预警的那样，她已经显现出急躁和厌烦。孩子刚刚呕吐过，她不想让我打扰她。

或许孩子睡一会儿会好点儿的，不会马上就脱水的。我想。然而，我又想到，哪怕喝两三口也好啊。我记得脱水那次，医生说，即使用水抿抿孩子的嘴唇，也会好一些。

女儿只是盖着被子平躺着，两条胳膊绵软无力地搭在外面。她的胳膊很瘦，手腕和手指能看见骨头的形状。她的脸烧得通红，额头上是一张蓝色的日本进口高烧贴。黄色窗帘只拉了少半截，卧室留下一片浑浊的深棕色阴影。小艺一动不动蹲在女儿的一侧，随着时间一点点过去，她也变得越来越焦躁。

要不去输液？这可怎么办？她说。

之前，由于住院两个月，输了过多抗生素，连医生都说，女儿已经对抗生素产生耐药性，她不仅仅开始对抗生素过敏起疹，而且效果微弱。从那时开始，小艺坚持拒绝输液喝药，现在突然改了主意，令我震惊。我似乎变成最后一块礁石，稍一不慎，就会沉没。要是不找这个贾大夫，说不定我们不会陷入这一窘境。或许带着这一怨怒，我说：还不如去找王柯宇大夫呢！再等等，晚上再说！

等我说完，才意识到自己突然做了一个决定。这就像掷出去一个骰子，我感觉到这一决定即将带来的某种风险。要是因为不及时治疗，突然从支气管肺炎转变成肺叶肺炎，那或许会再次面临至少一两周的住院治疗。

刚才吃早饭的时候，小艺非常郑重地说，她不仅梦见一筐鸡蛋，还梦见馒头，一笼一笼的馒头！

这是她北方老家根深蒂固的解梦理论，梦见鸡蛋和蒸馒头都预示着生是非，要斗嘴。或许是身体原因，她经常梦见一些异境，比如梦见她在老家炕头上，看见窗户外面两头庞大的、像灯笼一样内部发光的红色大象正在缓缓走出院子。那是她母亲去世不久。那是超现实主义幻境的梦。有时会梦见狗咬她的手臂。每当这时，她就会很紧张。她处处将梦置于生活之中，怀疑会有恶事发生，甚至于在这样的白天，如果有可能，她选择不出门。或者她认定她得了一种不期然的大病，这时就会自怨自艾地说：我就知道我活不长。或者会说：我要死了你会不会很高兴，又可以娶一个老婆？惊人的是，这是她完全不为人知的那一面，她展露在外的是精明、敏感和善谑。她有一双变化丰富的眼睛，第一次见她的时候，她的目光在我和其他人的盯视中含蓄地躲闪，带着点儿慌张的笑意，像不确定的光斑在办公室随机显现。那里显示的，是她跟父母在一起常常会即兴展示的孩童般毫无戒心、游戏般的目光，它们具有某种同质性。然而，在大部分的场合，她常常又突然会以全然世俗的目光探测周围的眼光和意图，几乎是闪电般做出或对或错的判断，在我尚未意识到时，她像是早已了如指掌。这一切都可以从她变幻的眼神里，看到某种讯息。然而，即便那样，也无法看到她真正的内在世界，她似乎有着天然的内在的悲观，所以也非常容易被言辞误伤，说出自暴自弃的气话。有时候，她又会显现出巨大的野心，大到匪夷所思。某个时刻，我们面对面，戏剧性地坐在客厅餐桌旁进行激烈的言辞交锋，我会突然觉得，那不是交锋，而是精神的不明之物的泄洪。她的话语里提供了失控的恶意，言辞里包含的形象如同来自《神曲》地狱篇里的插画，或者来自噩梦。

比如她可能会情绪激烈地说：

你看着，我要把你的书都统统放火烧掉！

那一刻，她的面部狂热，眼神凌厉可怕，以至于她的整个身体变得僵硬，而且似乎在颤抖，她说话咬牙切齿，与日常的模样完全不同。

如同地狱中的瘦长而可以任意变形的人物，那个既像是瞬间又像是永恒的场景里，我们焦躁地在客厅小小的空间周旋，四周是烈焰一样炙烤的地狱氛围，可以嗅见混有人性疮口的硫黄味道。我的心口部位似乎也被激发出一座火山，如同马上就要真正蜕变成一头动物，我感觉皮肤和心智已经痛苦地发生着痉挛，马上要陷入魔妄之中。

这一扭曲的、癫狂的戏剧似乎无法找到出口，它的可怕在于眼前看不到尽头，没有停歇之处。如同宇宙绝望的爆炸和膨胀一样，正无穷无尽地占有和吞噬着黑暗原始的空间。

即使有了小艺的警告，我还是认为，我必须做出一些行动，以免状况恶化，那一念头如同着魔一样。等我端来半小碗小米汤时，小艺像预料的那样烦躁地说：

你跟孩子有冤仇？非要跟孩子过不去？

哪里至于嘛，不多喝，就喝两三口就行。

拿走！

那我问问孩子，她要不想喝就算了。

那一刻，我甚至希望孩子摇头说不喝。我害怕她再次呕吐，以前也发生过多次类似的事情。我觉得自己变成了一个赌徒，我轻轻推推孩子的肩膀：

想不想喝两口稀饭？

女儿没有回答，像是听到召唤一样一下子清醒过来，睁眼看了一眼，就利索地爬起来。我赶紧将碗给她，她像是渴了似的紧喝了两三口。

恶心不恶心？小艺问。

不要紧。

要是还想喝，就再喝两口。小艺说。

女儿几乎喝完了半小碗，等女儿躺下来时，我松了口气，心中抑制着小小的欣慰感。就像在命运的眼皮下面偷偷得逗了一回。

你比我还狠，又让孩子喝了不少。

我看她不恶心。

片刻之后，我们几乎同时听到女儿喉咙里的咕咕声，她几乎来不及爬起身子，就吐了出来。

都是你！都是你！你就是孩子的灾星！

拿上你的碗，你不要在这里待着。她一边收拾一边说。

要不给她吃半颗维生素B_1？我说，孩子住院时，医生给孩子开的就是这个，它可以抑制呕吐。

我不会让孩子再吃任何东西！

那就是个维生素，平时都可以吃，又不是抗生素。

快点给我走，别让我发火！怪不得昨晚做了那些梦！你就是想害死我，我死了对你有什么好处？

我怎么想害死你了？

她说的是梦里的情形。她晚上梦见：我不知为何是一个肥胖的商贩，虽然那不是我的模样，但她知道那是我。我卖的日杂用品里，还有串在一起的鱼，像是用木头做的，然而如同被油炸过，布满指甲一样不太真实的鱼鳞。鱼鳞表面像蟑螂一样发出油光，给她不舒服的感觉。她和我讨价还价，买了鸡蛋，结果她还是无意中多掏了五块钱。她站在街中央，正在考虑是否要回去讨要。她买的鸡蛋，用她小时候割草用的竹篾筐装着，底部还衬着草和叶子。她感觉脚上湿漉漉的，后来发现是有鸡蛋破了。她知道去也白去，因为我绝不会承认。然而，她还是准备去理论，她转过身，发现一条大狗正跟在后面，正急哄哄嗅她脚上的鸡蛋汁液。她吓得一阵猛跑，顾不上筐里的鸡蛋。因为，她想起（事实上是另一次的梦境），有一次狗一口咬住她的手臂，她眼看着血滴沿着手臂流下来，此刻她两手空空，鸡蛋已经不在手中。她发现自己站在一家馒头店门口，看见眼前一叠叠蒸笼正在大锅上腾腾冒气，店员掀起一个笼盖，她看到整整齐齐的白馒头，正是那馒头引发她的恐惧——这时，她突然惊醒，因为她在梦中想起，如果梦见馒头昭示着白天一定会口角……

在梦中，常常会有临时冒充的人，将一个完全不符的人当作熟悉的某人。身份、地点和时间等等甚至也会改变。我在小艺的梦里暂时成了一个肥胖的商人。我也常常将一个完全不认识的女人当成小艺，或者将一个过去的女同学，她的行为举止完全不是小艺，然而我给予了她全部的身份感，这个身份感使得女同学具有了新的阴影，给我造成了一种似是而非的不适。就像某个争论带来的气氛依然在持续。这是纯粹的偶然，还是存在着潜意识的必然性？那个新的形象，只有在白天，才会重新兑换成一个符号。对于此刻的我来说，我矫情地认为，我似乎已经难以担负自己的身份。由于头部和咽部的难受，以及可能是概念上的狂犬症的蛊惑，跪坐在孩子的床边时，觉得卧室像是注满了水，像冰糖一样的阴暗光线四散在停顿的氛围里，迟钝含混，像放久的鱼缸。加上加湿器在噗噗地冒出白汽，使我像困兽一样，似乎难以对任何事情进行抉择。

我退缩到书房，但依然听到她在那里不停地宣泄，像往常那样，她已经从孩子说到她的不幸遭遇，说她不该找一个只会看书的人，说起我们第一次去我老家时，她所受到的待遇。

在这一奇特的情景之下，我手边可能刚刚在翻阅的书，那个语言世界，都变得非常可笑。比如，此刻我放在手边的是一本包装简陋的《弗洛伊德论美》，收录着《〈俄狄浦斯王〉与〈哈姆雷特〉》《戏剧中的变态人物》《创造性作家与白日梦》《达芬奇的童年回忆》《米开朗基罗的摩西》《陀思妥耶夫斯基与弑父行为》……在我很可能是随机打开的那页，写着："陀思妥耶夫斯基丰富的人格中有四个突出方面：富有创造性的艺术家、神经症者、道德家和罪人。面对这样一种令人困惑的复杂性，我们怎样才能理出个头绪来呢？"

那是从十字路口一家书报亭买的，老板在紧靠书报亭边支了一个小摊，摆了一些九元一本处理的旧书。每次路过这个小书摊，就像在街道遇到一个由书本组成的赌轮盘，我总想在其中找到一本书。它更像是一个象征物。有时，我已经有了很好的版本，我还要说服自己买一个简陋版。比如那个封面由密密麻麻的字组成的里尔克的《马尔特手记》，我买它的理由是里面多了一些照片插图。这是我后来慢慢形成的一种读书方式，在马上就要回家的途中，我看到那个或陌生或熟悉的文字世界，它似乎是一种提醒或者暗示。或者就是对我情绪的印证。我马上要过红绿灯，但我打开书本，正好看到这么一句话："不过，还有一些感觉不期而至，把我像纸片一样卷起来，然后揉成一团，远远地丢了出去；这是一种前所未有的感觉。"我的身体会有一个轻飘飘、无足轻重的感觉，我怀着这样一种带有醉意的感受过了红绿灯，在停止的车辆前，如此卑微地走了过去。我已经忘了几年前宏伟的理想，以及当作家的梦想。有一次，我居然发现一本1988年版的《麦尔维尔传》，美国文学教授威廉姆斯所写。印数只有区区五百册。这是一本从未听闻的旧书，黑色剪纸风格的封面，那是一个臆想中的麦尔维尔形象，如同一个心事重重的船员。我随机翻开某一页，看到上面写着："这是1850年，这个年份具有一种双重的象征意义。麦尔维尔……"我知道，伴随着到处都堆放着钢筋和水泥、正在修高架的街边情景，这句话已经像楔子一样敲打入我的身体。如今，这样偶尔的读书几乎变成了日常的迷信。它使我确信，我的命运之路似乎隐藏在书中，恰好就在路上或者随手读到的几句话里。而我，正是这样接受我的命运的一个个指令。尽管那个指令背后，似乎无一例外都写着虚无。

我拿着碾碎的维生素 B_1，白色粉末分散在白纸上，走向卧室。这几乎是一种挑衅，我无疑也意识到这一点。等我发现自己在做什么时，我将这一切归咎于头部的狂犬症症状，那是一个几乎难以忍受的焦躁状态，一个会放大任何声音的脑部空间，还有自己马上就可能会死亡、不顾一切的偏执状态。小艺端坐在床上，如同女巫一样盯着我手中的东西。那个碾碎的白色粉末，如同一个西药的象征物，足以激起她的盲目仇恨。就像牛看见红布。或许，在我翻找药箱，拿着一片维生素用擀面杖嘎嘣嘎嘣将它碾碎之时，她已经知道我在做什么。

这个不算西药，总比晚上去输液好吧。我心虚地解释道。

只需用湿水的筷子粘上，让女儿吞服就可以了。然而就在我拿起筷子时，她一下子激动起来。

我看你敢不敢——她的嘴唇哆嗦起来，她跪起身，那一刻，她的过分严厉在我看来如同一个虚假的戏剧，使我甚至有一点儿想笑场。

就一点点，不至于吧！

她一下子打翻了白纸，我只是听到唰的一声，这声音在我脑部的空房间里引起海啸般的回响。等我再看时，白纸上已经空无一物。我体会到震怒的氛围，不过，我矫情地看看地面，似乎什么都没有，那一点点碎屑落在地上没有看到任何痕迹，就像凭空消失了一样。就在那一刻，恼怒和可笑像两个迎面走来的蠢骡一样并列而至，我感到自己既想笑又想发怒，但我居然非常冷静，我什么都没有说，我看到自己重新走向厨房，准备再次碾碎剩下的半颗。我预感到眼前无法避免的风暴，然而我丝毫没有退缩和让步，而是怀着羞愧和无与伦比的愤怒去做这一件可能是愚蠢的事情。

或许从她意识到梦的昭示开始，她就已经做好了针对性的防范。她将我看作一个敌对者，一个已经被梦作了预言的人。一个受早已注定的命运控制的人。而我似乎正在成为那样一个可怕的人。等我再次拿起白纸时，我感到了我身上洋溢着的可怖，以及我势必会招致的可怕怒火。

或许正是她提到梦，就在她的话语像雨点一样刚刚落地，尚未在脑中激起真实的反应时，一个画面曾瞬间闪现眼前——我迅速明白这是昨晚的一个梦境：原始神秘、到处是树林和杂草的旷野里，丝毫没有人迹，然而，我的前面却是一个几丈高的狗的雕像，我隐隐觉得，就像墓园惯常的模样，周围应该还有其他类似雕像。然而我却不敢看向它们，它像是巨人时代留下的遗迹一样，正是大大超出现实尺寸和比例这一点，让我眩晕、神经紧张，并难以适应，刚才简单的一瞥，狗的那副雕塑中凝固的表情，深锁在青黑色石头里的漠然兽性，由于石质的笨重坚固内敛而增添的深邃，还有那种古朴的原始气息，都让人感到怵目惊心。即使是现在，我已经完全清醒，依然会被梦中的气氛所震慑。我突然想起，这一梦境并非完全孤立，这几年来，类似的情景会轮番不期然地进入梦境，比如，我正在与好友爬某座山，突然看到眼前一个巨大雕像的影子，我只是看到它下部的一个部分，它预示着更为高大的上部。按照它的比例，它似乎并不应该出现在山的坡度上，因为它是如此的高，高到我完全不敢正眼去看，而且使得我只能匍匐在地，以便可以完全避免见到它的影子。它的存在就已经足以让我惶惶不安，左右为难。有一次，我还梦到在东南亚异国的街道上行走，一些南方特有的树木到处滋长，甚至影响到市容。我为了躲避某个人的追逐才无意中来到这里，等我急切地向前疾跑时，我隐隐感到来自前方的莫名威胁，直到我抬眼看，发现它来自前方的十字路口，一个类似广场的地方正伫立着一座巨大的雕像，即使是如此遥远的距离，也能看到它超越了惯常的大小，它的高度使得匍匐在地的街道黯然失色，不过，我在如此遥远的距离还可以勉强忍受。然而，伴随着我的前行，它给我造成了巨大的心理阴影，我一直避免仰视，然而等我突然看到街道上它投下的黑影，我的心脏部位立即感到一阵骤跳，它唤醒了我体内与生俱来的致命恐惧。

刚刚开始约会的第二天，小艺说，我想去双塔寺。

等我们站在塔下，仰视双塔时，有一瞬间，那高高的只露出檐铃的尖端使人产生眩晕之感。然而那是可以忍受的，不像梦中，它会激起你无法遏制的惧怕，需要你下意识地躲闪。

对我来说，去双塔寺是一个有点儿奇怪的提议。我从未想过去双塔寺。虽然它作为太原的标志，印刷在笔记本或者一些地方。然而它在我们的视野之外，隐匿在太原东边很远的地方。我为这个提议感到惊讶，然而很快变成了新奇，我马上答应了这一提议。尽管我们并不知道如何可以到达双塔寺。我们九点半出发，直到接近中午，还没有走到。等我们不停地在人们的指点下走路，最后走上一大片荒凉的闲置野地，在我们面前，已经丝毫没有建筑物的印记，由于地理位置所限，我们甚至看不到双塔尖顶。偶尔会有一只麻雀，在远处飞上一棵孤立的榆树，或者杨树。这里的田地依照地势不断缓缓攀升，形成台地，等终于可以看到尖顶时，才发现我们绕到了双塔寺的背后，从那里看过去，整个太原的建筑密密麻麻平铺在远处，两个尖塔只露出微不足道的头，由于过分的寂静、荒僻，我们只能听见自己沙沙的脚步声，我们说出的话被开阔至远处山峦的整个地域吸收殆尽，有时候，我们会无意中向后看去，似乎会怀疑有人跟随。脚下是已经长出野草的路，路面由于长久没有脚印，有一层发灰的壳，踩上去，除了草的唰唰声之外，还有微微的咔咔声。或许由于潜意识的畏惧感，有一节路，我们都没有说话。有时，我转过头看向小艺，因为我发现自己并不了解她。她则假装在观望别处。那一刻，我甚至有了虚幻感。环境如此陌生，而小艺的表情则呈现了无法揣测的一面，她突然间封闭了自己，或许为了掩饰紧张，或者是由于别的原因。她的短发在下巴附近晃悠，使她的脸型在隐显间不停发生变化，她的眼神刚刚还非常活跃，闪现出喜悦和矜持，现在回收到了睫毛下面，那时，一团一团的干黄蒿草，像被风吹到路边的球状物，出现在路畔，路面已经上升为较高的台地，下面是一片新翻的黄土田地，一些白色塑料不知从何处飘来，落在地里，被风吹得发出飒飒声。那是一种惊人的黄色，像是通过更新，重新使自己得到更古老和原始的颜色的滋养，仅仅这样的土黄色，都会引起心理上的畏惧。它的整然一块的黄，与其他地方掺入灰色以及褐色的黄色不同，不过，正是由于它的存在，它似乎激活了其他连成一体的更宏伟的其他地域的渐次变化的黄色，如同固体的黄色海洋。

加上整个旷野毫无声息，我们深陷一种单调和寂寥的氛围，甚至隐隐有一种恐惧感，我都不清楚为何会走到这里。等双塔的尖顶从更高一层的梯田上浮现出来，我们终于不再茫然，那时，风开始在我们周围发出窸窸窣窣的声音，那是一种可以化为任何事物的声音，由于它的冰冷感，像是来自阴间。等我们从梯田上看到突然出现在下面的墓园时，那种冰冷开始在心里结冰。那是一大片坟地，我们从未想过，双塔寺居然与墓园有关。

然而等终于站在双塔寺下面，我心里涌起了一阵欣慰的感觉，为此甚至有些过分高兴。怪异路途上那种荒谬感一下子消失了，小艺也兴奋起来，露出熟悉的笑容。我站在她的后面，一起看向双塔寺的顶部，我试着第一次抱住她。她没有回头，我体会到一种眩晕感。十三层塔檐重重叠叠，一开始，它们在蓝天背景下如此端正平静，像是已经抵达永恒的结构均衡的建筑物，片刻之后，我意识到，自己正在将它看作一个象征，一个文学理想的隐喻。看得久了，发现塔檐如同会动的环状，在悄悄地上下窜动。正是这样一个运动，使得它像是在不断攀升，以至于我无法冷静站立，想要往后仰倒。

如同那本在地摊上偶尔遇见的《麦尔维尔传》所说：使人眩晕的高度似乎意味着更多。

1850年夏天，麦尔维尔走进马萨诸塞州一个名叫菲尔德的作家家里，遇到刚刚出版《红字》而大红大紫的霍桑。看到霍桑的那一刻，他立刻明白，霍桑本人就是一个凝练的象征。他的面孔像礁石一样惯于沉默，眼神警觉阴沉。霍桑刚刚开始被称为"出生于本世纪的最伟大作家"。而他仅仅是写作随意、评价很差的五本书的作者。麦尔维尔写完了《白鲸》，但还要在之后进行数月的修改。那段时间，他阅读了霍桑的小说，并听从霍桑的建议，在小说里凝聚起象征，并最终超越类型小说，使大海成为一个全新的小说领地，一个全新的象征。他自认为那是一本"福音书"，但他预言，自己将"死于贫民窟"。那天，他们共同参加完一个小型聚会之后，与友人一起来到附近的纪念碑山，纪念碑山是附近的最高点。1775年，英军和北美殖民地民兵在这里第一次爆发重大冲突，为了纪念此事，1843

年，山顶上最终竖起221英尺高的纪念碑。它用令人眩晕的高度，造成一种神秘、令人喟叹的效果。纪念碑由砌成方形的花岗岩建造，是竖立在山顶的一个白色象征物，它远远高过附近的树木，等他们尚未抵达山顶，看到它高高竖立的身影时，它有一种奇怪的比例感，令人惊叹和眩晕。它给人的印象是古怪的，它的棱面闪耀着几十米高度的光，充满无上的威力和隐隐的胁迫感。麦尔维尔看到纪念碑的一瞬间，他对于大地上的这一人造物，产生了诡异的想法。纪念碑山就像狂风在大海上推涌出的罕见大丘，黑沉沉的大丘之上，正有一个花岗岩做的宝剑刺向天空。它的形象始终在威胁和压迫他。他甚至立刻意识到，那是霍桑的化身，与他完全不同，那是一个凛然严肃的人，像碑石一样不苟言笑，他是整个美国的最高峰。然而，麦尔维尔马上想到，他的神祇是非洲大陆的金字塔！他喜欢庞大的事物，因为大的事物与上帝有相似之处，你只能看到它的一部分：如同《出埃及记》里上帝对摩西说的："而你得见我的背，却不得见我的面。"从那一刻起，金字塔的形象开始折磨着他，金字塔开始不断出现在他脑中，似乎与他融为一体。他开始觉得自己是非洲之子，心中轰响着各种隐喻，都纷纷像浪潮一样奉献给金字塔。他给霍桑写信说：

我是一颗从埃及金字塔里带出来的种子，三千年来都是一颗种子且仅仅是一颗种子，现在被埋在了英语的土壤里，它自生自长，郁郁葱葱，返归尘土。我便如此。二十五岁之前，我根本没有发育。我的人生要从第二十五年算起。

在他的《白鲸》中，他这样形容鲸鱼："犹如金字塔般沉默。"七年之后，他乘坐轮船再次划过大海的肚皮，他这次的目的地之一就是埃及金字塔。他第一次踏进宏阔的沙漠，他从水最多的海洋进入最缺水的沙漠，那是一个只有风是主人的空荡荡的领域。里面干热的风可以灼伤他的脸和眼睛，风中缓缓流动的沙丘像海的慢动作。这里一切都是动的，只是动作非常缓慢，唯一沉默并一动不动的，只有金字塔。然而，正是这种奇异的景观令他兴奋，他需要这种不同。他对金字塔的所有想象都已变成最为确定的一个，确定性使它变得更为神秘，如同上帝一样唯一。他是接近中午来到金字塔附近的，沙漠里四处恣意的黄光一晃一晃，似乎马上要爆炸一样闪耀成白色，耀眼的白光似乎藏身在黄色为主的沙漠里，他一直在想象中揣摩金字塔的高度，然而从未觉得能够抵达眼前金字塔给人的威严之感，塔身上的巨石已经被风沙侵蚀成牙齿一样的凹凸不平，一层层的台级可以攀爬上去。然而，如此真切的形象，很快便像是一个有威胁感的梦境。或许是因为他顺着门和洞，进入了金字塔黑暗的内部。在小小的空间里，他依然可以体会到金字塔庞大的身躯。那里完全如同梦境，就像他迷失在上帝的身躯里。

在《皮埃尔》里，他写道：

经历千辛万苦我们挖进了金字塔，好不容易摸索着进了中央的房间，我们高兴地看见大理石棺，但我们打开盖子——里面空无一人——那可怕的空白大如一个人的灵魂！

他在去过金字塔之后，一次次地在日记里提到它，像是一种驱魔：

正是在金字塔中诞生了耶和华的概念！

等他一旦离开埃及，他马上意识到，金字塔只是一个梦境。谁都无法真正将它占有。金字塔超出预料、令人畏惧的高度，将在尘世留下一道长长的阴影。并将以隐喻的方式出现在人们的想象和梦中。

此刻，看着女儿坐在床上手捧《红楼梦》。我轻轻松了口气，眼前的温馨情景使我放松。而回忆和意念使我劳累，似乎刚刚从巨人般的史前时代穿越回来，现在面对的是《红楼梦》木石前缘那个神奇的时刻。在一阵飘忽的感触之中，我依然能感到，有一种陌生但致命的氛围在迂回游动。我知道，起始只是因为一个似乎平淡无奇的黄色假发，它出现在眼前，像是非常偶然的一个闪念，它在意识里的游荡，推动了一系列细节和事件的回忆。然而，它一直没有触及真正的核心。不过，在某个时刻，黄色假发开始变得更为清晰，似乎还应该有一张脸附着在上面。然而没有，它只是一个普普通通的棕色大波浪卷发。然后它就消失了，我随机的回忆似乎完全失去了目的。等到想起那个梦境，有时候，我觉得梦境里的并不是我，而仅仅是一个心怀恐惧的人。而那个梦境可以无限演变，创造出不同的可怕风景——一种巨物恐惧症。

慢慢地，我发现，这些梦境里开始有了一种完全不同的情景氛围，而自己早已变得完全不同。因为，我早已不再是那个决绝的年轻人，反而患上了一种死亡焦虑症。每一次出远门，都会让我踌躇不安。那是一个命运的万花筒，似乎任何一个小小的错误，都会导致一个毁灭性的后果。某个早晨，等我来到小区，突然看到摆在道路旁边的一排花圈，就会下意识觉得，那个人似乎只是替我离开了人世，我仅仅凭借侥幸，才躲开了这一次。

今天或许是一个很微妙的时刻，岳父去世百天，小艺昨天回她北方老家祭奠去了。岳父刚刚被查出结肠癌，三个月之后就去世了。之前有两年时间，都以为是他的胃部炎症，导致腹部不适。四个月前，他第一次来到省城，去医院检查的前一天，我们带他来到郊外大片的薰衣草园区，那是在小店区高速路口外新开发的游览景区，大片大片的薰衣草地沿着起伏的地形，形成神秘的蓝色地带。那片蓝色出其不意出现在视野中时，顿时有一种在平地之上看见海洋的惊异感。它不是整齐凝固的蓝色，而是由光斑、浮沫般的淡黄，隐而不见的绿色以及梦一般的亮蓝色组成。车越靠近园区，作为主色的蓝显得越深邃，又增添了像是在燃烧的紫色调，随着可以分辨出一些高挑出来的薰衣草花串，分辨出一垄一垄波浪般的微微起伏，分辨出作为整体的蓝色是由一簇簇有形象的薰衣草组成，还有一些没有被遮掩的绿色罅隙。它开始变得无法描述。我们走到地头时，才发现田地里留有供人行走的细径，有的薰衣草已经有了衰败的迹象。在这里，我们只能顺着田地小路一直走到深处很远的地方，在田地最高处有一道分界线，可以站在那里重新观望周围的风景。我们来到高地时，看到薰衣草组成的波浪似乎正顺着两边坡地向下面翻滚，岳父孤零零站在三分之一处，似乎并不在看什么。刚才他不断示意我们先走，此刻他怀着心事站在那里，对周围的风景和事物几乎毫无反应。他似乎对自己的病情已经有所预感，我们拍完照片，回过头时，在园区已经看不到他的身影。来园区的游客很少，我们原本可以迅速找到他。直到我们返回时，才发现他一个人坐在薰衣草中间的地垄上，女儿因为突然找到姥爷，朝他欣喜地尖叫着，他的表情里始终有一种陌生的，似乎被隔离的意味。他的笑也有所保留，似乎仍然无法从某种隐秘的思考里分身出来。

或许是对死亡的面对使他与现实世界有所保留。他可能意识到，眼前这个由薰衣草组成的世界即将与他无关，他已经通过身体感受到死神的存在，他即将交给任由飘荡在医院上空的混乱命运处置。无助和焦虑之外，他甚至还有些羞涩和不安。我一次次回想起那个时刻的岳父，我常常想，自从我患上死亡焦虑症之后，我就已经处在岳父的那个位置上，像困兽一样惴惴不安。不同的是，他面对的是近在咫尺的真实的死亡，而我只是在面对尚不确定的某个时刻。大部分时间，命运尚在给我宽裕，使我得以侥幸逃生。之后的三个月，他主要是住院，我在很多时候都是一个目睹者，似乎我的身边就站着死神，虽然那是暂时与我无关的死神，然而我能觉察到他的存在。岳父的鼻子里插着管。有一天，他睡着了，旁边是庞大的日本制造的医疗器械，乳白色的细管从鼻孔插入，流液袋垂在腹部侧面，还有滴液从手腕上进入。他紧闭着眼一动不动，呈现出如同临终般的一副肖像，面部疲倦，肤色变得微黑，杂着黑发的白发在鬓角伸出来，如同路边死去动物的皮毛那般毫无生气。他处在与死神的交锋之中，或者是一个妥协的过程。我在床边陪侍，有时候，我感觉自己侍候着的是死亡。它似乎一直存在，无孔不入，甚至就在我们吸入的空气里。那是一种微微带有消毒液的味道。等他一离开病床去洗手间，那个空空的病床就充满了意味。似乎上面依然停留着一个身体，那或许就是死亡本身。

窗台上放着一块馒头大、微微发黑的青石，如果仔细看，它的背部有许多乳黄色、棕色、黑色的细纹，似乎它的内部存在着某种看不到的组织。那是女儿从楼下花园里捡的，她执意要拿上楼。此刻它接受着玻璃外日光的照射，在浑然的表面上灼灼闪光。两三岁的时候，她喜欢捡拾小石子、小树枝、小花和各种奇怪的小物件。如今她已经十岁，或许是因为《红楼梦》曾经叫《石头记》，她对石头有了新的感知。那是一个身上写满文字的石头，也是一个通灵的主动想下凡的石头。不过，这个窗台上的石头是如此普通，然而，如果你不断观察它，它又是多么令人惊讶。那是一个无法描述、不规则的圆形，中间微凹，道道微妙的纹路都是在那里的内部形成的，它们似乎藏身在石头内部，有不同的方向。它以坐姿放在窗台上。然而，你无法真正用语言描述它，它脱离了语言的涵盖范围，似乎你在直接与一个未知的危险物面对面。那天，岳父到来第一件事，就是到家里的每一处浏览了一遍，然后他来到卧室窗台，注意到这个石头，他也许觉得放在那里的一块普普通通的石头有些诡异，于是好奇地将它拿在手中看了看，然后又小心翼翼放下来，他什么都没有说，似乎与石头之间存在着某种秘密。之后，那块石头似乎变得更不一样。那是一个被去了另一个世界的人拿过的石头。看得久了，它还会对内心产生不明的推动力。它为什么会被放置在这里，被太阳晒得暖烘烘的。它身上的光也难以形容，那是青色石头表面特有的光，似乎有一种流体的感觉。

似乎此刻可以凝固，像石头一样成为固体。女儿梳着短发，坐在书桌上，出于兴趣，她正在第二次翻阅《红楼梦》。我正躲避那些无头无尾的回忆，因为每一个都令人不愉快和隐隐焦虑。而此刻，我感觉，不应该允许回忆存在。然而一旦我放松下来，在某一瞬间，我居然再次回到我拿着医生开的十五克生石膏回家的路上，那是一个无比忐忑的路途，我的狂犬症"症状"困扰着我，我的头部依然像空房间一样，任何声音都会灌注进去，放大成为锐利的钝感疼痛。

我隐隐有一种预感，似乎通过这次回忆，一切都要得以洞彻和明白，那是一个跃跃欲试的预期，就像童话《睡美人》里，那个王子的吻马上要降落到睡美人的嘴上。果然，过了一会儿，回忆继续朝不同的方向突进：那个拿着药物正在回家途中的我，突然意识到，我路过的美特好正是过去铜厂所在的位置时，接着，另一个念头突然席卷而来：贾念生中医门诊，恰恰就是过去的名人理发店！这一发现令我震惊，因为有好几年，我都是在那里理发的。那个独一无二的黄色假发，突然不再晃晃悠悠，不再似有似无存在于脑海，此刻，借助对过去时刻的回忆，借助似乎马上就要洞彻般的瞬间领悟，它一下子找到了自己的位置：它就挂在门口的一个衣服架上。

伴随着心里的一阵莫名悸动，我想起了理发店里一排三面镜子，以及黑色转椅。还有从外面看去，门上那几个红色的标牌。我意识到，那并不是真正让我激动和感到温暖的地方，不断触碰我、使我掀起心潮的，依然像一个正在缓缓浮现的谜底一样，正在努力挣扎出地平线。接着，它开始慢慢浮现，一张模糊的脸出现在那个黄色假发下面——那是一个姑娘！我马上获得启示似的，眼前瞬间出现一个画面：我正坐在那把正中间的黑色椅子上，从镜子里，我看到那个出于好玩、戴上黄色假发的姑娘……

我终于顿悟般想起来，那天我从铜厂出来，最终来到的地方是这个名人理发店。一瞬之间，我突然完整记起那个中午，每一个细节似乎都没有更改：那个嵌有太原铜业公司几个铜字的铜厂大门，那个大门旁像厢房一样的进出口。几个老人在那里看管来往人员，严防持有金属的人通过，这是为防止国有资产流失而设的关卡。每次我拿着伞经过时，锐利的一声"嘀——"就会响起，声音像蒙在棉布里，像是电钻正在刺破东西——我正是刚刚从那里走出来。当时，我站在铜厂门口，心里盘踞着就要在下周自杀的念头，茫然地看着并州路上的车辆。那一刻，似乎什么都发生了改变，那些车辆似乎也变得清晰起来，突然间看到某个车牌号，它的尾号是748，似乎也获得了某种意义。我不知道那将意味着什么，它牢牢印在我的脑中。眼前大街上的一切，那些形形色色的车辆，以及如今已经完全淘汰掉的黄面的，正在朝着某个方向行驶。每个车辆都急匆匆的，正在赶往一个特定的地点，扬起路面上的一些灰尘。它们从路的两端不断涌现，完全是随机的，却让人觉得很有规律。每次正当我觉得会有一个暂时的停顿，这时都会冒出一辆车，引擎声包裹着机械的粗暴和绝情的一面，在耳膜里留下一道微微的划痕。我看着它们，似乎那些行驶就是宇宙里的一切，包含了人生的所有。

我漫无目的顺着人行道往前走，同乐门饭店之后，是街边狗市，一只大狗站在笼子上，它是我从未见过的一种狗，它用那种动物性的漠然目光看着周围，鼻子短粗，皱巴巴的，非常可笑。我带着怪异的感觉看着它，如同这将是我在人世的最后一眼似的。这里有一种散淡的交易的气氛，然而常常没有人来询价，所以更像是没有目标的、各种狗的展览。狗的主人也带着漠然的态度，各自站或坐在狗笼子附近，有什么正在这里发生，但又什么都没有发生。等我走到花鸟鱼市口时，我只是朝那里看了一眼，就向着狄村北街走去，那是我的单位所在地。我不知道为何会走向那里，我觉得那是一个微妙的机制在起作用，因为我放弃了自己的意志，希望脚的选择能够最终支配我。我从未在星期天去过单位，等我到门口时，发现大门居然是紧闭的。从门缝里依然可以看到平日已经熟悉的场景。然而此刻却异常陌生，就像是彼岸的世界。那里冷冷清清，毫无声息。没有看门人老苗的踪影，甚至看不见老苗的那条小狗。只有阳光直射入那个没有人影的院子，发出正午的一片白光。

我踌躇着站在门口，完全失去了新的方向。就像自己已经来到世界的尽头，不可能再行进一步。等我终于下意识返回时，心里像怀着灰心失望一般，觉得似乎应该有什么而最终一无所获。是啊，我并没有期待什么，然而这么说也不准确，我期待的是某种未知的、或许我并不期待的事物，对其我并不了然。我发觉我很快就会走出这个巷子，为此我非常焦虑，因为我似乎还要原路返回。那是最为乏味、也最令我畏惧的事情，似乎它在我行走过后，就充满了精神的荆棘，处处刺人。

就在那时，我注意到了名人理发店。我想，在做那件事情之前，我是不是应该理个发？我的决定是要。因为那将是我当天唯一一个可以说得上的事件。不料，店里只有一个陌生姑娘，她正站在镜子前，似乎因为被我撞到她试戴假发而不好意思。她正用手捻着一绺卷发，将它拉到面颊那里，似乎要用它来掩盖脸上的笑意。

那是一种成熟又纯真的表情，我并没有过分注意那头假发，因为我是过了好久才意识到，那是她试戴的理发店假发。假发与她非常贴合，波浪卷顺着她的脸耷拉下来，就像镜子周围的波纹装饰一般。

她说理发师有事出去了。

我决定等，因为我无事可做。一旦走出去，似乎又失去了方向。怀着一种从未有过的倦怠，我坐在大转椅后面的凳子上，看着她在那里摆弄头上的假发。

你是实习生？

是呀！我刚来二十天。

那你可以试着给我理。

对于马上要做那件事的人来说，理发效果并不是那么重要。我想象过我将怎样做。我会寻找野外无人留意的一个洞穴，在那里安眠自己。这样在很长一段时间里，我将只是作为失踪者而存在，我不喜欢自己的离去会过分惊动大家，甚至会让大家看到动物般的身体。

哎呀不行，她回头摆手，我还没有拿剪刀，每天就是给客人洗头倒水，做杂活儿。

然而，理发师还是没有回来。对于无法完成一个终于有兴趣做的事情，我有些恐慌。那好像会预示着什么。我看着窗外正午的一片白光，说：

就你理吧！我也看着，慢慢理，理不坏。

真的？

真的，没关系。

我从她的脸上看到来自异地的表情，就像来自阳光下的某种植物，与这个城市毫无关系。她明显怀着对城市事物的好奇，理发店里的一切，对于她似乎都是一个完全未知的、充满奇遇的领域。不同的塑发喷剂冷漠地站在镜子前的黑色平台上，而门口的衣架上，还有两三个不同颜色的假发挂在上面。她似乎有点儿不舍地要脱下假发，然后再为我理发。我告诉她，不用，要是愿意就戴着也可以。她在镜子里欣喜地看我一眼，说：

那我不摘了！

我注视着镜子里的姑娘，在我的回忆里，最终确定的那个影像正是这个，这个图像如同一个母体，不断变幻成略有差别的相貌和表情。或许是因为她随性自在的眼睛，她显得清秀大方。黄色假发给她罩上了一层新鲜的光，使她瞬间充满了现代感，小波浪似的一卷卷头发落在她的肩上。她拿着剪刀，非常认真地打量我的头发，在空中比画着如何使用，以及从哪里开始。

从哪里开始都行。我说。

于是她决定从我的左耳位置开始剪起，她用手指夹起一绺多余的头发，用剪刀咔嚓一声剪断。我的左耳位置马上出现一个微微的豁口，她的脸倏然红了，像是做了一件不该做的事情。

没事，挺好的！我鼓励她。

很长时间，我发现自己一直在品味刚才镜子里那双眼睛的闪光，我的头发已经洗过，变湿，有时候，一滴水会从脖子那里的发梢流下，在脖子后面的细细汗毛那里逗留着，缓慢移动。几乎每次，在它马上要碰到系在脖子上的挡发衣前端时，她都细心地用毛巾擦掉了。

最终从镜子里看到自己剪发后的模样时，我惊讶地看到，那几乎是最完美的一次理发。她是一点点剪掉冗余的，她的手法完全不是理发师的惯例，只是她如此耐心。她在想象中一定预先勾勒了我的理想发型，那个只是她用剪刀绘图的过程。在这个过程中，似乎有什么无法忽略的事情发生，或者有什么悄悄发生了改变。她的额头上出了汗，重新给我洗发之后，她摘掉黄色假发，将它挂在门口的衣架上，说：

好热啊！

我重新端详着她，就像看一幅画。等我离开理发店，再次踏上那个贫乏至极的路之后，马上有一个念头出现在我的脑际：好像有什么东西永久性丢在这里了。我怀着一种过分的遗憾只好离开这里。

等我几乎毫无知觉地回到铜厂的林荫道上，我甚至突然想到：

下个月我还找她理！

只是在这个时候，我才猛然想起，我紧迫而决绝的计划就在下周。

或许从我坐在理发店里时开始，她已经成为我欲望的对象，我偷偷打量她的容貌，注意到她活泛的眼神，在那一刻，自杀这个念头完全如同一个装置，就放在我的身边，而我从镜子里可以看到她的表情。我似乎从她身上找到了那种可以共度一生的形象。我似乎可以栖息在她的表情之下。那是一种小小的探险，如同她小心翼翼的理发。然而，我在当时似乎并没有意识到。我只是走到那条乏味空虚的路上时，似乎作为一个可以与之对抗的念头，我想到了这一点。我觉得自己可以和她共度余生。等我进一步想到这个，我觉得自己有些后悔，没有与她有更深的交谈。我将这一想法与一周内决定要做的那件事情放在一起，这个想法只是像一下一下的心跳，在如此凛然严肃的事情面前，它似乎还有很长的路要走。

那个时候，我从未过分注意那个黄色假发，它最终被她挂在衣架上，与黑色、褐色等假发一样，挂在其中一个柱头上。然而即使在那时，我也留意到不同，黄色假发是其中最生动的那个，似乎还留有她的体温，是她身上固有的一个部分。等黄色假发的一个个发卷落在她的肩上，还有三两个贴着她的耳朵，停在她的脖颈下面的浅绿尖领附近，向上卷曲着，像是对她长睫毛的回应。在她面部激发出自由、委婉、俏皮的神色，等她微笑时，眼里的光彩与黄色假发浑然一体。最终，等它被挂在那里时，它的模样依然具有某种气息，依然努力保持"唯一"的特性，它像是依然活着，只是等着再次在姑娘头上复出的机会。

最后，它变作游魂，缓缓游荡在我的记忆深处，成为我潜意识里一个莫名之物，很长时间，我无法理解它意味着什么，如同贾宝玉看到佩戴的玉石，无法想起自己的前世，它只是作为一个容易在恍惚之中不期然地出现的物体，它会缓缓引发心情的某种改变，而我不知道它如此具体和富有个性意味着什么。

那天，我站在贾念生儿科诊所，丝毫感觉不出那里曾经是名人理发店，理发店被分割成两个部分，一个是小小的诊室，一个是取药和排队的场所。原先的门开在最东边，现在是一个双门，蛮横地开在最中心的位置。双门上分别贴有红色琥珀体的"儿科""名医"。进门之后，会看到贴墙一排长椅，然后是"厂"字形一米隔断，抓药的人站在里面，从身后密密麻麻标有药名的中医抽屉里找药，放在秤上称重。抓药处与诊室之间还有一个后门，那里可以通到后面的小区，正是从那里，不断冒出熬药的白汽。此刻那白汽不时扑进来，并迅速消失在空中，留下浓重、带有甜腥气的湿乎乎的草药味。如同《一千零一夜》里的魔瓶冒出的白烟。我的头痛已经近于极致，在某个时刻，我真的相信自己已经必死无疑，我确信那是狂犬症。我惊愕于自己马上要死时，周围依然如此平静。周围的人丝毫没有被惊动，丝毫不以为意。

我排在来候诊的队伍中，看着与自己毫不相关的人的面孔，发现越来越看不清自己，我到底是谁？我感觉，在我的内部，有一个前所未有的命运魔鬼。它并不出现，只是它总是反应在周围普普通通的事物中，影射在每一件物品里，似乎期望我的解密。

我再次看到瘦骨嶙峋的贾大夫，暴突的大眼，肤色发黑，他的白大褂已经有些脏了，尤其是袖口和领口，那一刻，女儿的命运似乎就维系在他这样一个人身上。我怀着难以言喻的期待看着他，然而他只是轻描淡写地打断了我的描述，说：

我知道了，上次开了十五克生石膏，有点儿少，每服药再加十五克就行。体温一降就不会呕吐了。

他的声音也在通过头部的"空房间"锐利地刺痛我。路并不太远，我打算走回去。我拿着两小包药，路边景象早已变得面目全非，我丝毫没有意识到，这是我若干年前经常走的那条路。因为它几乎已经失去了所有的标记。只有在路过美特好的时候，听见公交车的报站名：二营盘到了……我才恍然大悟，原来那里是过去的太原铜厂。紧接着，像是突然解锁一般，我明白贾大夫的诊室，正是我在过去理发的位置，那里是一排三个大黑扶手椅，墙上是长长一整块镜子。有三年多时间，我都是在那里理发。

此刻，我不由自主拿起窗台上被太阳晒得热滚滚的石头，掂了掂它的分量。我相信它既是屋后花园里普普通通的石头，也是《红楼梦》里那块通灵的石头。它身上附着着很多东西，甚至于过多，已经容纳不下。女儿保护它如同保护自己最珍贵的玩具。我放下它的时候，想起岳父那天也是同样的动作将它放在这里。一种暗示立刻在心底产生出来，它带着暗黑的色彩晕染了我的神经。我极力回避这样的暗示，于是，我有点儿茫然无措，为了逃避这一不祥的想象，我又回到记忆中那个场景：

我拿着两包药走在回家的途中，我想，事情可能马上会得以解决。不管是哪一种方式。我可以将自己的惴惴不安理解为一种优柔寡断。以至于我觉得走路的方式都有些虚浮，带有某种可疑的滑稽。这是一个怀疑自己是狂犬症的人的走法，这是认定可能会死的人在走。然而，还有一个巨大的声音在嘶喊，我绝不会死。就如同若干年前，我同样与死亡擦身而过一样。

我记得，我怀着内心那个黑暗的巨洞，躺在床上。那是下定决心做那件事的周末最后一天，从窗户可以看到与往日一模一样的风景。我注意到，一只误入房间的苍蝇在空中乱飞，嗡嗡嗡叫着。那一刻，我无法忍受的是，我的房间与往日丝毫没有改变，甚至连我也一样，我穿着蓝色背心，从一个不大的镜子里看去，我也与往日没有不同。这不是一个像节日一样界限分明的日子，而是普通日子的延续。它以过分普通的细节呈现来抹杀决定性的一刻。我注意到，桌子上在地摊上买的劣质录音机已经落上了浮尘，此刻苍蝇就在那里周旋，等它即将落在把手上时，它又飞了起来，激起了附近的尘土，微尘如同宇宙里密密麻麻的星宿一样飞扬起来。苍蝇的声音也在干扰我的意志，因为我常常会想着，我要将它从窗户那里驱赶出去。然而对于马上要做那件事情的人来说，那又有什么意义呢。我读完的《白鲸》依然端端正正放在桌子上，不知为何，我想将它收起来，放入书柜。就像小说的结尾一样，常常会有一种呼应的感觉。我拿起厚厚的《白鲸》，里面描写的那个大海、鲸群依然在我眼前。我将它放在夏多布里昂厚厚的两大本《墓后回忆录》上面。我很满意它们造成的寓意。已经是下午，我还没有吃饭，奇怪的是，我并不觉得饿。有一点儿怪异的虚弱感使我觉得，我不能站在地上，因为站在那里，我不知道该做什么。我似乎已经做好了准备，然而，我依然在看不见的时光流逝中等待什么。每当我站在地上时，我如同一个人划着小船在大海上，有一种四顾茫然的氛围。于是，我重新躺在了床上。

　　我知道，我已经毫无退路。这是我凝聚起的最强烈的意志。尽管这个意志像空气一样，我已经觉察不到。然而它依然在我的行为逻辑的惯性当中。等那只苍蝇啁一声撞在窗玻璃上时，我突然想到《白鲸》的尾声。捕鲸船沉没于大海之中，形成的大涡流已经像"奶酪似的水塘"一般，唯一的幸存者以实玛利被水流旋来旋去，等他接近圈子中心黑纽扣一般的泡泡中时，为亚哈备用的一口棺材从漩涡中射了出来。以实玛利靠着棺材得救了。如同《约伯记》里所说："唯有我一人得救，来报信给你。"等我想到这个场景，隐隐觉得有些不安，似乎哪里出错了。这是麦尔维尔高明的叙述圈套。叙述人、忧郁症患者以实玛利正是那个报信的人。我依然能回忆起，读到以实玛利利用棺材得救时，我浑身洋溢的那种解放感。遗憾的是，我却没有这样一个得救之物。在强大的意志之下，我正在依靠惯性走向那一刻。然而，就在这时，那个形象出现在我眼前——戴黄色假发的姑娘！我重新温习了那个温馨时刻，温习了回家路上的感觉和想象。几乎就在一个瞬间，我突然决定，我要再去看一次那个姑娘。这个念头如此强烈，以至于我马上坐了起来，似乎坐起来就可以看到她的身影。而我看到的是窗外很远处巨大的圆型建筑——省体育场。从我租住的六层可以看到古罗马剧场一样宏伟但空空的部分内景。

之后，我一直躺在床上，一动不动。直到夜晚降临，我才意识到，我非常狡猾地从那个坚定的意志之下逃脱了出来。我决定见过她之后再行动，我甚至已经预见到，我再也不会凝聚起如此强烈的行动意志。自从有了再见一次姑娘的念头之后，我却一直拖延着见她的时间。似乎害怕那个决定性时刻的再次到来。我不断回味理发的那个瞬间，以至于我已经在内心里产生了更荒唐的想法——我一定要娶她为妻。

即使在此刻，我依然为这样的一个决定感到一阵莫名悸动。女儿已经重新看到《红楼梦》的第五回，那是太虚幻境。我很熟悉那里面的场景，它瞬间带给我一个似真似假的气氛，借着这一迷梦一般的氛围，我突然意识到，我果真去找过那个姑娘。如同糖果只有在水中才能化开一般，那个之前一直处于盲区的记忆，缓缓复苏在眼前。

那已经是一个月之后。我已经一遍遍虚构了再次见面时的情景，它几乎成为新的神话，如同我在用想象不断创作一篇小说。它以强大的力量鼓动我，最后几乎变成了一阵内心的飓风。

一个周末晚上，我重新经过铜厂空荡荡的林荫道，我感觉到，眼中的景观已经有所不同，我体会着这个非凡的夜晚：密密的槐树枝丫在高空中似乎将这里轻轻搂抱在怀中。那些废弃的巨大设施，如今像童话巨人国里的景象一样，给人神奇的审美感受。世界似乎是可以变形和伸缩的。等我站立在铜厂门口时，我由于过分知道自己要去向何方而紧张和局促。我一直延缓抵达的时刻，我觉得自己尚未做好准备。一到路口，我就看到理发店红色的霓虹灯闪烁着——那是五个字：名人理发店。

我再次想象了自己将如何说服老板，要让实习生来为我理发，因为每次都是老板亲自给我理发。想象了将如何与姑娘聊天。想象那个黄色假发将是我们之间的一个秘密，那是她隐秘和私人的一个举动。

我几乎在一阵内心的飓风推动下，走进理发店，里面晶亮的日光灯晃得我一直看不清里面的人都是谁。等我认清之后，我非常沮丧地说：

那个实习生不在？

老板说：

那个女实习生？离开了，十几天前就回老家了！

理完发之后，我的头部空荡荡的，我带着瘫软空虚的身体，机械地回答了老板一句，然后推门出来。

门外是那条熟悉的黑暗狭窄的道路，我虚脱一样不得不走在上面。我知道，从那里，我将缓缓走向我的后半生。

大海　大海

> 你想象过大海
> 然后见到它
> 就是这样
> 　　　　——韩东

小韦眼前被一座座民宿旅馆挡住视线，看不到一点儿海边的迹象，不过这不要紧。旅馆老板说，大海就在五百米之外。他能嗅见潮润的海腥味，站在通向海边、洒满阳光的巷道里，他感觉心脏比平时高了一截，就像它自动浮起来一样。

他们一家三口是被一个中年妇女小南从车站直接拉来的，他们警惕地试图摆脱她的追随，然而他们也不得不面对她所说的状况：这是国庆旺季，家家爆满。不信你们去了看，她不停地说，你能找到一家旅馆才怪！他们被迫听信了她的话。一放下行李，他们就开始打量眼前这个破旧的民居旅馆。听任旅馆的几个陌生人好奇地盯他们。妻子小怡不满意他们的房间，首先是钥匙很难拧开锁，门需要使劲儿用肩膀顶开。然后是房间里洋溢的湿气，有一股与淡淡的陈年脚臭混合在一起的鱼腥味。门内居然有一个简陋的立式水管，水管下面，是几只乱放着的裂口蓝色旧拖鞋，拖鞋上还淤积有湿漉漉的沙子。地上到处是无法清理干净的沙粒，走起路来沙沙响。被子摸上去湿哒哒的。打开老旧的窗户，外面正对着民宅院子里的葡萄架，一个鸟笼挂在架子中央，透过空隙，他们看到一只神情阴郁的黑鸟——一只鹦鹉。这时，他们终于弄清楚，自从他们进了院子以来，那个

不时会响起的单调、含混的怪异声音,正是从它那里发出,此刻鹦鹉正歪着脖子,在笼子里朝他们叫着,他们终于明白那是什么意思:

坏蛋!坏蛋!坏蛋……

你不会就打算住这间吧?小怡问。

小韦正打算接受现状,他想,除此之外还有什么办法?他不喜欢她老是咄咄逼人。似乎是为了印证他的想法,他不情愿地说,我去看看还有没有别的房间。于是,他再次见到坐在前台只穿着背心的一个肌肉男——这个臂膀闪着黑光的光头男人,给小韦造成了不可磨灭的印象。他不愿意面对他。他二十来岁,表情凛然,脖子上挂着念珠,整个手臂文着一条黑龙。让他不得不联想到,这也许是一家黑店。

问了前台,说没有客房了。

小韦回来说。

这下你心里是否暗自庆幸,让你解脱啦。

小怡暗讽他。这似乎戳中了小韦的要害,他或许正是这样想的。他想,在外要倍加小心。这与他们平日所在的环境不同,这是一个随机的、危机四伏的地方,他们谁都不认识,他们只有三个人,显得势单力薄。

他们站在巷道里,准备去海边时,才重新轻快起来。他们毕竟已经到了大海附近,而且,茜茜表现出对葡萄架和鹦鹉的喜爱,她不停地与鹦鹉对话,逗引鹦鹉说出新的字词。你在哪里能找到这样一个葡萄架和鹦鹉呢?因为茜茜的逗引,鹦鹉新说出一句话,有点儿费解,那是它一边跳动一边叫出来的,尖尖的鸟喙上有小小的针眼大的鼻孔。

不过,明白之后,他们多少有点儿惊讶,继而大笑。

欢——迎——光——临!他们刚刚听清楚这高低起伏的几个字,就看见鹦鹉伸脖张嘴叫道:买账!买账!……"欢迎光临"四个字多么婉转顿挫,而"买账"两个字是多么气势汹汹、斩钉截铁!

茜茜为了表现得比他们谁都笑得厉害,伏着身子,一副喘不上气的样子。

等到女儿茜茜穿着泳装，趿拉着刚买的粉色新拖鞋，抱着租来的黄色游泳圈，兴高采烈与他们一起走在小巷里时，他们内心洋溢着快乐。小韦甚至有了一种难以置信的感觉，结婚七年来，他们商议过多次去海边，都没有实现。对他们来说，大海是一个不可思议的地方，他们怎么可能去到大海那里呢？

然而，他们现在来了，正走向大海。

茜茜戴着一副厚厚的远视矫正眼镜——正是因为要在北京看她的眼睛，小怡才突发奇想提议顺便去北戴河看海。茜茜的右眼只有0.05度，一直以来，他们不知道她的右眼几乎什么都看不见。她得走到距离视力表一米的地方，才能看清第一排那个巨大的"E"字。她佩戴的是700多度的远视镜，中间鼓鼓的。放在阳光下可以看到炽亮的凸透镜焦点。她又瘦又小，手腕细得他们都不忍心用手握，如果仔细看，她的手臂上有一层变黑的绒毛。她的一双大眼倒是很机灵，然而从镜片里看过去，她的眼睛像被放大镜放大一样，有一种扭曲夸大的效果，眼睛像是借由镜片正在向外扩张。不过，茜茜似乎对这一切都不在意，她喜欢笑，咯咯声像俄罗斯套娃一样，一串叠着一串，像是没有穷尽。大约一岁的时候，要是有人让她笑一个，为了更真实地笑出来，她会用手摸弄自己敏感的脖子，然后控制不住地缩脖咯咯发笑，停不下来。

她现在兴奋地用那只弱视眼看向四处，啪嗒啪嗒地趿拉着拖鞋。一个只穿着蓝色泳裤的瘦高中年男人迎面走来，扛着比大卡车后轮胎还大一倍的黑色游泳圈，上面湿漉漉粘着沙子。在他们居住的内陆城市，没有任何人只穿着泳装走在大街上。瘦男人的肤色黧黑，闪着油光，像是刚从油画里走出来。他们期待见到海闪着亮光的影子，哪怕只是一角。拐过巷角，他们依然没有看到大海，然而，已经有什么东西在拨弄他们的心脏。那是一条长长的普通的巷道。有人在路边卖比碗还大的海螺壳。他们远远看到，有人骑行着古怪的加长版自行车闪过丁字路口，那是两个姑娘，一前一后骑行着同一个车子，她们穿着彩色泳装，整个一大片后背都在闪光。

小韦曾经多次梦见过大海，在梦里，他从来没有胆敢仔细看一眼大海，他视野所及，只是近在咫尺的灌木树丛，树丛后面似乎就是大海正在溢出的浑浊水浪，不断有翻腾出来的带白沫浪花溅在他身上，他为此感到眩晕，海浪不息的声音激荡威慑着他，只敢匍匐在地，试着偷偷瞟一眼海的这小小癫狂一角，就像让他从山顶崖边看向千仞之下的幽谷一般。梦里，他都不敢想象海面的一望无际，一想到无际的水波，他就会晕眩得似乎要旋转起来。他趴伏在地上，始终不敢正眼看大海，海水像洪水一样，正在他跟前轰然作响，飞沫洒在他的脸上，海水一晃一晃，像是随时会翻滚出来，将他冲走。而他趴伏的地面，如同一个斜坡，他的身体感受到的那种坡度，似乎正预谋将他倾入海面。

所以，等他来到丁字街口，越过街头外面的十字路口，看到一片城市建筑中间闪出的一点点平稳的蓝色平面，就像一块蓝色的静物。那种纯然的静止让他惊讶。

小怡来自山区稍稍平缓的一小片地带，接近她家的镇上时，路边一棵一棵，全是被风吹歪的歪脖杨树，它们全都以各种奇异的姿势，朝向同一边。那是比雁北更靠北的地方，翻过几重山就是内蒙古大草原。有时，他一眼扫过去，就像是看到史前群体行走的怪物。那时，他跟她同坐在长途车里，看着它们。他还曾和她在一棵高大的歪脖子树下，抱在一起。他感觉到那些歪脖子树成为他的一部分。冬天的时候，那里的风声像有人在持续不断嚎叫，声音忽大忽小地灌进他的耳朵，似乎也成为他的一部分。而他来自晋南沟壑，童年和青少年的很长时间，他不断在沟壑间崎岖小道攀爬行走，在田地里辛苦地干活儿。有时，他一个人坐在他家承包的柿子沟里，沉寂幽深，他只听见偶尔的鸟叫声响亮又孤单，以及一片叶子突然脱落下来，在树杈间磕碰，擦着其他叶子落下，在空中坠向地面，那是患了枯叶症的有斑点的病树叶子。他们都距离大海很远，远到他们根本想不到大海。那时，他就隐隐有着对未来和陌生事物的恐惧，因为他用了将近二十年只熟悉了一个村庄和这里的沟壑，最远到过县城。之后，他在一个地方专科读了大学，他在省城认识了她。

他们需要穿过一条街，等红绿灯的时候，他对路边来往的行人感到讶异，这些行人似乎毫不在意近在咫尺的大海，表情冷静、漠然，不像他们左顾右盼，兴奋异常。

大海，我看到大海了！那就是大海！茜茜不停地指给他们看。

他抱起茜茜，便于她看得更多。很久以前，他就想到过大海。但从未想象它是如此安静，远看像微蓝色的宝石那样的固体一样。他记得，在波兰斯基的一个短片开幕，是一片平静的大海，有两个男人像是从海底走出，抬着一面巨大长方形镜子，那确实是一面明晃晃的镜子……

等到他们过了大街，急切地踏上大片沙地，看到了更大面积的大海，终于，他们看到延伸到天际的明晃晃海面，只是那颜色已经变成了明灰色。蒸腾的海腥味更为浓烈，海水一波一波缓缓冲向岸边的游客，引来一阵阵夹杂着尖叫的喧哗，海边像密集的花花绿绿蚁群，一团一团、高高低低的是游客。很快，他们就会成为其中一员。他为此感到有点儿不自在，似乎他们不应该出现在那里。

太阳明亮地四处闪光，远处游客的白色背心、短裤，像镜子一样刺目，而旁边越来越开阔的海面，正在他们眼前令人眩晕地展开，让他们莫名激动，他从未见过如此平坦而耀眼的事物，凭空就让他胸腔膨胀，就像一下子注入了空气。茜茜她戴着那副凸透镜一样的远视眼镜，不时地发出哇哇的叫声，并频频回头与他们分享喜悦，欣喜无比的眼睛经过镜片的放大，像是要挣扎着占满镜面。

茜茜棍子似的小腿露在旧了的劣质粉色裙子下面，踏着小怡刚买的粉色拖鞋。小怡有选择困难症，在民宿附近的露天商场，她在两双粉色拖鞋之间选择了很久，一双七块钱，一双十块钱，抉择不下，直到把他惹恼。而他选了一双便宜的蓝色拖鞋，价格十一块钱。但她依然指责他：你就会挑好的！因为还有一双只要八块钱，轻飘飘的。为了抗议他，她给自己买了一双八块钱的。他想让她买另一双，她说：你别管我，人家你是穷人的家、地主的手。

此刻这些小小的不快都已消散，他带着微微的羞涩看着大海和人群。内心像燃烧一样几乎要忘乎所以。他将女儿茜茜放入游泳圈，茜茜紧紧抓住，既激动又紧张。他们踏入水中的腿像棍子一样笨拙，等他们终于将身体放入海水中，感觉到水正在托着他们，并跟随水面一晃一晃，他们立刻觉得失去了安全感。

你们不要再往远了去。小怡说。

有一根缆绳延伸入海中，供下海的人攀附。他推着茜茜的游泳圈，暗自喜欢这种随性和自由。还有轻微的冒险。他看到一排隐隐涌起、像鼓胀的面团一般的海浪，缓缓逼近他们。接着，他们突然被水抬起，像是被冷酷的巨手推搡，随着哗的一阵水声，猝不及防的水浪一下子爬过他们的后颈和头部，打湿他们的眼睛。茜茜的游泳圈失控一样游向一侧，她受到惊吓之后居然一下子哭起来。然而，等她抹掉泪水，看到恢复平静的海面，又为自己的惊慌咯咯笑了。是的，他们都是安全的。然而小怡害怕了，她只敢待在距离海边很近的地方，这让他更为激进大胆，他带着茜茜，开始攀附缆绳，向海里游动。直到他们前面只看见零零散散几个游泳的人，这几个人，正朝着更远处游动。他们听见小怡在远处喊叫：

快回来！太危险！

他看向同样处在激奋中的茜茜，小怡担忧的叫声使得他们的行为更加充满乐趣。每次有浪涌来，他们就扶着缆绳，紧闭双眼，背对着平静的大海，等着一阵黑沉沉的暗浪将他们推起，像筛子一样筛过人群。之后，会有一段短暂的空隙，他们在几乎凝冻不动的海面上扑腾。在各自的游泳圈里，他们看向无边无际的大海，大海就在他们脖子下面，茜茜在水中划动纤细的双手，似乎看不出是否能够前行。但是，大海已经大到似乎什么都不重要，不管游动了多远，依然只是在海边。就是在那时，他们几乎同时看到远处隐隐有一艘轮廓清晰的灰色舰艇，像是奇迹般瞬间浮现出来，阳光在上面的浅黄色区域发出金子般的光亮，几个游泳的也注意到了，很快,大部分海里的人都向它注目。只是它一动不动,像是拼贴在海面上的一幅画作。看不见的水汽微微扭曲了它的轮廓,使得它更为清新神秘。

直到人们已经不再注意它了,它依然静静停滞在那里。他和茜茜不敢再往前游,由于胳膊在游泳圈上不断划动,腋下似乎磨破了,被咸海水浸渍发痛。有几次,他们在不经意间呛进了海水,这都使他们有些扫兴。不过,他们开始像凯旋的英雄一般,往海边游去,迎接他们的是小怡担忧和喜悦的神色。在浅滩,茜茜从屁股下的泥沙中摸出一只完整的白色贝壳,这让她再次兴奋起来。他们的身体依然在水里浮荡,因为海水在摇晃。然而,觅到几个贝壳之后,没维持多久,他们的兴奋开始褪色,一个一个,像落在电线上疲倦的鸟一样,在游泳圈里互相看看彼此。甚至于,他们不再想待在水里。在不断上下浮荡的水里,居然不像在空空荡荡的大气中舒适妥帖。他们终于发现了这一点。

他们站在海滩上,晒着太阳,看着大海中斑斑点点的游泳者。看到持续到来的游客,他们觉得,自己已经是老练的过来人。等他和小怡再次注意到茜茜时,发现她正在配合一个男生,用一捧捧沙子掩埋只穿泳装、几近赤裸的姑娘,他们显然是一对情侣。茜茜已经意识到,自己正在做一件如此有趣的事情,因为它已经吸引了许多目光。姑娘的脸白皙干净,笑容非常甜美,她的前胸、肚皮、胳膊、双腿都埋了沙子。他忍不住会多看几眼。她的肚皮由于呼吸,正在起伏,使得沙子松动滑落,这已经被茜茜注意到了,正用小手捧着沙子,一边咯咯笑着,一边往上面堆积。最终,姑娘只剩下清新迷人的头部露在外面,等她的一只脚拇指不小心露出来时,茜茜就发现了,用沙掩埋了。大家一起围观着这一幕,海边沙滩上,只有一颗美丽的姑娘头部,他注意到,她正含着感激和微笑看着茜茜。而他也心中甜蜜,偷偷欣赏着她的美貌。

直到太阳偏西,他们感到疲倦饥饿,才犹豫着是否要回。茜茜重新戴上眼镜,开始哼哼唧唧,他们知道她累了。他发现,时间已经迅速过去,快得如同倏然之间。而他们像是时间在沙滩上无用的抛弃物,他一下子感到了疲惫和空虚，鞋子里到处是沙子，每一个地方似乎都硌脚。还有一大段沙滩要走。他的脚趾被沙粒磨得生疼，使他不由得发出咝咝声。他第一次觉得，大海为他制造了部分麻烦，使他感到了不舒服。

很快，他们便更深入地知道了被骗的程度，因为海滩上到处立着去黄金海岸的牌子，上面清清楚楚写着：到黄金海岸四十五元一位，甚至还有更令人咋舌的三十五元，而他们给明天早上的旅程掏了每人九十六元。立在沙滩上的一个个简陋的广告牌子，像是在无声地奚落他们，使他们脸红。为了彻底了解他们这次到底损失了什么，受伤的边界在哪里。他还执意绕道豪华的海滨度假宾馆，他一拐向另一条回去的路，小怡就明白了他要干什么。他听见小怡在背后说：别去了别去了，问清楚了又有什么用。但他依然忍受着夹脚拖鞋里沙子的磨砺，向前走去，然后，像刚到的游客一样，走向那个有着郁郁葱葱绿植以及喷泉的宾馆。他们坐着面包车来的途中，就看到过那个宾馆。隔着旋转门，他看到里面像金子一般光色的豪华大灯。穿着礼服、彬彬有礼的前台女服务员令他心痛，他不喜欢民宿旅馆那个裸身的文身胖子，他喜欢文雅和秩序。女服务员回答他说，还有标间呢先生，二百二一晚。价格居然跟他们住的民宿一样，也是二百二。他感到揪心地难受。是啊，他们一家三口有机会住在高档酒店，享受宜人的环境、喷泉、亮堂堂的大厅、洁净舒适的床单。但他们如今被迫躺在湿漉漉的床上，在沙沙响的地上走来走去。

回到房间，就像特意提醒他这是大海边一般。他的鼻子再次被民居旅馆房间里独特、浓重的海腥味灌满，他不知那气味到底来自何处，潮湿的地板？还是陈旧简陋起皮的壁纸、发灰不洁的被褥？还是那几双湿漉漉的破旧蓝色拖鞋？整个房间似乎已经腌入味。而且还混杂了床被和鞋子的霉臭气息，仅仅半天时间，让他震动的海腥味，已经从沁人的奇特变成了纯粹的难闻，像发霉的海带放在他鼻子下面一般。这也让他焦躁不安。

那种浓重的受骗感包围着他，而无处不在的海腥味加重了这一点。使他随时能感知到败坏和沮丧的氛围。他知道，这一切同样折磨着小怡。他无法克制自己去酒店探查,他知道那是一种天然的不可抗力,事实上并不意味着什么。每当有侮辱性的遭遇,他急切想知道的不是如何消除,而是要了解它到底造成的伤害有多么宽广。他像外科医生拿着手术刀一般,在自己体内细心探查。而小怡也无法克制自己对利益的争夺。有时仅仅是贵了两三块钱,她要刚购物回来的他去退货,因为她难以忍受那种权衡利弊的结果。她会为此整整耗费一个下午来为他的浪费习惯生气。等到小怡试探着问他,是不是应该去理论理论?那就像他听到了自己心里的声音。然而,他受困于那种心底的不安。他说,算了吧,估计理论不出什么结果。

他注意到了小怡脸色的改变。原来,像往常一样,她并不是来跟他商量,而是想得到他的抗争和支持。

最终得胜的结果使她洋洋自得,她开始对他口诛笔伐,用她擅长的犀利言辞。

你是缩头乌龟,永远不会给我们做主。

他们和前台经过了激烈的交锋。小怡针对价格去问询,想要退出明天的旅游路线,一下子惹怒了那个黄头发的年轻男人。小韦觉得,自己瞬间被推进不安的漩涡,那是一个注定会引发冲突、不知道结局在哪里的开端。他只好被迫参与了争执。男人的声音很高,中气十足,严词拒绝了他们。他站在那里,觉得事情像货物一般摊在他们眼前,似乎没有尽头。争执声引来一个干瘦的老年男人,看上去像是黄头发的父亲,因为他们长得一模一样。接着,那个胳膊上有文身的胖子,满口脏话,嚷嚷着走了进来。似乎要升级成一个斗殴事件。

小韦说,接我们来的小南呢,你联系她,她答应随时可以退票。

那你等她来吧,我们联系不上她。

他们不再理他。

茜茜哭了起来。他们几乎很少看到她如此撕心裂肺的哭声。每当哭的间隙,茜茜还会用惊恐的眼神看一眼前台。那眼神从放大的远视镜里看上去,如同来自希区柯克电影的特写,更加让他惊慌失措。而他们眼前的每一个人都不看他们，目光漠然，如同他们并不存在。直到黄头发的母亲到来，事情才发生了变化。她是唯一一个脸上没有凶相的。她说，退是退不了了，可以想办法免去孩子的车费。

争执过后，那个黄头发、干瘦老男人，还有文身胖子，他们看向他的时候，有了一种厌恶、鄙夷和不自在的感觉。争执事件改变了这里的气氛，使这个四层楼的简陋民宿变成了电影里不可控的港片里的场景。等他回到房间，从房间窗户看出去，那个夜色中的葡萄架几乎混进了与天空一体的黑色。看不见的鹦鹉也安静了，一声不吭。

未知的一切总是给他沉沉的压力。他们在明天一早，还会被从未见过的车，拉到所谓的黄金海岸。小韦不喜欢这种感觉，他对每次出远门都疑窦丛生。只要一越出他所在的城市，他就会有强烈的不确定感。每次去外地，他需要做很长时间的心理准备。他觉得，种种偶然和意外不只在等着他。而是在寻觅他，捕捉他。一种神秘的意识顿时在他心里产生，如同巫术。他似乎马上嗅到了其中的危险，而且已经预感到什么。就像玩牙齿玩具，他只是不知道真正的危险来自哪颗牙齿。他第一次在瑞典导演伯格曼那里听说死亡恐惧，很多年来，伯格曼痛苦地与它斗争。那似乎恰好也是他的症状。只是，他需要躲避的是灰暗的可能性，他不想给它更多的机会。每次等他经历了出远门的行程，背着包、拉着行李箱回到小区大门口时，那种纯真朴实的熟悉场景使他温暖、喜悦。他脸上不由自主露出了笑容。有一次他猛然留意到，自己居然在自顾自微笑，而且，他显然已经偷乐了片刻。是的，他开心地意识到，他又侥幸躲过一劫，完好地回到了自己的栖息地，而那个小小的单位居室将是他温暖可靠的终点，再也不会有过多的可能性折磨他。

次日早上，他们跟三四个旅馆里的陌生人一起，走出民宿宾馆，来到巷子口外的大街上。将自己的命运交给了尚未到来的车。大街上几乎看不到出行的人，这还是完全陌生的大街。几分钟后，他们看到了一辆貌似疲乏的大巴，慢悠悠停在他们跟前。他带着一贯的警戒仔细打量它，而坐在车上的每个人都像夜晚的鸟一样,一声不吭,或者发出很小的声音互相说话。茜茜已经跟一个男孩说话了,那是一位老人带的孙子。茜茜还兴奋地注意到一对个子高挑、打扮时尚的年轻姐妹,她们披着轻纱似的一层超大披肩,一直遮挡到了腰部以下,披肩上是巨大的两朵艳丽的大花,就像是礼花正在她们后背绽开。

小韦仔细比对茜茜与那个比他小一岁的男孩,男孩比她高一点儿——他一直疑心茜茜有个子矮小症。此刻她那双灵活热情的眼睛被镜片放大之后看向小男孩,那是一双有些过大的眼睛。男孩似乎也注意到了这一点,但他真正的注意力不在这里,而是茜茜做出的一副逗乐的龇牙怪相,男孩像马上理解了这个暗号似的,开始乐此不疲地做同一个怪相,嬉笑不止。

茜茜还在小怡肚子里的时候,他就不敢相信,那个隆起的地方居然有一个真正的孩子,它正在那里一点点长大。他害怕那只是一个假象。他无法想象,那将是一个怎样的孩子。而她刚刚出生的模样惊着了他。多么陌生的面孔!面色黑红,两手牢牢攥紧在两肩。而且,她是多么小,只有四斤三两。因为她母亲小怡的胎盘过分老化,两个月里,只能提供勉强维持生命的营养。她的发育也许并不完好,后背像猴子一样,长满密密麻麻的毛。这也曾经让他焦虑不已。出生不久,在他眼皮下面,她的形象在迅速变化,每过几天,她就偷换了一副面孔,这从他们拍的照片里可以得到印证。许许多多瞬间,对于他来说似乎都是奇迹:她居然真的在长大,她居然会笑;她早早就说话了——他一直担心她不会说话。那是她被抱去医院的途中,她哭着大喊妈妈——声音无比清晰。他还担心她无法走路,她摇摇晃晃走起来了。他不时去百度,搜索胎儿后背的毛会怎么样。不过,她后背的黑毛不经意间慢慢脱落了,如今变得光滑细嫩。这一切都令人惊奇。如今,她居然可以对世界发表意见,会辨识鹦鹉的话,会朝同龄小孩做鬼脸。而且,她居然已经见过了大海!

他们到了地点,车上的人很快散落在景区停车场,他看见这些有了一面之缘的人很快分散开了,混到了完全陌生的人流当中。他注意到的有一个表情和蔼的大妈，脸色灰黄，像是有病，但脸上有一个孩子气的笑容。一个裸着上身、满不在乎的胖男人，眯着大眼，喜欢一手摸着自己的肚子，就像正坐在自己家客厅里。一个瘦弱的中年女人，带着她有了老态的白发母亲，她们都是窄小脸，瘦得棱角毕现，两人过分内敛，眼神躲闪……每次再见到他们，他还会生发一点儿熟悉的感情，有时他们会互相点点头。就像他们来自同一个秘密组织。

他们看不到海，因为他们置身在一个几乎看不到边的景区。他们有些茫然失措。

快看那两个"蝴蝶"！

原来茜茜指的是那两个高挑的姑娘，她们披着巨大花色的披肩。醒目地成为散乱人群里的视觉中心。她们步伐轻盈，背后的大披肩飘飘荡荡，似乎很笃定地朝着一个方向走着。小怡也失去了判断，这到底是什么地方，应该去哪里呢？他们打算跟着她们。但很快，他们发现，她们只是为了去看岔路上的丛丛花树，她们正在各自与花树合影。

他们茫然地看着周围纷乱的游客。因为从哪个方向走的人都有。等他终于确认一条道路的时候，遭到了小怡的反对。

不是，肯定不是。

他看见遥远的、几乎是天边的地方，有一片黄灿灿的高地，在早晨清亮的光线下，发着清晰的白光。一些花色小点是正在蠕动的游客。他们在那里干什么呢？他想，他们最终也会出现在上面。但他们到底应该从哪里走呢。

他们选择了其中一条，这是高低起伏的绿化带，游乐项目都出乎他们意外，他们排队玩了高尔夫球、射箭，这使他感到受宠若惊。他只在影视里看到，在电影《秋刀鱼之味》里，他第一次仔细观赏了高尔夫球杆，它微妙的弯度，以及它身上高贵的光亮，但他马上就要亲手拿起它，尽管已经被无数的人摸弄过。小怡无法击中球，连续三次空抡，不断在抡空后发出唉唉声。茜茜的球杆碰到了球，球微微走了一拃长。他觉得他一定可以完美地击中它，但他打疵了，他感觉，碰到的高尔夫球居然跟铁球一样沉重，球打着旋慢悠悠走出去一两米远。他有些汗颜地走出来。他们的箭都射出去了。茜茜的箭只射到了一米之外，但她大声笑着，就像射中标靶一般。等他们沿着弯曲迂回的绿化地带不断前行的时候，也不时会看到树丛间显露出远处大片的类似黄沙的地带。他们终于走出最后一棵树的阴影，一下子袒露在这平坦的、几乎一望无际的沙地，站在阳光下，看着开阔地带，他们感觉就像是被突然抛掷在这里。太阳的热力增强了他的各种感知，他浑身的燥热、背包的沉重、脚趾部位的疼痛，因为沙地绵软，他的脚被迫与拖鞋紧紧挤在一起，加上鞋子里钻进的沙子，正磨砺着那些他无法顾及的痛点。他尽量小心地走着。

等沙岭顶更完整地显露在他们视野里时，才知道他们一开始就走错了路，那是一道齐刷刷的沙坡，非常遥远。小小的游客身影正从沙坡滑道滑下来。他们目前事实上正在远离它，而不是迎向它。现在他们得绕到最右侧的攀爬处，缓缓走上沙顶。那里的人目前只有蚂蚁那么小。他们本来可以从左侧顺道上去。现在，他们估计得多走四五十分钟路程，因为沙地走得很慢，而且太阳几乎直射着沙地，他们避无可避，沙地里到处流动着奶酪似的光影。

看你带的这路！小怡不满地质问他。

她的脸上浮现出他熟悉的沮丧、烦躁的表情，那个表情暂时停顿在她的脸上，似乎马上就可以发作。她有一个诡异的情绪通道，可以迅疾地从狂欢似的快乐，滑到失控的情绪之中。他已经捕捉到了某种征兆。

本来就是对的，你非说不对。

这么说是愚蠢的，但他无法克制自己。他也不确定那条路到底对不对。他们只是混乱中，偶然选择了这条错路。等她情绪处于不稳定时，她会板起面孔，表情冰冷，充满寒气。她喜欢不断用话语挑衅他。每当他在家里自顾自看书时，她的脸上也会浮现出这一表情。这使得房间里充满了他们糟糕的内心戏。她不喜欢他抛下她不管。她会腾腾地走来走去，数落他不将东西放回原处等等的种种错事。他买了许多书和碟，而她讨厌它们。

他们也可以不去沙顶，但那些小点似的许多人影不断流向那里，使那个地方充满了魔力。他们问茜茜，咱们还去不去那个地方？有时他们无法做出判断，会将选择权交给茜茜。茜茜说，去！他们早就知道她的答案。事实上，他们也不忍舍弃。他们可是从一两千公里之外的地方来的，此生也许只有这唯一一次机会。再加上，那一个个滑下来的小小人儿，远看轻盈得像是在飘荡似的。

小怡似乎暂时忍了下来，眉头舒展了一些，但他依然充满警戒。他们朝那个地方走去，太阳已经到了半空，已经接近十一点左右。他们都大汗淋漓，他的手臂上全是汗珠。他脱了半袖，搭在手臂上，只穿着二股筋背心，背着一个沉沉的绿包，里面装着他们所需的食物和饮品。绿包的带子勒着他的肩膀。他还要不时抱一会儿茜茜，她跟不上他们的脚步。太阳在茜茜的眼镜上面照射出一个光点。他注意到，小怡似乎也正努力跟自己的坏脾气搏斗。她说：

你爸就是骆驼，所有东西都要挂在他身上。这句话使他们轻松起来。

他故意拉长脖子，脸上做出一个怪相，缓慢地跨着大步，模仿骆驼一晃一晃的走路姿势，这逗得茜茜笑个不停。茜茜让他一直像骆驼那样走，他一停下来，她就大喊：再来一个骆驼。

他终于累了，喘着气放下了茜茜。他们机械地走着，他发现，他们是这里多么不同的景象：小怡已经不是多年前的样子，她瘦了，戴着边框有裂痕的近视眼镜，她的颧骨突出来，胳膊半袖的位置黑白分明，露出蚊子的咬痕。她黑瘦的脚踩在粉色劣质拖鞋里，在沙地里带起烟状粉尘。而茜茜急于前行，两只脚一深一浅迈动。她们此刻的神情也暗自让他惊讶。茜茜在阳光下蹙着眉头，小怡也眯着眼，半张着嘴，像是在忍受痛苦。直到后来，他们才想起有一把伞。她们俩打一把伞。他不怕，有许多年，他曾经在暑天整日裸着上身只穿短裤在田地里干活儿，烈日无法奈何他，只是把他的背晒成了酱黑色。

他们终于开始攀爬缓坡，那里他们什么都看不到，只能顺着斜坡看到满是雾一般的天空。他们一踏上沙顶，就看到了远处变得很小的绿化带景区。原来他们来自那么局促的地方。他们看向另一侧，在黄沙尽头，居然看到了一点点海面，虽然只有几乎一条弯弯的曲线，但那意味着是无垠的，直到天边的。他们指指戳戳看了一会儿，又使他们激动了片刻。因为那形状如同一个不可思议的灰蓝色细带子，正在融入天边的光影里。那个瞬间，大海就像一个偶然出现的礼物，静静在天边闪耀。

只是站在沙顶要滑下去时，小怡犹豫害怕起来。她的脸上出现了熟悉的惊惧表情，眼神退缩，身体僵硬。这怎么可能？他刚刚还看到同车的那对沉默的黑瘦母女，面无表情、毫无声息地滑下去了，似乎没有引起她们任何情绪上的震动。工作人员催促她，快点快点！她摇摇头，声音甚至有些发颤。我害怕！要不还是算了吧！他和茜茜鼓励她，去吧去吧！没事！但她仅仅是再探头看了一眼，就缩了回来。

咱们别玩这个了！

她刚刚说完，茜茜就哭起来。我要玩！

他们费了很大的功夫才来到这里，他们都知道这一点。她有神经质和胆怯的一面，不过，那更多是精神方面：一个特别虚弱而病态的她，似乎藏身在她身体之中。她害怕晚上一个人过夜。有一次，他正在上夜班，她打电话，让他无论如何立即回去，他赶到时，看到她藏身在卧室被子里，蒙着头，浑身发抖。她说看到卫生间有人。什么人？那一刻他也紧张起来。是一个老女人，头发雪白，坐在马桶上，正在看她。他才明白，那是不可能存在的。他打开洗手间的门，告诉她，什么都没有。但她不敢去看。他一直无法得知她是真看到了幻象，还仅仅是虚构。之后，她再也没有提到此事，就像此事没有发生过一般。厨房阳台偶尔出现的小小的虫子，会使她受到惊吓。看到扁扁的水虫、会弯曲身子的吊死鬼，她会尖叫起来。看见窗户外面趴着一只臭虫，她也会双手抱在胸前，让他将它驱赶走。

他已经无法将她叫回来了,她在工作人员烦躁的审视下,急急向侧面走去,就像逃走一般。她要原路返回,然后与他们在下面汇合。她的紧张甚至感染到了他,等工作人员递给他需要垫在身下的绿色毯子之后,他看到了脚下那个至少有四五十米长的陡峭滑道,那使他有些眼晕。他强作镇定,抱着茜茜,等他们开始加速下滑时,心脏突然上浮了,他感觉到如同正在悬空一般。他紧张得闭上了眼,因为他不敢看脚下遥远的滑道底部。他感到茜茜的身体也紧张地收缩了一下。直到底部近在眼前时,他放松了,惊喜而欣慰地快乐起来,他们在沙坡上大喊大叫。等他们滑坐在地上时,又看到了那个一望无际的沙地。

那已经是正午,太阳直直射着他们。他们刚刚振奋起来的情绪渐渐消失了,看不到边的明晃晃沙地使他有一种无力感。他们一声不吭走在沙地上,茫然地看向远处。终于,他们看到天边走来小怡小小的、孤单的身影,他们朝着对方挥手,细微而熟悉的呼喊声忽近忽远地从远处传来。阳光沉沉地压着沙地,使他们感到特有的疲累。成功的汇合使他们觉得别有意味。之后不久,他们看到一座巨大的弥勒佛像孤单地盘坐在沙地,他们由远到近看到它,就像它在守候这片沙地。他们终于绕到了佛像跟前,抬头看这几层楼高的弥勒佛,刺目的直射光线像雨帘一般,在他眼前造成了许多黑影,四处都是像肥皂泡一般滑动的光影,但他还是看到了弥勒佛巨大的笑容。那时,他正背着包,抱着茜茜,喘着粗气,几乎已经精疲力尽。但那一刻,久久停留在他脑中,使他感到一种奇异的安静。只有太阳似乎过分喧闹,炙烤着他,使他浑身发烫。他的脚越来越痛,似乎要不是看到弥勒佛,他似乎是难以再继续前行的。等他们深一脚浅一脚赶到海边游乐场时,已经是很久之后了。

游乐场是他们的欢乐时刻。他们喜欢茜茜称之为天桶的东西,那是一个正在空中摆动的巨桶,桶里的水会猛然倾倒出来,一大团沉沉的、水晶体般的水像云一般悬停在空中,几秒钟之后,似乎才马上醒悟过来,加速冲了下来，重重砸在他们身上。他们所有人都发出不同的尖叫声，继而是笑声。这里全是与水有关的玩乐场所。他喜欢让水砸在被晒得热辣辣、隐痛的后背，与其他完全陌生的人一起喊叫。他还将那双备受煎熬的脚放了出来，赤着脚，脚趾舒服地伸展开来，他看到每只脚的脚趾上都有三个血泡，有一个隐藏在小拇指和另一个指头中间。小怡累了，坐在一边，只是用视线观望着他们，等他们回头看她时，她就向他们招手。他和茜茜终于不再那么兴奋，开始像大街上的游逛者那样，到处走走，走过浅浅的水池、水道，以及喷出来的水组成的水门，看看还有什么没有玩过的。那时，他和茜茜都注意到，一个后背晒得像龙虾一般的胖男人跟他们一样，在游乐场似乎毫无目的地走来走去。每次看到胖男人，他们都相视一笑。

会合之后，他们指给小怡看，小怡认为，胖子就是他们同车的那个人。他说不是，因为他清楚记得，同车的是张飞一般的大环眼，而这个男人不是。小怡却笃定地认为，胖子就是。

他们让小怡注意看那个胖男人的后背。

大龙虾！茜茜笑着说，后背像大龙虾！

你的后背也是啊！

这句话惊着了他。茜茜也惊讶地发现了：爸爸！你也是大龙虾！她俩为此俯身哈哈大笑。而他为此感到古怪的恐慌。他回过头，仅仅可以看到肩部的一小片鲜艳的酱粉色区域。那种招摇醒目的色彩让他惊慌，就像他正在变成别的物种。原来他自己就是一只龙虾！后来，他终于醒悟到了这一点，他是通过疼痛醒悟过来的：他被晒伤了！从他的整个后背以及后脖子那里，传递来一阵阵灼热的痛感，透过玻璃屋顶的光线只要照到他后背，就像热浪一般，使他感到一阵难受。他需要时时被天桶的水浇一下，才会觉得缓解片刻。他甚至不能笑，因为身体的抖动也会加重后背的疼痛。

这加重了他的不安。等他去淋浴室冲洗身体时，他时时刻刻留意着身体的种种感觉。水龙头的温热水流使他的整个后背如同着火一般。在衣包间，他试着重新穿上二股筋背心，那就像捆扎在他后背一般难受。他不再敢将绿包背在身上，而是提在手里。然而，更令他不安的事情发生了。在出口，他一直等不见她们出来：已经二十分钟过去了。他最终意识到，男区和女区的出口不在一边。他赶紧来到女区出口，已经没有她们的身影。他举目看向远处，只有稀稀拉拉的几个人正走向海滩。他提着包来回乱窜，在视野宽阔的海滩四处捕捉她们的影子。没有！意识到他们可能会失散，他心急如焚。他此刻觉得，世界上没有什么比得上让他看见她们的影子。那对他几乎就是奇迹。他来到了海滩，海滩上密密麻麻全是穿着泳装的游客，四处是闪光的光裸胳膊和大腿。大海沉沉地延伸到天边，他也顾不上看，大海那种无垠的大、那种与己无关的模样也令他害怕。他又奔回海边游乐场，没有。他回到海滩，至少在海滩来回走了三趟，都没有看到。这时，出乎意料的，他再一次看到同车的那对"蝴蝶"，她们的头发湿漉漉的，似乎刚从海里出来，但她们依然将轻飘飘的花色大披肩披在身上。正是这一点吸引了他的目光。他终于猛然醒悟，她们的大披肩是为了防晒。就在这个意念轻轻滑过脑子之时，他从两个"蝴蝶"的间隙，看到一高一矮两个瘦瘦的身体，她们正在那里四处张望。他没有认出她们，仅仅是她们的动作引起了他的注意。这时，他认识到，那个戴着眼镜、一颗小小的头部上盘着一绺头发、后背瘦得露出骨头的女性，是小怡，而那个依然戴着眼镜，瘦小得令人怜惜、伸长脖子的女孩是茜茜。一种别样的感觉涌上心头，如同奇迹、怜悯、可笑与荒唐的混合。他大喊着朝她们走去，小怡滔滔不绝责骂他，但这没有令他生气，他仅仅感到不安和后怕。

他们再次走进海水，似乎只是不得不这样做。他们赶了很远的路途，走了说不清多少沙地，最终亲自来到了这个据说水更清的海滩，他们不去海里走一走太说不过去。海水对他唯一的吸引力是，他可以将后背埋在清凉的海水里，尽管咸涩的海水正在侵蚀他的后背，但他更担心头顶毒辣太阳的直晒。

回到旅馆是下午六点。他们去了海鲜市场，买了三斤螃蟹。小怡几乎惹恼了他，因为她不断在市场上走来走去，比较对比。

这个就不错，拿上就算了。小韦说。

他害怕她的选择犹豫症，有一次，他陪她逛超市，她仅仅站在摆放着护垫的货架前，至少权衡利弊了半个小时，不停研读不同护垫的说明，搓揉捏摸不同的护垫，他看着来来往往的顾客推着购物车，从她跟前经过，她像礁石一般几乎一动不动。而他此刻，怎么能忍受着火辣辣的后背和脖颈的剧痛，忍受着脚上多个血泡的痛点，跟着她不断前往不同的货柜，端详那些密密麻麻的螃蟹。而且，她的行为已经引起了货主的反感。

这位妇女，不要就给别人让开地方！

货主已经看见她站了很久，一开始的热情已经变成了烦躁。因为她不停地用手指在螃蟹背上戳来戳去，或者将它反过来，观看它青色的弯腿和发白的腹部，研判它是否足够厚实。那些螃蟹带着似乎与己无关的迟钝表情，吐着泡泡。很快，小韦觉得，自己的怒火已经不亚于货主。终于，小怡做出了决定，她离开那个暴躁的货主，返回去找到另一个被她惹得暴躁的货主，拿到了扔给她的黑塑料袋。她摸排了几乎整个市场的螃蟹摊位，现在他终于松了口气。

茜茜喜欢螃蟹，半年前，茜茜在他的笔记本上画过的直立的螃蟹婆，她的左右钳子上，茜茜为她各画上了蝴蝶结。他当时惊异于这个意象，螃蟹婆的面部如同蚂蚁或者巫婆，是由油笔画出的一些紊乱的线条组成的。嘴唇部位被涂上了一点儿红色，蝴蝶结也是红的。那双圆圆的黑灯泡般的眼睛，像是幽灵或者科幻性的装饰。她的后腿是长长的笨拙的线条状，线条上用打横的细线标明那是齿状。他眼看着螃蟹婆一笔一笔被画出来。从那时起，他觉得，螃蟹在他眼里甚至变得不一样了。

如今他们提着真实的三斤螃蟹，螃蟹们在黑色袋子里刺啦刺啦地响。茜茜自告奋勇提着它，她的眼神里露出惊讶和激动的神色，似乎眼睛都大了一圈，这显得非常可笑。她喜欢螃蟹横着走的怪异的憨态，那每次都会引来她的大笑。她在家里画了很多螃蟹。在为她买的黑板上，在家的墙上，桌子上，当然也在画纸上，以及他的笔记本上。它的形象主要是一个圆圈和它张牙舞爪的四对腿组成。有简写版和复杂版。

而这将是他们第一次吃到真正的海鲜，真正的大海里的鲜活螃蟹，而不是饲养的。他们的心情同样既轻松又兴奋。回到旅馆，他们直奔黄发母亲所操持的旅馆饭店，他执意要看着他们如何处理，但小怡说，来吧来吧。并向他招手，表情暗示他，这样显得很不礼貌。这时，黄发的母亲也对他说，你出去吧，放心，我们做好了端出去。

他们坐在空空的桌子上，很久之后，他们看到热气腾腾的螃蟹被放在大盆里端出来了。他伸手的那一刻，他的心都要跳出来了。一种庞大无比的喜悦充满了内心，他的背痛和脚伤几乎都可以忽略不计。然而，令他震惊和失望的是，他打开蟹盖，却没有看到饱满的白肉，他只看到微微发白的稀汤汤流了出来。他咬开蟹腿，他感觉到一股热乎乎的细流滋到了嘴里。

咋没有蟹肉？小怡也问。

他们的情绪一落千丈，他怀疑是黄发的母亲替换了冰箱里的冻螃蟹。他问黄发的母亲这是怎么回事，她的脸色不再热情，变得凌厉严峻，不留余地。她说：

肯定是你买得不好，还没熟好。不能怪我们。

每吃一只螃蟹，他的失落就增加一成。他无法容忍胸中对旅店的恶意。他相信她欺骗了他们，但他却没有证据，抓不住任何把柄。这一点更令他生气。

他可以找到家庭里无数个类似情景的范本。然而都没有此刻鲜活而强烈，因为他的身体立刻做出了回应。那就是整个后背的锐痛。他们沮丧地回到旅馆房间里，他痛得坐立不安，小怡凑近仔细观察他后背的皮肤，她惊讶地说：

呀！有一股难闻的生肉味。

因为那味道刺激到了她，她还一下子躲闪开了。就像躲闪她害怕的虫

057

子。

她告诉他,他的后背开始蜕皮了。靠近脖子的部分正变得皱皱巴巴。

他有很多理由想要次日歇一上午,但不,她想爬山,想爬上山顶看海,那会看到完全不同的大海。不过,他提出了身体的状况,她开始犹豫起来,她一犹豫,于是他也犹豫了。他为何要因为自己拖累了她们。他们的想法像在海水上浮荡,很多时候,他们都没有主意。他们喜欢左顾右盼,在争论中他们最后发现常常是互换了主意。但依然无法完成一个真正的想法。有时候左右他们的只是比羽毛更微小的一点儿力量。她决定跟他在一起的时候,她是如此。他们在决定是否要孩子的问题上,也是如此。他们似乎喜欢待在既可以又不可以的含混区域,不愿意做出坚定的选择。他们宁愿受这种悬置的煎熬,也不愿意让一切清晰起来。有一年国庆假期,他们曾经激动地讨论过去哪里看海,直到假期来临,他们依然无法做出决定。他们先是无法决定去哪个城市看海,大连还是青岛,还是秦皇岛,还是北戴河,还是上海。他们只是站在地图跟前,用手指着这些标着小圆圈的地点,还有那蓝色的大海区域。然后是无法抉择哪个交通工具,铁路还是高铁,还是飞机。直到假期已经到来,他们还在商议。而他们决定生孩子之时,她正在忙着考研。仅仅是她朋友的一句话,就扭转了他们维持着的浮荡漂移局面。咱们生孩子吧,明年是金猪年,咱们生一个金猪宝宝。这句话一下子使她的生活重心发生了扭转。她不是奔赴考场,而是躺在床上分娩。在北京,他们站在刚刚下过雨的路边,闻到清新的空气。这时,他们听见路过的一对情侣说,要是现在在海边就好了。那使他们灵机一动,一下子做出了决定。在他们看来,那不是他们的决定,而是天意。正在国庆期间,他们完全可以顺道去看大海。如今,他们终于奔着大海来了,并且已经受累于看海,正疲惫地坐在距离大海四五百米的床上。

他只是稍稍侧了侧头,就闻到了一股淡淡的生猪肉的腥味,混在海腥味的边缘。那味道令他惊异和恶心,让他浑身一凛,就像无意中遇见蟒蛇一般。他习惯性的不安现在越发强烈,似乎以秒来计,其中包含着恐惧,就像他认知到了他身体的本质。现在，疼痛变成了他真正的负担，火辣辣和钻心的痛。似乎正在导向不可预见的后果。他只能侧着睡，头也不敢动，那会令他的脖子一阵尖痛。就像正在用锐器割伤一般。尽管一动不动，他后背的疼痛依然像海浪一般一阵一阵波涛汹涌。他觉得漫长的时间铺展开眼前，他只是一秒一秒地缓缓前行。

他闭上眼睛。不安和痛感一直伴随着他。他睁开眼，发现自己已经来到了旅馆院子里，此刻是烈日当头，太阳像一团火一般在头顶炙烤他们。他们一家三口正围在旅馆院子里观看一口井，井里的水正在像沸水那样冒泡，似乎正在缓缓上涨。

好像在涨！小怡说。

他们好奇于这一点，果然，水眼看着涨起来了。从距离地面大约两米的地方，已经到距离地面只有一米了。这时，他们才感觉到了危机。他们急忙后退，但地面突然变得绵软而且有了裂缝，使他们难以走动。此时，他听见周围传来嗵嗵嗵的脚步声，但四处都没有见到人影。那些没有来路的脚步声也使他们感到危机重重。直到有人在不停推他的胳膊，并叫他的名字，他才明白，刚刚经历的只是一场梦。

他睁开眼，发现小怡正站在窗前。原来，现在是凌晨，漆黑一片，窗前的黑影正是小怡，那正在响起的、响亮的嗵嗵脚步声传自外面。

他听见有人大喊：快点快点！还有打斗的声音，砰一声敲在什么东西上的声音，碎裂的声音，喘息声，以及有人因为疼痛发出嘶喊的声音，还有人摔倒的声音……还有人在四散奔逃。他也到窗口去看，他们看到奔逃回来的有文身胖子，他出现在院子里，那是一个胖乎乎的黑影，大喊着，带着几个新的黑影奔跑着窜进巷子，远处传来新的惨叫声……

他们庆幸自己没有与旅馆发生真正的冲突，他们为此感到后怕。

等他再次入梦时，他已经无法分清刚刚看到的是梦还是真实。次日，他们看到院子里丝毫没有争斗过的迹象。他们听见黑鹦鹉再次慢悠悠地发出声音：

欢——迎——光——临——

现在已经是他们待在海滨的最后一天，准确地说，是最后半个上午。前一天，他们一早就去爬山，他们害怕待在旅馆里。山顶观海的念头激励着小怡，她不停地催促他们，快，快点到山顶去看大海。他的脚已经无法放进之前穿的凉鞋，因为血泡的原因，只能继续穿拖鞋。他发现，以前没注意的脚底也各自磨出一个扁平的大血包。他的后背已经从龙虾般的粉红色变成了深红色，而且起皱明显，脖子和后背衔接的地方，已经露出一小片脱了皮的生肉区，无皮的油腻的红肉，微微闪着光，正是那里发出难闻的肉腥味。那才是他真正的赤裸而可怕的身体。他们仅仅只是走到山底的景区门口，他已经开始打退堂鼓。他看到眼前矗立的那座看不到边的山，想到他即将攀爬在高高的山顶罅隙里，那使他觉得近乎不可能。他整个后背似乎都在嘶喊，要求他停止愚蠢的行为。而这座山是多么深广，他们深入其中，视野几乎总是局限在小径四周，他们既没有闻到海腥味，也看不到海的一点点影子。

山路漫长，他缓缓走着。他怨恨去山顶的主意。走在纤细、无穷无尽的山路上，他体会到无能为力的感觉，疼痛煎熬着他。他痛苦地认识到，他失去了对优美风景的感受能力，每一块石头和优雅的树木，似乎都隐藏着某种令他疼痛的能力。许多游客正在摇落野果，茜茜拉他，让他去摘。游客都羡慕他的高个子，但他几乎难以伸手，因为后背突然像是要被卷起来似的，一阵撕裂般的痛。等他试着跳起来够时，他觉得自己像是冒着生命危险，以一种拼命的姿态。周围充满了欢声笑语，包括茜茜开心的尖叫。但他难以与他们真正共情。

等他们走到一个几乎看不见的大坡那里时，他终于无法坚持了，因为太阳高高在头顶晒着他了，就像正在将他放在火上炙烤，他觉得自己的后背几乎要冒烟了，他脚上有两个血泡破了，流出了血。他需要躲在阴凉下面，在这里等着小怡和茜茜回来。然而，他们打问到，这条路上了山顶之后，只能从另一条近路下山，要返回来需要四五个小时。他只好继续赶路。他们路过寺庙、亭子、溪水，这一切对他来说如同地狱的景观。他一直寄希望于下一个看得见的亭子就是山顶，但远远没有。直到小怡和茜茜也感到疲累饥饿，难以继续时，他们突然从树权间的罅隙里，看到山体侧面一点点雾蒙蒙的蓝色。那就是海。然而，那是多么平淡无奇，因为他们甚至只能通过理性推演出那是一小片海，它与雾气混在一起，很容易忽略不计，丝毫没有引起他们的激动。他们终于抵达山顶，数十个游客挤在小小的观景台，他们也努力挤进去，他们失望地看到，视野里只有一绺雾腾腾的蓝色区域，在天际与云雾混合在一起，更多的部分被山挡住了，因为这不是真正的山顶，真正的山顶由若干个壁立的山岩组成，无法攀爬。此时天已经变阴，再远处已经混入雾气。他们看着那一小片毫无奇特之处的安静海面，感到沮丧。

下山的时候，阵阵凉风吹拂着他的后背，使他稍微好受一点儿。在半山腰，他听见了第一声雷鸣。那是山里的雷鸣，它游荡在山谷里，有一种特殊的音效，使他格外畏惧。等到他们终于下到山底时，开始下雨了。茜茜饿得哭起来，而且，茜茜有一种上当受骗的感觉，她还是想到真正的大海边，到大海的海水里，而不是山顶上那个遥不可及的大海。

整个下午，他们都在旅馆房间里观看窗外的雨。而茜茜不断地向他们哭喊：我就要去看海！现在就带我去嘛！他们答应雨一停就去，但一直到天黑，雨都没有停。

他们定的火车票是上午十一点，所以这是最后一次机会带茜茜看海。尽管雨没有真正停。天空飘着细细的雨丝，天突然变凉了，他们穿着泳装，需要披着外套。一想到要在这么凉的天气里下到海里，他就一阵哆嗦。他们再次走在似乎已经熟悉的巷子里，并来到可以看到海面的大街上，尽管只是远远看去，细细雨丝中的海面变得如烟如雾，冷冰冰的。一走到海滩上，他们就发现，这里空荡荡的，只有零零散散几个游客。

茜茜依然急于看到大海，她兴奋起来，乐滋滋地小跑着，大海还原封不动在原来的位置。他们在松软的沙滩上走，细细的雨丝若有若无落在他们头顶。他们越来越接近大海，那是一个有点儿陌生的大海，阴沉，发黑，漂浮着泡沫。等他们终于面对铺展在眼前的大海时。他们发现，大海已经变了。似乎是凉飕飕的风鼓荡起大海的波浪，暗涌的浪相互簇拥，黑沉沉地来回激荡，发出令人畏惧的哗哗声。其他几个游客也只是站在岸边，观望大海。大海向他们呈现了不友好的一面，过多的浪四处赶来，喷溅着泡沫。他为此烦躁不安，大海似乎在向他们示威，在向他暗示着什么。而且，沙粒是令人憎恶的，它们黏在拖鞋里，磨蹭着他脚上的血泡。谁也不敢下海，面对这个不一样的大海，茜茜也只是沮丧地看着。

这时，非常意外，他们看到一群欢声笑语的人走了过来，这群男男女女簇拥着穿白色泳装的老太太。那是一个奇特的泳装，如同婚纱。看上去，这群人是一个家族大大小小的十几个成员。老太太六七十岁的样子，由四个男人搀扶着。老太太皮肤白皙，满面笑容，有一种快乐洋溢在脸上，或者是白色泳装给人的一种幻影。看来老太太是专门来下海的，但动荡不安的大海也出乎了他们意料。这些人都看着老太太，但老太太似乎是执意要下海，人群为此快乐地嚷叫着，为愿意冒险的老太太让开路，四个男人小心地扶着老太太。小韦看着老太太的脚一探一探走到了海水里，下意识起了鸡皮疙瘩。老太太眼神明亮，快乐地惊叫，引得人群一片欢笑，海水埋没了老太太的腿，接着到了腰部。一片黑沉沉的浪从后背冲了过来，一时之间，几乎要淹没了老太太。这时，一片静默中，他们看到老太太再次显露出上半身，在激荡的到处是水波和泡沫的海水中，她用手抹了抹脸，脸上露出兴奋的笑容。

下不下？受此激励，小怡问茜茜。

茜茜也激动起来，她也要下水。小韦扶着茜茜，海水没有想象得冰凉，甚至还有点儿微微的温热。然而风是凉的，头顶依然有细丝般的雨水。他们不敢迎面朝向海面，只是背对着一波波汹涌而至的黑沉沉海水，但茜茜不断地狂呼乱叫，因为海水几乎没有规律，不断推动着他们的后背，喷溅着水花。老太太上岸了。那群人缓缓离开了海滩。此刻整个海边几乎只有他们三个人了。等某个时刻，他转过身来，面对无数波浪翻滚的海面，这场景瞬间让他震惊，感觉异常荒诞，使他甚至无法理解，自己为何会出现在这里。

很快他们就被呛进水了，他们离开了海水，披上衣服，在雨中看着大海。他们不敢相信，他们刚刚是从那里出来的。因为大海重新恢复到了完整的一体，一直到天边，只有动荡的波涛在四处奔涌。如同向他们呐喊一般。

他们背朝大海行走时，他们几乎没有在沙滩上留下印记。很快，他们会回到旅馆，背上行李坐车去车站，服务员会打扫干净他们的房间。他们乘坐火车回到内地的城市，在延伸一千多公里的大地上，他们也不会留下任何痕迹。

小韦受伤的后背，也会慢慢恢复，直到完好如初，看不到任何曾经的印记。

离那儿不远有个养老院

我从未听说过五里坪法庭,但我不能显得自己完全不了解。走出单位的大门时,我已经勾画出它的轮廓,它徜徉在一片普普通通的建筑群当中,有一种非常无辜的模样。好像没有我的参与,它就会一直待在原初和自在当中。我拐到最大的那条街上,这里的车辆流水一样来来往往,这时,我才觉察到自己的茫然,我连五里坪在哪个方向都不知道。

我终于打听到,去五里坪中间只需要倒一次车,这似乎说明并不太远。出乎意料的是,我坐公交车摇摇晃晃向北至少穿过了五六条大街,这就经过了城市最重要的几根肋骨,将近一个小时之后,我才在北新街下车。这里已经是城市的北端,据说北边郊区是城市污染最严重的地方,因为不远处有个规模很大的化工企业,到处都有雾腾腾的感觉。有时候,他们说,天空会像下细雪一样坠下来大颗粒的粉尘,不过,现在的尘雾还不明显。这时候,我已经到了完全陌生的地方,这里标示的所有地名我都没听说过。我又问路,走了很大一截,拐到一条更偏僻的新萍路上,这条路更窄,有一座年代久远的澡堂在路旁,像是经年不用的样子,黑乎乎的小窗户上有个排风扇,油腻腻的叶片微微拍动着,好像这是整个路上唯一活动的物体,我盯住那个叶片看了好一会儿,就在这非常僻静的氛围里,我隐隐感觉到我马上就要走到世界尽头,好像我已经跟任何人都脱离了联系。

但我不是,我捏了捏怀里的材料,体会到自己担负着隐秘的使命。身边的站牌上，只写有469路几个字，这几个字几乎要被小广告覆盖了——看来这就是我要搭乘的那辆车。从这里到五里坪只有一站。我甚至想，如果我知道怎么走，我宁愿走这一站。不过，我幸亏没有那么做。十几分钟之后，我见到晃荡过来的469路车。它落满尘土，一副风尘仆仆的落魄模样。车身陈旧发黄，上面还隐隐有一道红色，这是淘汰下来的老一代市内公交车。车上没几个人，我刚站在车里，就留意到一个笑容满面的中年妇女，她还抬头看了我一眼，那眼神就像认识我一样。我不由自主地坐在她的过道另一侧。

从其他几个人委顿和淡漠的表情看，公交车还要走很长的一段路。果然，公交车驶出新萍路，穿行了几个街巷之后，居然离开了市郊，行驶在田野间土哄哄、孤零零的柏油路上，一块块单调的玉米地出现在视野里，阳光安安静静地消失在这大片大片的玉米地的深绿色里，在个别向上伸张的一些叶子上闪耀着。挨近路两侧的玉米叶子上则落满厚厚的尘土，就像是已被丢弃多年。周围是一片原野，再也没有可以视作目标的村镇，最远处的天际隐没在灰黄色的雾中。

要知道，这两天我一直忐忑不安，因为单位正在清理临时工，我们随时都有可能离开单位。今天一早，一到单位，我就被非常正式地叫到总编办公室里，我以为总编要对我说什么，原来并不是关于我去留的事情。总编只是递给我一叠材料，我扫了一眼，上面双行黑体字大标题里有"抵赖""诬告"之类的字眼，标题字数相等，每行八个字，甚至还可能押韵。你去吧，在五里坪法庭，总编对我说，你只需要在法庭里露露脸，听一听庭审，不需要再做什么。我原本打算骑自行车去，但编辑部主任似乎听到了我心中所想，他提醒我，让我坐公交车去，因为那里"非常远"。他又说：离法庭不远听说还有一个养老院，你也可以再去那里看看。他让我顺便采访一下，给下周重阳节的专题里写一个稿子。我说行。我不知道下周还在不在单位，说不定刊登稿件的时候，我已经被清理出去，混迹在城市里的不知什么地方。

我挪挪位置，车里的座位非常破旧，有一层几乎结成痂的黑褐色凝固在座位后背的表面。车身每一晃荡，伴随着哐啷一声响，车身里就回荡出一阵莫名的响声，有一颗类似螺丝钉的东西，叮叮当当穿行在车体里的某个地方，就像它正迷失在机械的深处。我想象这是我自己最后一次履行任务，心中略略升起莫名的惶恐。公交车越来越单调地行驶在柏油路上，中年妇女正跟我前面那个萎靡不振的年轻人聊得起劲儿，我留意到一个老人，已经睡着在座位上，他的花白短发就在年轻人的前面座位上不断地晃悠，头发中一定夹杂着黄色，头的边缘就像浮着一点儿铁锈。这还是我第一次注意到老人们的黄头发。他的过道对面坐着一个穿蓝色旧衣、瘦骨伶仃的女人，她一直瞅着窗外，我一直没看到她的脸。于是，我越来越多地观察刚才那个热情很高的中年妇女，她有一个脏兮兮的蓝格子布包，就随意地放在她座位前的地上，她手里还捏着红色的劣质塑料袋，说话的时候，红色塑料袋就随着手势在空中晃来晃去，袋子底部是一个灰糊糊、圆溜溜的东西。

就说你吧，你今天为什么出来，你即将遇到谁，这都是注定的。她跟坐在我前面的年轻人说，年轻人只是看着她，不置可否。

这时，她向我转过脸来，似乎料定我会更感兴趣，她像老朋友一样坦率地笑着，用那双活泛的大眼睛看着我，我才发现她并不是中年妇女，她已经老了，鬓角里夹杂着根根白发，她的手背上有两颗淡色的老年斑。确实，我比那个年轻人对此更感兴趣，我心里突然伸出一只手，似乎想拉住身边的某个人，我在这个城市认识的人还很少，除了单位的十几个人之外，真正认识的人也许没有超过五个。她似乎也发现了这一点，更大声地说：我告你，世界上发生的事情早就安排得妥妥的，你知道不知道？她说，我给你讲个故事，听完故事，一会儿保管你就信了。这是因果报应，这不是迷信。说完，她热情洋溢地一一看了前面的人，也回头扫了一眼坐在后排的两三个乘客，就像她正坐在自家客厅里一样。没有人特意留意她，或许他们正在心底暗自取笑她，最后，她又盯住我，留意我的反应。

她一定满意我脸上的表情，她讲了那个可能已经被她讲了很多次的故事。

我已经看到，我们要去的地方就在山脚下，薄薄的尘雾差不多遮住了半个山顶，高高低低的房屋和楼房层层叠叠堆积在山下，显现在雾中。公交车正朝着这个地方耐心地行驶，窗外游荡着无处不在的雾腾腾的烟黄色，半上午的阳光居然也穿过了薄雾，弱弱地落在半山岭上那些裸露的石灰似的大块石头上，看上去就像一块块癣皮一样，给人异样的感觉。公交车终于泄了气似的停了下来，我们走进淡淡的黄褐色的雾气中，嗅到一股夹杂着臭鸡蛋般的硫黄气味。

这种呈静态的雾似乎是刚刚被人震荡起来的，细微地弥散在巷道的空地上，以及建筑的高处，与天空白雾似的淡淡云层连接起来。看上去五里坪这个地方分为两个区域，近处是低矮小屋为主、依地势起伏的地方，从不同角度呈现出小小的方形或者长方形的侧壁，涂成白色或者黄色。北边靠近山脚下的远处，则看上去似乎刀削般弄出一块平坦地方，从那里探身出一栋栋五六层的砖混式高楼。许多高大的槐树遮挡了部分建筑，而槐树被淡雾浸泡之后失去了浓郁的色彩，变得像一段段浅褐色的剪影。

大眼睛妇女已经知道了我"采访者"的身份，她说法庭就在跟前不远，她仔仔细细给我指了法庭的位置，并告诉我：

养老院还在大厂最北头。

大厂？大厂在哪里？

等一会儿，她像是在说一件非常容易办的事情，说，我干脆把你领到养老院。

不用不用，我赶紧说。

令我多少有些吃惊的是，一下车，她眼睛里外露的活泛神气慢慢地收敛了，取而代之的是，眼角的皱纹和脸上的皱纹迅速出现了，使她显得更为苍老。她的脸黧黑透黄，她往前走的时候，略略有些前倾，像是腰部有疾病。风掀起她的头发，让我看到更多的白发隐藏在根部，就这样，她在我眼皮下面，变成了一个多少有些老态龙钟的老人。看到她朝相反的方向走了，我暗自松了口气。她那神情，就像她没有提出送我去养老院的建议一样。等我离开她往前走的时候，她又多少恢复了公交车上的神采，她转身对我说：

你记住我的话，好好琢磨琢磨那个故事。

我也回过头，并看到她突然热情洋溢的表情，这让我有些吃惊。她的手指绕住那个红色塑料袋，并在手掌上缠绕了几圈，她就伸出这只手，还在空中挥舞了一下，意思是让我好好琢磨，袋子中那个圆溜溜的东西慢慢晃悠起来。看来她是严肃地对待因果报应这个事情。

她讲的故事，就像从简陋的迷信书籍上看到的那样，她口口声声说是真实发生的，这才开始让我怀疑她的神经是否出了问题。她说，一个村民发现他家的一只鸡总是到邻居家下蛋，于是就把这只母鸡杀了，晚上他梦见去世两年的母亲哭着给他说，她生前偷过邻居家的一只羊，这辈子转成鸡下蛋来偿还邻居，就差两天就还完了，结果被你杀了。现在，她还要转成鸡给人家下蛋。第二天，他就听邻居说他家孵了一窝小鸡。他把这窝鸡买了，等到鸡长大开始下蛋，他就仔细观察，有一只母鸡照样到邻居家下蛋，下了两天之后，就不疾而终。

令人惊讶的是，就在此刻，我的眼前出现了一只褐色羽毛的大母鸡，我马上就要走上一个高高的土台，它就站在土坡的顶端，有时候这样过分的巧合会吓人一跳，它的一条紫黑色腿上系着红头绳，它只是一只普普通通的母鸡，并不是故事里那只鸡。为了证明这一点，我加大了走动的步伐，它就立刻有些慌乱地走到了一边。我又跺了一下脚，它就张了张翅膀飞速溜到一边。

我以前被单位派遣到会场，报道过会议消息，我拿着介绍信，会被认为是一个记者，但我其实还不是。现在距离开庭的时间还有半个小时，我已经成功地从遥远的市中心来到五里坪这个面积很大的土台上，我大大地松了一口气。我的眼前是一块开阔的空地，空地上还有一堆去年的玉米秆，有一头老黄牛拴在柱子上，它一直用侧面一只巨大的眼睛看着我，大眼睛如此镇定,就像它能够看穿我的前生今世一样。我留意到土台边的一个斜坡,这应该就是大眼睛妇女说的那个斜坡。从那里下去果然是一个独立的院子。院子里只有一所普普通通、低矮的房屋,类似废弃的小学教室。我再次觉得大眼睛妇女出了问题,我不该问她法庭的位置。她甚至想要领我去养老院,这是多么古怪的想法。小房屋上没有任何法庭的标志,在小房子外面,站着三个抽烟聊天的男人。我一出现在土台边缘上,他们就停止了聊天,一起盯着我看。或许是我看他们的方式有点儿无礼,他们多多少少带着敌意回敬我的盯视。一个穿白衬衫的黑胖男人,挽着袖子,露出黝黑的一截胳膊,同样黝黑的脸上,有一双多少有些粗野的圆眼,他刚刚留在脸上酒窝附近的笑意还在,但圆眼里已经透出飕飕冷意。他旁边一个机灵、善笑的瘦高个男人,嘴里像是品咂着什么口香糖,他似乎也用眼神品咂着我,想掂出我的身份和分量来。还有一个是十八九岁、很酷的年轻人,他只是穿个洋气的短袖,领口扣得很低,怀着嘲讽的笑意,向我晃着脑袋。他们怀着如此明显的敌意,这让我有些愕然和紧张。

这时,大黄牛再次抬起头,看向我的身后,显然它看到了什么,它看到了什么?我回过头,惊讶地看到大眼睛妇女也走上了土台,她的手里依然提着那个布袋,另一只手里是那个红色塑料袋。她向我走过来,居然什么都没有说,然后站在我的身边。

还没开庭啊。片刻之后,大眼睛非常自然地说。

那么这里一定是法庭了,至少在大眼睛妇女眼里是如此。不知为何我突然相信了她。但为了不让那几个男人产生误会,我刻意离开她一截距离,我故作坦然地拿出放在口袋里的材料,想要疏远她的心理使我觉得她越来越陌生起来,就像公交车上那个她是另外一个人一样。现在,我还有时间好好看看这个案子的来龙去脉。但我没能好好理解案情,时不时地,我要观察一下这三个人是否还在留意我。

材料里罗列了一个妇女的种种恶行,她为了夺得老人的房产,有预谋地欺骗老人的感情,并跟老人同居在一起,生活中对老人有种种虐待行为。老人一去世，她就赖在老人的房屋里不走。材料中引用了许多法律条文，以印证她无权得到老人的房子。我眼前渐渐浮现出一个老年妇女的形象，我希望她出现在法庭里，我可以当场看到这个刁蛮和有心计的妇女。我的好奇心如此强烈，几乎让我按捺不住。这可不是从电视里看到的二手故事，它将发生在我的眼皮底下。我已经来到土台的西南角，远处的公路和田地全部被黄褐色的雾霾笼罩起来，就像那个巨大的城市并不存在一样。这也包括我们的单位，以及那个随时可能打发我们走的报社总编。甚至我还产生了这样的念头，我还能否回得去？这念头非常奇怪。我想，这主要是因为越来越重的雾霾，雾霾现在几乎抹掉了除了五里坪之外的任何地方。

伴随着平稳的咀嚼声，和鼻孔里粗重的呼吸，我觉察到一双溜圆的大眼睛正同时盯住我。大黄牛就在我眼前，它扬起湿漉漉、浅灰色的嘴巴，第一次这样正对着看我，那双眼睛让我微微战栗，就像它早就认识我似的。这时我才发现，它的双眼多少有点儿像大眼睛妇女，或许只要你留意，世界上相似的东西非常之多。我回过头，大眼睛妇女已经像乡下农民一样蹲在地上，她看上去已经累了。她的姿势莫名地增添了我对她的反感。是啊，我跟她毫不相关，但她跟在我左右，提着难看的布袋，以及揉得皱巴巴的劣质红色塑料袋，多少会降低一个采访者出现在法庭的严肃性。为了避开她，我大步流星走向斜坡那边，这时我才注意到，一个胖乎乎、有点儿迟钝的年轻人已经出现在院子里，他夹着一个文件袋，将脸转向土台的方向，房屋跟前的三个男人显然已经充满敌意地审视过他，所以他站在距离他们较远的地方，似乎在刻意回避他们，从他的后背看，他有些驼背，肩部很宽，宽到你会认为已经臃肿的程度。

看来他是对方的律师，因为那个瘦高男人已经向我走来，当时我为了甩开大眼睛妇女，已经走到斜坡底下——我下意识觉得她像瘟神一样，她带着一个神神道道的世界，这个世界最好还是避而远之。瘦高男人此刻显然已经明白我并不是对方的人，他分明是正朝我微笑点头，他穿着浅灰色的衬衣，眯着一双善于表情达意的双眼。他在若有若无的阳光中朝我走来，一直走到我的跟前，他问我，你是不是报社派来的记者。得到肯定的回答，他一下子握住我的手，这下对上号了，他说，我跟你们总编是朋友。

他换上满脸的笑容，笑意似乎都要从眼睛里溢出来，就像他看到多年不见的恋人一样，眼神里有一种属于情人之间的暧昧情谊。我也立刻感受到他的热情，尤其是我们经历了从误解敌视到和好的过程。

他甚至将我拉到两位穿着制服的法官那里，介绍给他们，他们刚刚出现在斜坡上方，他就笑吟吟迎上去，并像老朋友一样向我挥手，示意我跟过去。其中一位是庭长，他长得像农民一样，有一张木讷而严肃的瘦脸，我跟庭长握了手。他用一种特别的眼神看了我一眼，并难得地露出笑容。我听见瘦高男人介绍说：这是报社的记者，今天特意来听审，都是好朋友。

来，把你的记者证让庭长看一下！

我有单位介绍信，我说。我从屁兜里拿出叠成四分的单位介绍信，上面写着我的工作事由和我的名字——我只是临时工，没有记者证。正是因为我是临时工，我才随时可能被单位清理。

法官看了看，递给了我。他的神态像是变得慎重多了，他说，五分钟之后按时开庭。我暗自感受到单位通过我辐射过来的力量，尽管我无足轻重到随时会被驱离。

大眼睛妇女依然蹲在土台边缘，脸上露出难以捉摸的表情，她穿着暗蓝色的工装旧衣，嘴角微微撇着，似笑非笑，加上夹杂白色的头发被风吹得多少有些凌乱，又背着阳光，使她的面部显得更幽暗。这是我尚未在她脸上发现过的表情，她这样居高临下看着这个院子的动静，就像这个世界早已在她的掌控之中。或许她仅仅是出于自己的好奇心，谁知道呢。

法庭只是普普通通的两间房屋，没有任何标示，只有一个破旧的木门，木门上有不少用粉笔写过的痕迹，还有用刀片刻下的歪歪扭扭的字或者花纹，就像是哪个小学教室的一扇木门一样。那时，我隐隐觉得有一束目光正瞅着我，于是我回头，看到大眼睛妇女果然正瞅着我们。瘦高男人已经把我介绍给他的两位当事人，就在进门的那一刻，他松开正搂着我的手，在我肩膀上非常亲热地拍了拍，我回头致意时，余光又感觉到她那团蓝色影子。

我应该把她当作一个普普通通的陌生人，不在乎她的任何举动，但为何我觉得她的目光令人难堪。也许是她所讲的故事。事实上，那个故事真正说明的情况是，她很可能是个精神病人。

旁听席只有四个长方形面板的小桌子，每两个小桌子公用一条长凳，长凳已经年长日久，接口松动，坐上去前后左右地晃悠，发出吱吱的声音。我就坐在靠门一边的小桌子上，心里一直担心屁股下发出声音。原告和被告席各有两个小桌子，配有一条公用长凳。而法官和书记员面前是一个又高又笨重的大桌子，他们也公用一条长凳子。几个人乱纷纷坐下来时，响起一阵吱吱嘎嘎声，这声音在空荡荡的房间里传出微微的回音。不一会儿，那个年轻人低着头走进法庭，直奔原告席而去，他一个人坐在小桌子后面。他好像是刚刚开始律师职业，眼神自闭，只是看着自己前面的桌子，以及不超出一米的左右两面，微微沉浸在自己的世界里，默默点着头，似乎正在整理自己的思路。只要他抬起一点点头，就可以看到他对面的三个男人，瘦高男人居中，两边是白衬衫男人和带手链的时髦小伙子。原告席和被告席中间只隔着不到两米，站起来似乎都可以互相够到手。

我把材料放在桌子上，桌面上全是古老的裂纹，右上角还有一个黑色的旋涡状纹路，桌面被磨得光光的，胳膊放上去非常凉快。这让我回忆起学校生涯。但就在这时，法官按时宣布开庭，他的声音非常响亮，在我旁边的窗玻璃上引起轻微的震动，那是单薄的玻璃松动了。另外一个穿浅色制服的是书记员，他摊开本子准备记录。

这是我第一次坐在法庭，有时候，你并不知道前方正有什么等着自己，就像一年前我并不知道自己会来到省城，几个月前自己也不知道会来到目前这个单位，几天前也不知道自己面临被清除，所以坐在这里，我甚至产生一个想法，如果我的所有事情都可以通过法庭来判定，也许就简单多了。在我刚刚到省城无所事事的半年里，我希望有人可以安排我的生活，使我不要为了当天是不是去出门转悠而费尽心思。有时我会纠结一个上午。

耳边不断传来一个故作庄严的声音，原来法官开始了简短的问话。于是，年轻人回答说他是原告的代理律师。他的声音很轻，只有断断续续一些字眼传入我的耳朵，法官让他放大声音，引起瘦高个子的笑声，瘦高个子略略蜷着身子，他的腿很长，从小桌子下面非常别扭地伸出去，他的一只脚几乎到了法庭的正中间。瘦高男人的声音洪亮，他说话的时候一直盯着年轻人。年轻人的眼睛很大，他似乎在回避见到法庭里的任何人，在他偶尔抬头看向瘦高男人时，我才发现他有一只眼睛不太灵活，因为它的目光有一部分没有目的地漫射出来，造成含混和模糊的印象，让人觉得他不能完全对焦。

在法官的提示下，年轻人首先开始陈述诉状，这时他又开始不断地随着陈述在点头，通过他拖沓的叙述，他的语句里渐渐闪现出一个六十五岁老太太的身影，她叫林秀，就是那个老太太正在要求法庭挺身而出为她做一些事情。在他念诉状的时候，对面的瘦高个子不停地摇动头部，一直带着难以置信和不屑的笑容，就像原告说的完全是天方夜谭，而他万不能相信。

这时，我屁股下的长凳又发出一声尖锐的咯吱声，我的凳子不稳，咯吱咯吱地响着，总想撇向一边，我只得分开双腿支撑住，免得它不停地发出令人难堪的声音。实际上法庭里总会这里那里发出这种声音，但他们都毫不在意，好像那声音是法庭里必然会产生的一种声音。我只希望庭审早点儿结束，希望不要引起任何人的注意。但原告的诉状很长，叙述得非常详细，交代了我手中的材料里所没有的事情，原来老太太与瘦高个子的父亲已经生活了多年，"感情很好"，甚至想过举办老年婚礼。这时瘦高个子更加戏剧性地抖动蜷缩在小桌子下面的那条腿，使得小桌子发出咯咯咯咯的声音，他撇着嘴，后来又独自嘿嘿笑着，朝我挤了挤眼，似乎要告诉我，这一切都是编的。我觉得如果丝毫没有回应会不好，就微微向他点了点头。

瘦高男人立刻针锋相对反驳了年轻人，他把那个老太太的行为定义为情感欺骗，他说老太太完全是为了老人的房子才与老人同居，她目的不纯，他们同居后，老太太不断因为房子问题要挟老人，但老人去世之前一直没有答应她。他们没有结婚证，所以老太太不存在遗产分配问题，对方的诉状完全是没有事实依据的诬告。他甚至要反诉原告恶意诽谤。他每说一句，他的右手就在桌子上空朝下挥动一下。但年轻人说，老人写了遗嘱，有一天，老太太出去买菜，老人的儿女几个就开门进去，换了锁，老太太再也进不了房子，遗嘱一定是被他们毁了。这时，瘦高男人旁边的白衬衫男人气得脖子都变红了，大声说，纯粹是胡说，老人根本不可能立遗嘱。

我爸会写遗嘱？真是笑话！他说。

我完全被他们的辩论弄糊涂了，但是我原先材料中浮现出来的那个老太太已经变了，她不再那么强悍毒辣，变得弱小了，我无法判断他们到底谁讲得真实。他们每举出一个细节，我脑中就为这个老人尚有些模糊的画像增添一笔。直到年轻人说老太太买菜之后被换锁，我立刻感同身受地理解了老太太的心理。如果回到单位，领导说我已经被清理，那我跟老太太并没有多大的区别。

法庭进入更加无聊的举证阶段，年轻人拿出的其中一个证据是老人和老太太的老年婚纱照，是十寸彩照，我无法看到照片详情，只感觉到那是两张笑脸，老太太肤色很白，脸型很好。

阳光从窗户里晒进来，正好落在被告席三个人的背上，白衬衫男人的衬衣为法庭映射出一片额外的光，他的脖子里流着汗，他不停地用手在脖子上摸。我不再想多听他们的庭审，我有点儿害怕了解更多的真相。

渐渐地，我似乎已经从眼前的情景里游离出来，后来我干脆望向窗外，院子里非常安静，让我惊奇的是，大眼睛妇女不见了，这不禁让我松了口气，但同时也让我感到若有所失。此刻，有一头小牛犊站在斜坡那里，小牛犊正在仔细审视着院子，那神情就像它是大眼睛妇女的化身。觉得安全之后，它抬腿走下斜坡，它的腿非常灵活，屁股一撅一撅地走下了斜坡。透过薄雾的稀疏阳光晒着它的整个身体，谷黄色的毛有一层浮光，它的周围有一两只苍蝇在飞，它不停地扬扬头部，甩甩尾巴，有时轻快地往前跑几步。后来，它一直走到窗户那里，抬头看着法庭里的人，就像它认识我们似的，但除了我，没有人注意到这头牛犊，它的大眼也跟那位妇女的眼睛有相似的地方，它或许是平台上那个大黄牛的牛犊。之后它转过身，它的屁股对着法庭，尾巴在那里一扫一扫驱赶苍蝇。

这时，白衬衫男人终于得到开口说话的机会，他的声音比瘦高男人还要高。原来已经进入辩论阶段，他说，对方说的没有一句实话，老太太品行很坏，当初他们全部不同意两个老人同居，他早就看到老太太怀着某种意图，处处占他父亲的便宜，限制他父亲的许多行为，饭都不让他父亲吃饱。他父亲跟了这个老太太，连肉都得偷着吃。好吃的全部都到了老太太的嘴里。

年轻人一直认真听完瘦高个子说完，然后说老人得的病是糖尿病，后来又得了肾病，所以才会管老人的饮食。法官说这与此案无关，不让年轻人继续说下去，但年轻人似乎没有听到，他还在用他特别的、头部一晃一晃的姿势在说着什么。这引起了瘦高个子的不满，他大声说：法官让你闭嘴呢。时髦年轻人说了句，操！用戴手链的手臂在空中一挥，像是要用什么东西投掷过去似的，年轻人这才停下来。他看着法官，似乎要求法官制止对方不礼貌的行为，法官做了一个手势，强调说，与案情无关的请不要说。

我暗自觉得，老太太似乎是更值得同情的一方，这让我有些不安。就在这时，法庭的门吱一声打开了，是那个大眼睛妇女，她像在公交车上一样表情自如，就像回到自己家一样随意。我居然下意识地害怕见到她。她推开门，镇定地看了看法庭内的人员，法官和原告被告都盯着她看，她的眼神非常奇特，满含笑意，就像她早就料到了他们的惊讶，而她正为此而嬉笑。她用笑眯眯的眼神找到我，毫不犹豫地走过来，坐在我身边，我紧紧抓住身下的长凳，害怕它发出更大的吱吱声，只听长凳喳一声之后，就被她沉沉地压住了，之后再也一动不动。她脸上洋溢着的喜悦表情跟法庭完全不符，那差不多是一种无缘无故的喜悦。法官一直盯着她，似乎早就想把她赶出去，只是因为她似乎认识我，才采取了观望的态度。

她坐下后，白衬衫男人一直盯着她看，瘦高男人则开始犀利攻击年轻人陈述中的法律漏洞，说完之后，年轻人用他一贯的缓慢语调又开始重复刚才说过的那套话，连我都听出他已经在之前的陈述和辩论中交代过，这引起了法官的口头阻止，法官说，说过的请不要再说。但年轻人丝毫没有停息，一直按照自己的节拍一边点头一边诉说。再一次说到老人的子女虐待老太太，驱赶老太太的行为非常不道德等等。法官有些不耐烦地说，行了行了，别说了。

她真的活该，老公刚死不到一年就去了他家，这就是报应，这全是报应！大眼睛妇女突然大声说。

大眼睛妇女又指指法庭外面，不信你们问问厂里的人。她的声音很大，甚至超过了法庭里白衬衫男人的嗓音。她用笑眼看向我，我感到非常困窘。瘦高男人和他两旁的被告都盯着她，看到她站在他们的立场上，眼神里放松地露出笑容。

哎呀，他们把这个老太太也害苦了！她突然压低了声音，像是专门说给我听，表情非常得意，但法庭里都能听见她的声音。瘦高男人和两个被告都装作没有听见。

年轻人坚持念完了稿子，法官问他，你是否同意当庭调解，年轻人非常慎重地点点头，说，同意。但与此同时，瘦高个子却大声说，我们不同意调解。说完之后他又提防地看了看大眼睛妇女。

善有善报，恶有恶报。果然，大眼睛妇女又神秘兮兮地说了一句。这在法庭上造成了一种奇怪的效果，法官特意盯了她一眼，容忍了她。之后他沉默了至少有几秒钟，然后慢慢地说：

庭审结束，改日宣判。

走进大厂的中央小广场的时候，我才发现身后不远就是那个时髦年轻人，他或许正在跟踪我。他们一定是误解了我。刚刚法官一走出法庭，白衬衫男人、瘦高个子、时髦年轻人就一起涌出门来，他们要跟法官打招呼，法官朝他们点了点头，就慢慢往斜坡那里走。之后，瘦高男人向我走来，他说：

你跟我来，我给你们总编捎个东西。

我马上还有一个采访，我……

这时，大眼睛妇女正紧紧跟着我。她一直在这里等我，原来只是照她说的那样要亲自带我去养老院。

瘦高男人脸上浮现出尴尬的神态，他说：

那行，我自己想办法吧。

我并不想拒绝他，现在已经上午十一点，下一个采访确实需要尽快进行。不过，最重要的并不是这个，我或许只是下意识担心大眼睛妇女的目光，她正看着这一切。之后，我就开始后悔，因为两天前已经有一个临时工同事被提前清理，因为他忘了将总编的一个材料送给指定的人。我又回头看他们，看是否可以挽救，但他们已经往前走了，正在低头商议什么。白衬衣男人还往后看了看我们：我和大眼睛妇女。他的神情模棱两可，意味深长。

大眼睛妇女一直留意着这一切，但无法确定她到底了解多少。她为马上要带我离开这个地方而感到松了一口气，即刻抬脚向前走去。

她如此自信于我要跟着她，甚至连一个小小的手势都没有打，也没有将她的头晃一晃向我示意。我站在那里，犹豫了片刻之后，发现她并没有回头的意思，只好跟着她走了。

做出将我带到养老院那里的决定，她一定犹豫过，或许她已经暗自求助于自己内心的那个神灵。因为她时时刻刻将因果报应放在口边。最终，她得到了将我带到养老院的决定。她走在我前面一丈多远，让人觉得她只是恰好走在那里。我的内心依然有些排斥她。她走路大大咧咧，用一种奇怪的有些男性化的步伐，她身上的蓝色工装非常旧，像是已经穿了很多年，肩部和后背下面有两三块无法洗掉的灰色区域，她的耳朵也很奇特，外翻得很厉害。走路的时候，她微微张着嘴，露出显得笨重的牙齿。

差不多就在那时，我注意到鼻尖上触碰到一个细微的尘粒，它已经大到正好被我感觉到。我稍稍抬起头，发现原先发黄发白的雾气消退了一些，但视野并没有变得宽阔。原来空中的色泽慢慢变成了雨云似的灰褐色，它又并不是真正的云，看上去松弛，下坠。偶尔会看到空中飘荡的灰色尘粒，像雪花一样缓慢地向下飘荡。鼻端依然能嗅到淡淡的臭鸡蛋味道。这让我意识到大厂越来越近了。

我想，我对她莫名的厌恶，可能还因为，由于她的原因，我和瘦高男人之间产生了无法弥补的误会。而此刻她完全自顾自的走路方式，让我又有一种被轻视的感觉。她始终没有回头看我一眼，难道她果然凭借她心中的神灵，可以无视任何人？于是，我有意站住了，前面是一个罕见的交叉路口，我们所走的路高高低低，有时是石头铺就的台阶，有时就仅仅是有冲刷水痕的土路斜坡，突然看到开阔的平坦地区，以及延伸到很远的几条路的交汇，让我心里一震。这里居然还有一座破旧的加油站。一条80年代的水泥路沿着一堵单薄旧墙通往前面。水泥路紧邻一条长满杂草的臭水沟。几十米的路面上没有人影，大眼睛妇女就走上了这条路，她的步子似乎加快了一些。

还有一条路沿着山脚，绕着大厂往前。由于近在咫尺的山的存在，这条路显得紧迫、仓促。我装作看向远方，她或许早就忘了我的存在。但没有，片刻之后，她意识到了什么，诧异地扭头看着我，这次她朝我笑了一下，于是蹲在路上等我。

你怎么判定因果报应？距离她还有几步，我就向她发难，我突然想颠覆她的理论。

她已经站起来，准备像刚才一样自顾自向前走。脸上是一副不屑于回答的表情。她这种高高在上的自信也让我反感。

比如说，你怎么就觉得那个老太太是活该！

慢慢你就信了，你才经历了几件事？她用那双突然间变得活泛的眼睛看了我一眼，说：等你经历了许许多多的事情，你回到家，躺在床上一琢磨，每件事和每件事就都产生了因果关系。

那你说说，那个老人为何会得糖尿病、肾病，难道也是因为报应？

我告你，报应无处不在，这是真理。比如说，大厂的职工，原来都好好地待在全国各地，但几十年前国家一召唤，他们就都来了，包括我的爹妈。包括这个老太太。这是为什么？你听说过北方星华化工厂吧，这就是我们的大厂。以前这大厂是多么有名，全国这么有名的也不多。

原来，1956年，大厂从全国各地抽调了数百名技术精英，他们从四面八方带着家小坐火车来到这里，组建了这个闻名全国的大厂。大眼睛妇女跟随父母从沈阳来到这里时，已经十岁，因为她的父母都是技术精英，调令到了没几天，他们就立刻动身，他们不知道要去的地方是怎样的，无论他们怎样设想，都想不到是这样一个地方。坐火车的时候，她只记得他们穿过一个一个隧道，昏天黑地坐了两天两夜。他们来到五里坪的时候，山下只有几户人家。一开始，这些支援建设的职工们跟当地工人一起掘土开山，挖土机很少，主要是靠铁锹和双手，一年时间，他们在山边开出一大片开阔地，并建了厂房。目前五里坪所有的土台都是当时遗留下来的工程（刚刚法庭上面的那个土台就是）。小时候，她能听到南腔北调的各种口音。因为数百个职工遍及全国各地，江苏、海南、黑龙江、内蒙古、青海、四川……这个化工厂的产品特殊，新中国成立不久，懂得这项技术的人不多，只好全国范围抽调。20世纪50年代末建好后，大厂成为全国最重要的化工企业之一，因为国家一直在重点扶持，一直到80年代，效益都很好。但很快，差不多是突然之间，大厂越来越难以维持，而且再也无人关照大厂，现在，只有三分之一厂房在运转，其他厂房都已经闲置了。

你信不信，我的爹妈说要去一个很远的地方时，我眼前就出现了一座山的模样，就跟前面这座山非常相似。

你不是说，你们都不知道要去的地方是怎样的？我找出她说话逻辑上的漏洞。

你不要咬文嚼字。那是两个意思。有一天我做梦，就梦见一个陌生人来到大厂，他在大厂里走来走去，像是迷路了，我记得很清楚，他的上衣口袋里插着一根钢笔，他好像要打听大厂里的一个人，急得要命。我不清楚这到底是一个好人还是坏人，也不知道是否应该帮他，后来我发现他在一棵大槐树上，站在一根树枝上看着远处的什么，突然就跌落下来，我记得很清楚，他站在我面前，脸被枝干划破，流着血，非常吓人。我就后悔，之前应该帮助他。这个梦我记得非常清楚，所以今天碰到你，就觉得你就是这个陌生人。你也恰好要去大厂。

我去的是养老院！

养老院就在大厂里。她说。

我甚至怀疑她是否做过此类的梦，她有点儿信口开河。

对了，那你说说，你们为何被弄到这个大厂，这也是报应吗？大厂的这么多人都是因为报应吗？

对于大厂，你知道得太少了，它风光过好多年呢！至于现在，那就是报应！

什么报应？谁的报应？

你知道了也没有用处！她有些轻蔑地说。

走进大厂的区域，我立刻发现大眼睛妇女跟大厂是如此匹配。她神经兮兮的脸相，她两鬓花白发灰的头发，她手上的老年斑，她晦暗发黑的脸色，以及她的旧衣给人的邋遢感。大厂里处处体现出类似的气质，偶尔还能看到在五六十年代建筑的四层楼房，整体发黑，像是表面的砖已经霉烂了似的。窗户依然保持着早期的那种分成小格的风格，有的窗户已经歪斜。看上去楼房已经空无一人，但从某个狭窄阳台上晾晒的内衣和床单，可以看出其中还有人在居住。大部分楼房是七八十年代建筑的，路边我看到的最大楼号已经标到216号。说明至少有二百多栋楼房供人居住。大厂像是被遗忘在角落里、放置了十几年的巨大盆景，变得破烂衰败。路面还是七八十年代的洋灰路面，已经处处破损。

　　大厂之大远远超出了我的预想，只是因为在山脚下的原因，洋灰路面并不是直线，而是微微有一些弧度，一排排的家属楼也沿着这样奇怪的弧度，这样的弧度使人站在路上看不到尽头，加上建厂初期栽种的高大槐树的遮挡，很容易让人迷路。由于建筑年代不同，成排的住宿楼外形明显不同，比如从108号楼到162号楼，应该建筑于20世纪80年代，侧面的水泥剥落，露出黄砖。这样的几十栋楼分两排穿插在楼群里，让人有一种纷乱之感。这种纷乱之感非常奇妙，之后我终于想起，自从来到省城，我常常梦见，我在一个陌生的地方行走。梦中到处都是楼房和树木，有一种异域和古旧原始的氛围，似乎我马上就会沿着这些建筑来到远古的年代，为了摆脱这里，我不停地走，最后都会来到从未见过的荒僻之地，怀着惊讶，我看到卧在草丛里的巨大石马、石狗。石质的眼睛是一个沉甸甸的凸面，给人神秘和恐怖的印象，甚至让我眩晕，不敢仰视。

　　当然，我不愿意将我的梦与大眼睛妇女的梦联系到一起，因为每个人几乎都做过相似的梦，那样做毫无意义。这时，大眼睛妇女走得慢了下来。这里已经是大厂的小广场，广场也有些年头了，现在居然变成了不太景气的菜市场。中间立着古旧的篮球架，篮板掉了两片木板，但中间的篮圈还在。一个长相怪异的人站在那下面，靠着生锈的铁架。给我印象最深的是他僵硬发黑的圆脸，就像瓷实的面塑，一双原始人一样深陷的眼睛漠然而纯粹地看着前面，沿着他的视线看过去，是小广场空荡荡的一角，那里只有几十年前建造的一个圆形雕塑。而他也并不是看这个。在哪里都能看到奇特的怪人，这也只不过是一个怪人而已。

养老院还远吗？我只是为了提醒提醒大眼睛妇女。因为她居然自顾自地站在卖菜的跟前，仔细看着摆在地上的蔬菜，好像已经忘了她身后的我，也忘了去养老院的事情。卖菜的也是一个穿蓝色旧工装的妇女，只是更为破旧，袖口上污黑。

不远了，就在那个老太太的家附近。

我变得有点儿焦躁起来，看了看表，已经十一点十五分。下意识里，我也不愿意看到那个原告老太太，至于害怕什么，我也难以说清。就在这时，我才注意到了远处一个熟悉的身影，是那个时髦小伙子，他的身影在路边晃动。没错，就是他。他看上去并不是要去哪里，有点儿懒洋洋和满不在乎，但我能感觉到，他在留意我的行踪——我和大眼睛妇女。这说明他们非常担心我接触那个老太太。

这时，大眼睛妇女挑出一个挂着金丝的香瓜，还放在鼻子上嗅了嗅。她只买这一个。她将香瓜放进那个红色塑料袋子，我有意看了一眼，原先那个看上去圆溜溜的东西原来只是一颗苹果。

我不由自主地观察远处，时髦小伙子正游弋在我们侧面十几米的地方，他将双手插到裤兜里，以一种非常酷的姿势慢悠悠走动。那是广场前面的大路。

就是在这时，我突然产生了偷偷溜走的想法，这想法甚至惊到了我。大眼睛妇女似乎还想买点什么。我慢慢朝北边走动。

空气中隐隐的刺鼻气味越来越浓，就像是这些蔬菜发出的一种怪味。这怪味甚至引起我生理上的烦躁。我的脸上又触碰到几粒东西，这才发现空中增加了灰度，如果仔细看，会发现空中其实游动着细微的颗粒，这些颗粒果然像针尖一样会轻轻触到露在外面的皮肤。这或许就是人们说的，这里会像下雪一样降下粉尘颗粒。只不过这些颗粒不是白色，而是炭末一样的灰黑色。

我一边观察周围的环境，一边慢慢向北边走。等我来到一棵巨大的槐树那里时，时髦年轻人显然这才觉察到我不见了，开始四处观望。

我没敢沿着大路往前走,试图穿过右边的楼群走向另一条路。我不小心来到一个楼群套楼群的地方,我从未见过这样的地方。因为楼房的东面是一堵墙,但可以绕到后面去,楼房后面,就是被套在里面的一栋模样不同的四层旧楼,没有阳台,很明显是类似办公楼的地方,如今这办公楼已经不再使用,但似乎还有人住在这里,因为二楼一扇窗户打开了,挑出一根竹竿,上面搭着两三件衣服。楼前面有四座边缘破损的花坛,只有一座花坛里生长着几束高高挺立的花,枝干高挑密集得出奇,像是争先恐后地要探出头来。其他都被野草占据。由于这里看不见一个人,我不免有些担心,不知是否该退回去。

我站在这里,突然产生了奇怪的被弃感、失控感,以及隐隐的被期待感,这期待是眼前这些植物造成的,似乎正是经过我从城市中心里带来的一双眼睛的注视,它们瞬间被解放了。不然它们终究会寂寞地自生自灭。当然这可能只是我的一时臆想。只见野草溢出花坛,在花坛外面建立了根据地,一直延伸到花坛之间的空隙,它们挤占了部分道路,但依然有路通向大门,以及楼后。这些草中居然有大量的灰条草,那是晋南乡村常见的一种草,在城市里很少见到。

这时,楼前超出旧楼的高大槐树上传来几声鸟叫,伴随着鸟叫声的,是人们的低语声,像是从楼后传来的,于是我加快速度,急切地朝那边走去。一绕到楼房的后面,就看到几个老人正围坐在一个石桌边的石凳上,他们齐齐地盯住了我,其中一个老人微微含笑,一边点头示意,像是早就认识我似的。还有一个头发花白的人正站在第二单元楼门口,看到我的身影,急忙向我招手。

一定是发生了什么事情,或者他们需要我这样的年轻人帮忙。我急匆匆走过去,但那个头发花白的人似乎还嫌我走得不快,使劲儿向我挥手。我一走过去,他就拍拍我的肩膀,说,赶紧去吧,门开着呢。

楼道狭小,分为左中右三个住户,一楼右手的单薄铁门开着,门里散发出一股酸腐的味道。让我意想不到的是,屋里似乎并没有人,我以为遇到了什么紧急时刻呢。有一个房间里居然像储藏室一样摆放着一件件家具，高低形状不同的六七个凳子，一张漆成深红色的旧床，还有一台旧缝纫机。一台不知挂在客厅哪里的时钟正嚓嚓地走着，像是遇到了小小的阻力。头顶垂掉着毛茸茸污迹的电线，一盏同样毛茸茸的灯泡有点儿故障，微微闪动。左前方只剩下一个临窗的房间，旧式带插销的窗户紧紧关着，终于，我看到窗下的那张床上躺着一个老人，盖着被子，但被子已经马上要滑下来了。他的头垫得很高，侧着身子。直到这时，我才听到他发出的吱鸣声——原来他正在大声喘息，他头上只有几根软弱的白发，差不多就是一个光头，此刻他暴突着一双眼睛，似乎正拼了老命在呼吸，脖子里发出吱吱赫赫的声音。他的叫声吓坏了我，我终于明白这是一个临终的人。床边挂在上面的吊液已经空了，针头也早已从手背上拔了。床边有一个凳子，似乎有人在那里坐过。

即使在我的梦里，我也从未见过一个临终的人。而且是一个完全陌生的人。这一定产生了什么误会，他们或许把我当成了要来看望的亲戚什么的。我赶紧往后退，这时，花白头发的老人在我身后用力推我，异常坚决，示意我走过去，让我坐到凳子上。他的神情告诉我，我如果不这么做，那就是大逆不道。

临终老人的眼睛非常怪异，瞳仁即将散开似的，似乎已经看不到任何东西。但我一坐在凳子上，他就有了回应，喉咙里发出呃呃的声音，放在他腿上的手指动了动，我回过头，花白老人又示意我握住他的手。他的手并不凉，相反非常热，像是他正在发烧。他一下紧紧握住了我。差不多只有几秒，他突然平静下来，像是睡着一样。

我从楼门出来，迎面碰见一个老人，他原先坐在石头凳子那里。他仔细盯了我片刻，说，咦，你不是二小？

不是，我问他，二小是谁？

他不是二小！他跟石桌那里的人说。

这时，花白头发的老人已经出来，他向其他老人挥手，说：

走了走了，他刚刚走了。

我穿过楼房，向后绕着走时，我发现自己似乎变成了双重身份。一个是正在寻找养老院的我，一个是不认识的二小。他此刻或许正在赶回来的路上，或者依然待在深圳，他是临终者唯一的亲人。他们说，他已经有五年没有回来，他们通过其他人终于联系到了他，但四天过去了，依然没有回家。我一定跟二小的长相有相似的地方，不然他们会一眼分辨出我跟二小的区别。

我一直无法从刚才的情景中恢复过来，有时，我常常会觉得自己经历的事情已经在梦中经历过。或者它们有相似的地方。这个插曲已经完全让我记不起自己的真实身份，忘了我只是来这里采访的一个小小的非正式记者，忘了我去养老院的最初目的，甚至忘了我为何来到这里，以及那个大眼睛妇女，还有法庭。

养老院似乎并不远，从这里一绕出去，我就见到他们指点过的几排最早期的建筑，养老院就占用了当初已经破败不堪的一、二、三号楼。

等我来到养老院那座独立院落时，已经按捺不住地一阵兴奋。这是我从法庭出来之后努力寻找的地方，它现在不仅仅是养老院，它变成了另一种让人振奋的场地。养老院里到处蔓延出爬藤植物，它们从墙上奔拉下来，形成绿色的瀑布。但这里有一种特别的沉寂，连鸟叫声都没有。幸运的是，大门开着，但大门似乎已经很久没有使用过了，门口的砖缝里长着杂草。养老院只有一座三层楼房，楼梯外露在前面。从一楼房门上的窗玻璃上看进去，甚至可以看到一排排床，其中一张床上还有被褥。只是这里非常冷清，我大声喊了几声，也没人回应。这里就像那个临终者的家，有一种类似的气氛。我跟临终者握手的恐怖感觉依然留在我的手指上，它让我想起我身上潜在的二小的身份。

几分钟之后，我终于明白，这里目前显然空无一人。这让我非常失落。因为编辑部主任怀着非常大的热情给了我这个线索，我至少应该写一条关于老人的报道。这儿已经是大厂的最北端，再往北就是斜坡和野外，再远的地方已经被灰色的雾笼罩。我站在沉寂的养老院,像被整个世界抛弃遗失在这里。不过,我依然怀有强烈的期待,希望会有人出现在这里,任何人的出现都将会让我心情振奋。我甚至产生了有人会出现在这里的预感,我现在时时刻刻能体会到。从侧面窗户里,我注意到地上的一双破布鞋,好像布鞋的主人依然在附近游荡似的。我真切地希望养老院没有那么糟糕,只要养老院有一个被医护者,我就可以写出这篇报告。我隐隐觉得,如果不能顺利写出一篇关于老人的报道,我的处境就会更为被动。

就知道你在这里。

我近乎喜悦地回头一看,是大眼睛妇女。

没人吧?半年前这里就停办了!她说。

我无法描述她脸上的表情,那双大眼睛里同时体现出蠢笨和狡猾、畏怯和大胆,因为她出现在我需要迫切抓住一根稻草的时机,我几乎欣然接受了她,甚至原谅了她没有提供给我养老院停办的信息,甚至相信了她的许多迷信说法。不过,我依然担心她会带我去看原告老太太。

没有,她继续兜售的只是她的因果报应:

我早就知道,一定有人出面替这个老人说话,一看到你,我就觉得时候到了。她就在养老院待过,养老院停办之后,她回到家,结果被女儿女婿赶出来了。

你可以采访采访她,她就在这跟前。

眼前这栋旧楼几乎就是目前大厂最古老的住宅楼——四号楼。看上去已经是危楼,像是早已无人居住,楼前高大的槐树一棵接一棵,遮天蔽日,荡满了灰尘。外貌更加污浊的旧楼孤单单地藏身在里面,烟熏火燎过似的有些发黑。这年代久远的楼房,似乎已经没有人居住了,楼道上的通风玻璃只剩下没几块,楼门居然还是污秽发黄的木门,已经被时间磨得没有一点儿棱角,有的在下面缺了一块,像是豁牙一般。

如果不是亲眼看到,你不会相信——一个一头蓬乱花白头发的老太太坐在一棵大槐树下的石头凳子上,她正捧着半块香瓜吃。她的手指油污发黑，像乞丐的手指。她的眼神孤独内敛，似乎并不期待任何外界的人，她只是非常专注地忙于自己琐碎的事情。

我从未见过被自己的儿女遗弃的老人，难以相信眼前的事实。

她住在哪里？我问大眼睛女人。

就在这楼的一层，那个用塑料挡住窗户的家。这栋楼房里就住着她一个人，那个原告老太太住在这后面的楼里。

给记者说说你的情况。她跟老太太说。

老太太毫无反应。在吃完香瓜之前，她似乎并不想予以理会。

此刻臭鸡蛋味道似乎减轻了，或者是我已经习惯了这种味道。灰色的雾气也没有增加，但空中的灰黑色尘粒越来越多，它们不停地触碰到我的脸上。这也让我心情烦躁。我预感到采访会很不顺利。

我可以采访到她女儿女婿吗？

千万不敢！

为什么？我非常诧异。

这时老人用袖子擦擦嘴，仰起脸来。但她依然不回答提问，看上去非常委屈地两眼含着泪，默默无语。或许因为提到了女儿女婿，她的表情还有几分畏怯。

我仰起脸，顺着槐树树干看上去，想起大眼睛妇女做的梦，这棵树在空中微微弯了身子，伸展着三根巨大的树杈，有一个树杈前端已经伸进楼房的楼道窗户。假如大眼睛妇女梦中的那个男子就是我的话，我为何会突然从上面跌落下来呢？

他们把我赶出来了！老太太终于开口说话。

为什么？他们说什么了没？

他们嫌我。

那你怎么生活？

她指指前面，楼前堆放着垃圾里捡拾出来的瓶瓶罐罐，塑料，还有各种油桶。

087

这几天，她摔了一跤，一条腿只好拖着走，不能正常行走了。所以她整天坐在这里。

幸亏她的女儿还算没有完全绝情，偷偷给她搬来一袋面，不然她更是过活不下去了。大眼睛妇女说。

若是继续采访，需要看看她的房间，知道她的姓名和经历，还有许多其他的情况需要向她的女儿女婿了解。我站在那里，再次觉得自己如同一个法官一样，正在左右一件事情的未来，虽然我的位置并不稳当。

我问大眼睛妇女是否知道老人的姓名，却没有回应。这时我才发现：大眼睛妇女已经不在我身边！

此刻我正站在大槐树的阴凉里，周围一片奇怪的沉静。这时，树上一只蝉突然吱——一声叫了起来，引起高空里第一阵集体的蝉叫声，蝉叫声波及大厂更远的地方，似乎整个大厂数十年来的蝉都叫起来，或许因为声音的躁动，空中的尘粒越来越多，不停地触碰到我的鼻尖。等蝉叫声突然一瞬间停歇下来，我才留意到大眼睛妇女正在楼前的路上飞奔，像是在躲避什么。

我回过头，终于发现有一个男人正向我疾走，手里拿着随便捡拾的棍子，表情凶悍，嘴里在骂骂咧咧。此刻他两眼圆睁凶猛地瞪着我，我甚至来不及思考，也本能地跟着大眼睛妇女奔跑起来，刚刚奔出一截，就听见棍子砸落在我身后的声音。

我回头看去，只见他又在地上捡起一大块砖头，他俯身下去的时候，我感到他怪异的身姿，原来他的另一只袖管是空的，在他前面荡来荡去。听见他示威似的奔跑起来，似乎我的回头再次激怒了他。

滚你妈一边去，你们管天管地管不住老子……

有本事你们来养我，我你妈——

他应该就是老太太的女婿。

此时，大眼睛妇女已经拐过弯，跑得无影无踪。

我依旧拼命在跑，像梦中一样难以抬腿，总觉得自己跑得不快。就在这时，我突然看到遗落在脚边草丛里的一颗圆滚滚的苹果，还有一个破了的红色塑料袋扔在路边。想起这一定是大眼睛妇女拿了一路的那个苹果，因为奔跑从破袋子里掉落出来。此刻它正无辜地被遗弃在这里路边的草丛里。

我突然想把它捡起来，我似乎把它当作了自己的化身。我下意识想，如果我能捡起它，我就会得到好运。

意识到这一点，我突然蹲下身，捡起地上的苹果。俯身的一瞬间，发现独臂男人居然被真正激怒了。他误以为我捡起的是用来还击的石头。

这次他没有骂人，但我凭借直觉都感到，他向我扔来那块黑沉沉的砖头。处于怪异的自尊，我居然没有弯下腰进行躲避，而是微微缩着脖子，闭住眼睛，期待砖头会避开我的身体。直到我的脖子感到一丝凉凉的风，我都没有用手护住我的头。如果我双手抱头，独臂男人会怎样耻笑我的狼狈？

之后，我突然真切地想起法庭里的细节，就像我还坐在那里，我注意到法庭桌子上的旋涡纹……我知道事情会有无数的可能性，我跟临终老人那样，期待有人伸出一只手。

不过，不知是不是幻觉，路的尽头突然出现了一头小牛犊，也许是我上午见过的那头，也许不是，它正用那双巨大而客观的双眼看着我。

那巨大的双眼隐含着莫名的深意，如同我梦中出现过的石头圆眼。我预感到空中的粉尘会埋了梦中的巨大动物石雕，以及它们的一双圆眼。

孤独是条狂叫的狗

我满头大汗从街上回来，还没吃饭，把刚买的烙饼扔到办公桌上，这时，一个同事走了过来，一屁股坐在我的桌子上，说，日他妈的，老子计划搞一个女朋友。说完，他一边哼着何勇《姑娘漂亮》结尾那句歌词：交个女朋友，还是养条狗。一边打开我的烙饼袋子，往里面窥看，好像除了烙饼还放着金条似的。之后，他告诉我他不会找问他要这要那的那种女孩，他打算鼓动他的一个女同学，租一个房子，然后就跟她同居。我说，操，有这等好事！他的兴致起来了，他抱怨在这破单位干没有盼头，我点点头，我也没有理由不点头，我说，咱们纯粹是瞎他妈混。之后，他做出一副歇斯底里的模样，靠！他拍了一下我的桌子，说：如果没有女朋友，我他妈简直活不下去了。

过了一会儿，我告诉他我得下去了。我在走廊里逡巡了一会儿，发现再没有任何有意思的事情要做，就从楼上走下来。我本来到单位吃饭就是为了找到一点儿乐子，但分明是没有找到任何乐子。我有时总觉得会找到点儿什么，但其实屁也没有。我穿过门厅的时候，看见门房肉墩墩、被晒得红脸红背的老贾正跟闲杂人员下象棋，从那里传来啪啪的落子声。有个瘦得只剩下骨头的老头指责老贾刚才走的那步棋不对。老贾则默不作声，他没有搭理那个老得没几颗牙的老人。我还看见小卖部老太婆的独生女儿，她只有九岁，穿个小短裤跟几个小朋友跳皮筋儿。大中午的他们在跳皮筋儿，也没多少阴凉地，他们几乎就在太阳下面，他们居然一点儿也不怕晒。这个大中午非常安静，只有几声落子声和孩子跳皮筋儿时哼的小调。其他的声音微乎其微，只剩下偶尔有苍蝇飞过的嗡嘤声，连空气都被刺目的阳光晒得凝滞了，打了瞌睡。我就走在这么安静的地方，很快我就拐到了巷道里，这里到处都挂着旅馆的招牌，什么兴民旅馆、富华旅馆，还有大众旅馆。我租住的那个院子没有挂牌子，它非常靠里，挂上牌子也不会被人看到。

　　我已经进了院子，院子中央立着一米高的水龙头，我嘴对着它喝了两三口，润了润嗓子。这个水龙头为所有的房客提供日用水。院子四周除了正房里的老头，全部是租住的房客，这里全是一些怪人。我喝水的时候，恰好见到那个瘦子蹲在一座小屋的阴凉地，那是院子里最洁净、最像模像样的屋子，它独立建在与大门相连的地方，侧对着厕所。这个瘦子就是他妈的怪人之一。我路过的时候，他还跟我点了点头，以前他很少跟我点头。他满身都是筋骨，非常结实。但是他默默地蹲在那里，我都为他感到可怜。要知道，屋子里并不是没人，一个颇有姿色的中年女人正在里面，他也知道她在里面，但问题是里面还有一个男人。他也不是抓奸什么的，他跟那个男人也认识，他们见了面偶尔还说几句话，只有等那个男人出来之后，他才会进去。那个男人个子高大，样子孤傲，非常有派头，走在大街上你会误以为是大款大亨什么的。但有时就是这个非常有派头的男人在屋外等。他一边等一边抽烟，谁都不理，他从来还没有正面看过我一眼。有时是瘦子跟这个女人生活几天，有时是有派头的男人跟女人生活几天。这么奇怪的事情我还从没见过。那个中年女人差不多隔两天就晾晒出一绳子衣服，能看到不同样式的内裤，有粉的，有紫的，有大点儿的带一条宽大的筋，还有轻盈灵巧的带着网纱，还有黑色的，我最喜欢那个黑色带花纹的，非常妖冶。它们全部用夹子夹在铁丝上。那是其中一个男人专门为她挂起的铁丝，还没人敢用她的铁丝，至少我没用过。

　　我上厕所的时候，必然要经过那个最小最破的屋子——厕所紧挨着屋子。我现在就要经过它，这时，那个卖煎饼的河南男人吱呀一声推开了屋门，他好像就在等我过来。他们有时就在屋外的一小块地方吃饭，他们的小屋子几乎放不下桌子，或者恰好放得下。他和粗笨的女人，两个脏兮兮的七八岁儿子吃饭时围着小桌子，每次我路过去厕所，他一边用筷子敲着桌子以示提醒，一边要问：你吃了饭了？

这次他用那副一贯的谄媚眼神看着我，一副木讷的乡下人形象，却配了一副惯于谄媚的眼睛，这很让我吃惊。他看上去至少有五六十岁，但实际上也就是四十来岁，甚至不到四十。他的手、脸、脖子，以及所有露在外面的地方都晒得酱黑，都是油腻腻的。这次他没问我你吃了饭了，而是说，你回来了？我说回来了。我也不能说我没有回来，或是其他。他提着红色塑料桶去提水，是崭新的红色塑料桶。他以前没有水桶，只有锅和脸盆。有一次他借用了我的，结果把我的水桶碰出了三角形口子。他买了一模一样的水桶要赔我，我说不用不用。他又给我五块钱，我也没有答应。但是有一天他给那个中年妇女送煎饼，他不停地说，尝尝吧，尝尝我们河南的煎饼，都是邻居。但他却没有让我尝一口，我就有些记恨在心。我怀疑他是想跟中年妇女套近乎，你不能排除这一点。那个中年妇女真的很有魅力。

只见他走到了水龙头那里，先是洗了洗腿和脚，然后把桶放在水龙头下面。他一边拧开水龙头，一边盯着那个蹲在房檐下面的瘦子——你不要以为他就没有好奇心。这时，我已经走到我的房门前，这就惊扰了窗扇上的一群鸽子，它们纷纷拍起翅膀，有的就把风和细小的羽毛扇到了我的脸上。我的窗扇上有一群鸽子，那两扇纱窗一直开着，已经合不上了，它们就乱纷纷站在上面。我以前非常喜欢鸽子，我还专门去广场看过，那里有不少孩子喂鸽子吃东西，还有不少人为鸽子拍照片。站在我们单位窗口向外观望，有时黄昏时就有几只鸽子在空中缓缓飞舞。等我租了这个房屋，我才知道，原来它们就是我窗户上的那些鸽子。它们一点儿都不温柔，老是咕咕乱叫，拍翅膀的声音非常难听，在我的窗扇上拉得白花花的到处是稀屎，它们歪着脑袋瞅来瞅去的样子就像村妇一样。我关上门，顿时闻到了房间和我的物品独有的气味。这时，伴随着鸽子咕嘟咕嘟的声音的，是院子里水龙头那里急促的水流撞击水桶底部的声音。不过因为关了门，这些声音都变小了些。我租的房子里只有一张双人床，其他什么都没有。我只占了双人床的一边，有时睡着睡着就滚到了另一边。有时也会想象一对夫妇租住在这里的情况。我的铺盖从来不叠，随时可以躺倒，现在我就躺下来，任凭脸上的汗水慢慢往枕头上流，每次在这个时候，我就明显感到了孤单，好像我是迫不得已才把整个世界关在了外面。我闭上眼，听到了自己鼻子里呼吸的声音，只有在自己一个人的房间里，你才能听见自己的鼻息声。很快我就有些迷迷糊糊的了，那水龙头的水声还依然在耳边哗哗直响。

下午四五点钟，办公室里一下没人了，不知为何人都出去了，我顿时觉得特别无聊，像是有什么东西丢失了一样。这些人都有忙的，就我没有。然而一瞬间，我就有了想法。我在单位给王艳打了电话。她说，你有病呀？这才几点，正在上班呢。我在电话里一直低三下四地劝说她：这有啥，你出来吧，咱们也好多天都没见了。你到底有什么事？我没事，就是特想见你。去你的，再贫嘴我就挂电话了啊。我只好说，再不了再不了，那……你出来吧。我只剩下你出来这一句了。这时那边没有声音了，她好像正跟某个人说什么，之后她终于接起电话。你无聊得不行就……听见她又要来这一套，比如你无聊得不行现在就去用头撞撞墙，或者说你现在就闭上眼念一万句阿弥陀佛。我没等她说完，立刻说，我十五分钟后在你单位门口等你。然后挂了电话。我知道他们机关并不是那种没法提前走的单位。

赶到王艳单位门口的时候，我手上的表才过了十二分钟，我觉得，就是在准备溜号的那一刻，我的生活才突然走上了快车道，不然慢得要死。太阳依然暴晒着我脚下的路面，我总觉得我的球鞋变软了。我一边等，一边用脚感觉，是不是我的鞋底真的变得比以前软了？我的劣质球鞋来自地摊，底面很薄，有时能感觉到地面的温度，现在就是。王艳的单位在大路的东面，朝向西边，这时很难找到阴凉地，我只好躲在一个报纸宣传栏的后面，只能确保头和上身不被晒着。我差不多等了半个多小时，才见到王艳的影子走出了楼房大门。这期间我已经把报纸栏里一张旧报纸又看了一遍。这张报纸至少两个月没换过，之前我就浏览过那么几遍。看上去都晒得微微有些焦了，什么东西一放旧，就是这种颜色。新闻里有一条可看的，说的是一个农民青年，只上过小学，做过腿部截肢手术，但是他凭着惊人的毅力自学成才，花费了五年时间写成了一本长篇小说《土地之爱》，重要的是，他还因此找到了贤惠的妻子，上面还刊登了他们的照片，那个姑娘并不难看，有一双大眼，除了身材差点儿，其他都还可以。有好几次，我梦到似乎在哪里见到的姑娘跟我谈恋爱，甚至有一次我们还抱在一起，那是我第一次在梦里跟姑娘很正式地抱在一起，互相情愿地抱着，仅仅抱着。之前，我不是梦见某个姑娘跟我斗嘴，就是梦见突然之间就跟某个女人发生了关系，常常是个出人意料的异性，比如我幼儿园的女同学，或者某个同学的母亲，甚至是那个有个九岁姑娘的小卖部老太太（她居然说女儿是她亲生的，我们只得相信）。有一次我梦见只是绊倒在了某个陌生女人身上，就已经发生了关系，因为我感觉到了一阵战栗，我还弄不清楚是怎么发生的，但已经发生了。也许是因为我还从没跟任何女人干过那种事。

　　后来想起来，梦里抱着的就是照片里这个姑娘，至少非常接近。我看着这个照片，那个农民残疾人正坐在轮椅上，咧着大嘴，有一副史铁生的派头，但是长相有点儿猥琐，完全配不上那个姑娘。我每次看，每次都觉得他完全不配。为此我非常心急，也觉得难以理解。

　　王艳已经走出了单位楼，她还撑起一把遮阳伞。我真想让时间停留在这一刻：只有在单位楼的门口，王艳的表情和身姿才显得郑重大方，她穿着非常庄严的单位上班制服，站得很直，并不急着往前走，表情凝重，似乎正有一排仪仗队站在身边一样。也许她在单位时就是这个样子，非常有魅力的那种。尤其是她现在撑起的那把蓝色的花伞也很配她——她很少有配她样子的伞，这把伞我还没见过。但是差不多只要走出有门卫值班的大门，再向我的方向走那么几步，她就立刻变成一个孩子气的姑娘。她向我咧嘴一笑，露出她总有些怪的牙齿，好像她的牙齿没有成熟，还是孩子的小白牙齿，一张嘴，还会显露一颗长歪的牙。她走路也拖沓和没有姿态了。我发现，每次想见她的时候，我脑子里想的总是她站在单位楼下的那个样子。越想那个模样，我就越想见她，但是一见到她，她很快就变成了另一副模样，这就为我们的见面效果打了折扣。我常常会很失望地离开她，当然绝大部分都是她对我感到失望，这我也能看出来。

什么鸟事？她说。

没有，就是想见个面。我听见自己笑嘻嘻地说——看到她出来我还是很高兴。她说话总带一些特脏的字眼，比如鸟、屁、屎什么的。我相信她从不对她的同事这么说，她只跟我在一起才这样。让我立刻觉得，她从不维护自己的形象，是因为她从不把我放在眼里，她也不在乎我。但是，她凭什么要在乎我，她妈正在五百公里之外的老家为她到处打问着找男朋友呢。

正好老娘今天有心情，她说，不然我才不理你这么无聊的人呢。

去哪里呢？

不知道，你说吧。

你说说看。

我真不知道去哪里。

总不能一直站在这里晒着吧。

那去你那里？

不去，去我那里还不如老娘继续上班呢。

那去哪里？

她对公园没有兴趣，她也懒得去看电影，她差不多没有什么爱好。就是逛商场，她也常常抱怨高跟鞋弄得她脚疼。所以差不多每次都是赶着饭点，我们都是在各类乱哄哄的小馆子里度过的。

出去瞎逛逛？

这么晒，逛哪门子的街！

说着我们就左顾右盼，不知道该如何进行下一步。后来她或许是害怕被她单位的同事发现，就建议还是去柳巷逛逛。我立刻有一种获得解放的感觉。附近就有站牌，我们没怎么等就上了公交车，看来一切都很顺利。公交车从来没有有座的时候，但是现在也还不挤。我有意靠近王艳站着，王艳也笑吟吟的，眼神里多出点儿意思，表示她看透了我的心思。有一个姑娘在身边，我多多少少有了一点儿自豪感。我也瞅来瞅去地看其他的乘客，想看看一男一女的有几对。我看到一个脸色灰突突、脖子很细的男人，过一会儿就用手往起拢一下头发，做出很有派头的动作，他长得一点儿都没有魅力，但是他身边的姑娘非常洋气，她主动靠近他，把头靠在他敞露的有骨头的胸脯上，不时抬起头，嘴巴就在青年人的下巴那里轻声细语，眼神里很活泛地盯着男青年，但那个青年连看都不看她一眼，脸上也丝毫没有表情。他们的身体随着车体晃来晃去，像是一个有些松散的整体。我为何常常看到配不上姑娘的男人，而这些姑娘却那么痴情，而我总是遇不见这么痴情的姑娘。这么一想，我回头看着王艳时，我的兴致就减了许多。我尤其讨厌她那副看透我德行的表情。有好几次我试着用手去碰她，她不是嘴里嗤一声躲开，就是一动不动地盯住我，说，把你的狗爪子拿开。有一次我看到有一对老年人走在路上，手拉着手，我只是指给她看，觉得他们的感情真他妈了不起，她却以为我暗示着什么，她说，再这样我就不理你了啊。我就只好闭上了嘴。

我们已经拐到了商业街，但是看上去王艳已经快没有兴致了，她打着遮阳伞，用手帕扇着风，站住喘了口气。我这才看到她打的是一把廉价伞，上面的蓝花也不是纯正的蓝。纯粹是无话找话，我说：

这是哪个男朋友送给你的伞？

去你的，反正不是你。

放心，我不会送给你伞，分手的时候才送伞。

你还没资格送呢，你好好照照镜子吧。

她老让我照镜子，她每次一让我照镜子，我的兴致就要减半。我只好继续机械地走在她的旁边。

像往常一样，几乎每一个男人路过都要瞅瞅王艳，不仅看她的脸，还要仔细审视一下她的胸部。尽管她今天穿着单位制服，但她的胸部还是鼓得挺猛。右胸那枚单位的小小金色牌子已经被顶得朝下了，它恰好在胸部鼓面靠下点儿的地方。但是，她往前走的样子像是她并不知道自己长了一对大乳房一样，有时，连我也要不由自主多看几眼她的胸部，以便看看它是否有点儿过于大了，是不是大得快失去形状了。因为有时穿的上衣不同，看上去的样子也有一些变化。有时我觉得两边都连在一起了，这时我就觉得非常难看。但大部分情况下，看上去还是分开的。路过的男人们一定非常羡慕我的身边有一个胸部很大的姑娘，其实他们根本不知道她到底是怎样的一个姑娘，若是知道的话，就不会这么羡慕，甚至还会唯恐躲之不及。

看什么看？

她一边说一边推了我一把。她正好逮住我注视她胸部的目光，原来我不知不觉已经看了好多眼。但是她推我的时候，我突然觉得自己振奋起来，我一把拉住她推我的胳膊。她的胳膊非常绵软，我的心里一阵荡漾。我听见自己嗤嗤笑着，笑得简直有些龌龊，而且有些吓我一跳。有时我自己的笑声都让我感到有些难以接受，像是别人发出的声音。当时，我通过这样的方式让她感觉到这只是一个玩笑，不然她又要非常正式地说我无耻。就在这时，她脚下一绊，差点儿跌进我的怀里，我顺便搂了一下她的腰，我只敢搂一下。她的脸迅速红了一下。但她很快站好，恢复了往常一副居高临下的样子，重新变成又孩子气又蔑视的神情。她推开我，说：

少占老子便宜。

她说出老子两个字，让我放心不小，这说明她又变成了往日的她，而不是别的、让我难以想象的她。搂住她的时候，我听见自己不停地咽唾沫，脑子像洗了一遍一般。尽管隔着衣服，也能感觉到她的身体是那么柔软，又柔软又温热。

我们以前来过很多次商业街，我们总是顺着商业街走一遍，大部分情况下都要逛一逛华宇购物广场，然后在这里或者那里吃一顿小吃，这时候就已经非常疲惫，至少每次王艳都会感到疲惫，然后我们就会重新找到站牌，坐车回家。我停止了傻笑，以便让她觉得我不是那么轻浮的人。但是走了片刻，我发现我身边的姑娘已经不是王艳，现在换了一个姑娘，个子高挑，脸很白皙，看上去很清纯的样子。我很想知道她是怎样一个姑娘，我对她一无所知，说不定她就正好是我希望的那一类姑娘，正好与我情投意合，但是我们无缘相识，非常遗憾。她已经超过了我，她的步幅很快，非常潇洒，脚后跟微微那么一弹一弹的。而王艳的步子就有些松弛和笨拙。我回过头去找王艳，身后全是人的头和脸，他们朝着我走来，就像我是他们的目的地一样，其实他们只是朝着我所在的方向走。我终于在身后十几米的地方看到王艳，王艳也正踮起脚尖翘首看我，向我招手。她站在街边的小摊点跟前，原来她买了两根冰激凌。我过去的时候她正在掏钱，我很害怕她打开小皮包，她一打开小皮包，那些一元、五元、十元、一百元面币揉成一团的钱就会跳出那么几张来，她从不分类，只是往里面塞，小皮包里的东西应有尽有，但全部没有次序。有时跳出来的是半管口红，有时跳出来的是纸巾，有时是口香糖。我就在地上帮她找过几回口红，而且是在人们走来走去的脚中间，半管口红滚来滚去，有一次一个穿高跟鞋的女人正好落脚到那里，没有踩着，但是把口红又踢远了。不过她买冰激凌我还是很高兴，让我感觉到一点儿柔情。她和我从来都是泾渭分明，吃饭都是AA制，她不想占我的便宜，但也不让我占她的便宜。我们一边吃着冰激凌，一边路过了披戴着彩带散发资料的一排姑娘，路过了门前滚着几颗大石球的商铺，这使得我们重新焕发了精神。

最后，我们站在一个照壁那里慢慢吃完了冰激凌，照壁前竖着一个古人的石头雕像,我们路过很多次,也从没有弄明白这是哪个古人。照壁上的浮雕全是各类动物,一个叠压着一个,这些动物的头部最肮脏,也最发亮,都是被人摸的,摸得像铁器一样发黑,然而它不仅黑,还锃亮。其中有一个动物,我和王艳谁都没有见过,后来我们猜那想必是麒麟,因为再没有这么威武和神秘的动物。照壁下的地面上扔着各类废物,歪倒的可口可乐杯,擦过嘴的纸巾,等等。不过目前还不是太多。我们站在那里,我感觉我们从没有这么安静地吃过冰激凌,就觉得韵味十足。我摸了摸麒麟的嘴巴和眼睛,然后回头看着王艳,说,你要当心了,我刚刚在心里许了一个心愿。

嗤,她非常鄙夷地撇了一下嘴,说,你许愿跟我有半毛的关系?!

我们重新加入到了人流中,有时我们会被身边的人挤到一起,我发现,王艳并没有刻意跟我分开,就是没有立刻非常明显地拉开距离,而是顺其自然地重新分开。有时她就会刻意分开,而且我从来不知道她在哪种情况下会这么做,她一刻意跟我分开,我就非常沮丧。好像我专门来占她的便宜,当然有时也不能排除我不是故意,但往往是因为别人的碰撞,我们才被挤到一起。我们偶尔被挤到一起时,我还是很享受这样的感觉,只要她不是刻意分开。

这时,我们已经快走到华宇购物广场了,有一群人正围拢着像是在看什么稀罕事,直到走近些,我们才发现是有人乞讨,一个头发花白的中年妇女正盖着破旧被子躺在地上,她闭着眼睛,直挺挺的,她的老公跪在地上,手里举着一张牛皮纸牌子,上面写着病危无钱就医。我正准备说这一定是骗子,但发现王艳已经把小皮包拿在手里了。她从未给过乞讨的人钱,不管是他们用了哪种招式。绝大部分情况下我也不会给,但有时我会给拉二胡的瞎子钱,因为他们给人拉了二胡,我也无意中欣赏了那么悲伤的二胡声,觉得给上几毛钱也非常值。不管什么曲子,只要用二胡拉出来,就非常悲凉。况且要让盲人学会拉二胡可不是一件容易的事,首先得让他知道二胡的概念,上面有非常多的关节需要了解。有时我看到盲人用手在二胡的弦上颤巍巍地摸来摸去,似乎在找什么东西,那手指粗糙干裂,但非常灵活,摸索完之后,还要拧拧这里,拧拧那里。我想,做了这一切,他甚至不知道自己的手是什么样子。与此同时,他们泛白的眼睛瞅着天,有时那个泛白的眼睛里突然会浮出半个黑色的瞳孔。就在摸索的那一时刻,他还要动一动鼻子,也许那是他的习惯性动作,但是足以见到他们在做一些细微的动作时,他们还是要费一些心思和力气的。

我摁住王艳的小皮包,说,免了吧,我帮你来。我掏了一块钱。这是我给乞丐最多的一次。以前都是五毛钱。王艳似乎要给我解释什么似的,一边进华宇购物广场,一边说:

我姨姨两年前得了癌症,今年刚去世。我以为她还要说点儿什么,但她没有。她欲言又止,我可能也猜到她要说什么。她有时非常迷信。好像她只要给病危的人一点儿钱,她自己的家人就会好一些,不管他们是不是骗她。

这时我们正在珠宝、名贵手表等等柜台那里走动。上面的价格都贵得令人咋舌。至少跟我的工资比起来贵得咋舌。我们每次来都要随意地走走看看,仅仅看到那些名贵物品发出的珠光宝气就非常惬意。王艳有时还要拿出来比画比画,售货员都非常殷勤、非常有礼貌地予以配合。因为说到了癌症,我觉得我们之间有了非常正式的氛围。所以我没有调侃什么,什么都没有调侃。此刻王艳把一枚戒指戴在了手指上,她其他的地方不一定好看,但她的手却非常娇美。又白又细腻,而且非常灵活,有一种鬼魅般的灵活。有时她把一个东西放在手里,几根手指非常快地完成了一系列动作,快得让我觉得不可思议。她说她可惜没有练过钢琴,她说要是学过钢琴,她一定弹得很好。其实她应该练练钢琴,这对她的仪态一定有帮助,她根本没有什么仪态,除了在他们单位楼门那里的十几秒钟,她的肩膀甚至还有点儿耷拉,也许是被她沉甸甸的胸部拉拽得沉下去一点儿。

她把戒指挨个儿在中指、无名指、小拇指上戴了一遍,然后瞥了我一眼,似乎她正有什么心思,被我无意中看到一样。我说,怎么啦?

没什么,她说,我戴上漂亮吧?

漂亮,我说。要是往常,我一定会说,还不如戴到我的手上漂亮呢。但是这次,我只是说漂亮。

乘坐商场的电梯时,王艳用手指尖捏住了我后背的衣服,我能觉察到像鸟嘴那样小小的东西触在那里。她大部分情况下都是抓着我的衣服下摆,但她用手指捏住我后背衣服的感觉更好,有时让我浑身战栗,你还能轻微感到手指尖发出的热量。我任由她捏着,这时电梯到了,后背的手指就消失了。这里是女装区。我们基本上还没有在华宇购物广场买过东西,因为对我们来说那简直就是天价。但是我们常常在这里试衣服,她也差点儿买过那么一件,只是最后关头放弃了。

现在王艳就拿了一件衣服,是一种渗着黄色的灰色套裙,她很少穿裙子,不知为什么,也许是她胸部偏大的特殊原因,她想显得稍微保守一点儿,但是这套裙子穿在身上倒是非常时尚,把她的腰身显露了出来。原来她的腰还是很好看的。她穿在身上不停地照镜子,服务员也不断地说穿在她身上非常得体,她侧着身体在镜子跟前至少看了五十遍,我也配合着说,非常好。因为看着她的模样我还有些激动。

干脆买了算了,我说。

这也忒贵了吧。看得出来她正在说服自己买它。

我一冲动,说,你别考虑钱的问题,我给你付账。她惊讶地看着我,说,怎么能让你付账。我问售货员在哪里付账,好像只害怕王艳不让我付似的。我觉得一股热血已经冲到了头顶,有时候我什么事情都可以做出来。

哎,你——,之后,传来她嬉笑的声音,好像看到什么滑稽可笑的事儿。

我被领到了收费处,我发现自己都忘了看标价。因为结账的人说出四百四十八块钱的时候,我还是吓了一跳。因为我整整一个月的工资是五百块钱,我身上恰好装着昨天刚发的工资,我打开来看,整整齐齐五张一百的。这期间我已经冒出一身冷汗。我结了账。把剩余的一点儿钱装进兜里，这时我就觉得自己像被掏空了似的，一下子觉得轻了许多。

王艳喜笑颜开地站在原地，挎着她的小皮包，她还穿着那身套裙，服务员说她就穿着算了，脱起来也麻烦。她已经把她的单位制服打包到了袋子里。成功地买到一件衣服，她立刻想到阳光下检验一下效果。我们就绕着货柜找到了下行的电梯。一上电梯，那只鸟嘴又触在我的后背，她穿着新套裙，若即若离地挨着我，我还偷眼看了一眼重新被套裙上衣围拢的胸部，上衣的扣子那里被撑开了一点儿，隐隐露出白色的乳房，上面有非常圆的弧度，我立刻觉得后脖子那里的汗毛一颗一颗地突起来。我的胳膊原来规规矩矩地垂在腿上，这时几乎是情不自禁地抬了起来，像是突然失去了重量似的，之后非常贴切地轻轻搭在她的肩膀上，一搭在上面，她就脸一红。去你的，她说。

我没有拿开，我的心脏部位像有整整一个锣鼓队一样。她用嘴角嗤笑了我一下，但再没有说什么，她居然任由我这么搭在肩上。尽管我觉得我的这个姿势非常僵硬，但我已经无法改变，我害怕稍稍一动，会引起她重新思考我是否应该搭着她。我们出了华宇购物广场，来到大街上，这时她停下来，非常自然地碰了一下我的胳膊，只见我的胳膊就知趣地放了下来。你看看，怎么样？她转了一下身子，让我看到她套裙的全貌。

挺好，我说。这时我觉得我说的一定不是实话。因为我看到这身套裙一来到阳光下，就失去了柔和光线里的神秘色彩，而且套裙下摆露出她的丝袜，丝袜上有几根线被抽丝了，她小腿的站姿也有点儿怪，不像她穿着裤子好看。往前走路的时候，更显出她敷衍了事的走法。但是，那个套裙的颜色还是可以，照出她的肤色，使她的脸色散发出光泽。她的手也在袖管里伸出来，变得更加华贵了一点儿。

你看值不值那么多钱？

值，我说。说着我就不由自主握住她的手，她抽开了，但我觉察到她抽的动作不像以前那么决绝，于是我重新又捞住她的手。为了掩饰这个动作，我在抓住她的手的同时说，今天我带你吃个花样吧。她这次没有抽出来。我们差不多每次都是在一家乱哄哄的中餐快餐店吃饭，每次她都要点一份宫保鸡丁。我们也就只吃这么一道菜。然后一人一份大米，她小碗我大碗。她最喜欢吃宫保鸡丁，我也因为认识她，第一次尝到宫保鸡丁。

我们没有朝街边紧挨加州牛肉面的那个中餐馆去，而是到了另一个大商场二楼的餐馆区。那里有各地的名吃，但是我们绕着转了两大圈，还是没有选择下一家。选择机会很多的时候，她就非常挑剔，选哪个她都不满意。这时我看到一家肯德基，就建议去吃肯德基。因为我们都没有吃过肯德基，肯德基在我们这里刚刚有了一两家，我甚至不知道它里面的价格如何。别了吧，她说。她越是说别了吧，我就越是上劲儿。我坚持拉着她，觉得今天应该吃一顿记得住的饭，我们还不懂得在这里吃饭的规矩，不知道如何点餐，后来经过观察，我们就来到前台。我对汉堡包没有任何概念，只是看着那里的价格，没想到一个汉堡包也这么贵，我算计了一番，为自己省下十块钱，除了公交车钱，还有明天早上的饭钱。便于为借钱留下点儿时间。

我们面前摆着两个汉堡包，她的是鸡腿堡，我的是至珍七虾堡，还有薯条什么的。你吃一个够了？够了，我说。她吃了一口，嘴角上立刻沾上了白色的沙拉酱。她的吃相不好，嘴角老会沾着东西。我没有机会抓住她的手，她的手正在拿着汉堡包呢。我们对着坐，我发现自己并不喜欢吃汉堡包，我吃不惯沙拉酱的味道，她也不喜欢吃鸡腿堡。

你爸爸在干什么，怎么从来没有听你说起他？我们一时都没有吭气，我受不了这个，至少，我想把她的注意力从倒霉的鸡腿堡上引开。

没什么好说的。

说说吧，说说吧。我傻乎乎地说。

能不能吃饭的时候不说他。

我们就这样沉默了一会儿，我忍不住又问：

你看看这里的人，你觉得哪个人最像杀手？

王艳最爱看各类侦探小说，我把周围的人都打量了一遍，煞有介事地问了一句，试图换到她最感兴趣的话题。有一个光头、下巴上留一撮卷曲小胡子的中年男人，他的眼睛眼白很多，非常冷漠地吃着东西。我认为他最像一个杀手。

你无聊不无聊？她说。

接着她又说：

我从来没有跟人说过我爸，已经有八年没见过我爸了。

那他——

跟一个泼妇走了呗。她看上去一点儿都没有难过的情绪流露，就像说的是别人的父亲。

终于，她还是举起吃剩的半个鸡腿堡，抱怨开了：

实在是难吃，可不如宫保鸡丁了，还这么辣。

这还叫辣？宫保鸡丁也是辣的。我小心地为汉堡包辩护了一句。我说出这句话，很可能是因为我早就准备了这么一句。

就是辣，不信你尝尝我的。她嘴角的沙拉酱更多了，这使她说话的表情显得既严肃又可笑。

只能算是微辣吧，我这个就是微辣。我听见自己不依不饶地说，我有时会恨自己，嫌自己多嘴。

宫保鸡丁真就是不辣嘛，你这人很难跟你处。

我能明显感觉到她不高兴了。她有时非常孩子气，要是跟她稍稍一辩论，她就急得要跳脚，而且还会不理你一会儿。这让我感到非常奇怪。

我怕进一步惹她不高兴，就扭头看旁边，我看到一对学生恋人，他们十五六岁，甚至更小，但他们深深伏下身，两只手在桌子下面拉着，不仅拉着，还用手指戏耍，互相摸捏，逗来逗去的，由于伏下来身子，他们的脸挨得很近，鼻子差不多只剩下一个拳头那么点儿距离，他们空出去的那只手正忙着拿薯条沾果酱，男孩沾一下喂给女孩，女孩沾一下喂给男孩，女孩还努努嘴，做出非常有趣的样子。

沾一沾这个，我给王艳建议道，一边拿着薯条沾了一下果酱。

我不喜欢沾那个东西。

她脸上的沙拉酱没有擦干净，她就这样看着身边的人，她也看了那一对小情侣。我不知道她会怎样看待这样的小情侣。但她的那副神情让我觉得甚至跟这个地方都不太协调，说实话就是有点儿配不上这个地方，她还一边用手掌拍着前胸一边打出个嗝儿来。我让她再擦一遍嘴角，她敷衍了事草草一擦，她用餐巾纸擦脸的时候，用她那只鬼魅灵巧的手闪电般轻轻点几下，像是她的脸非常金贵，甚至禁不起纸的摩擦，擦完，我还是觉得嘴角隐隐有点儿白，像是那里擦的粉稍多了点儿。我真想替她擦擦。这时，她已经空出一只手，那一刻，我都有点儿不想抓她的手了，但我还是抓住了它，或许我还想假模假样地安慰一下她，结果她抽出来啪一声打在我的手上，就当着肯德基差不多上百号人，声音特别响亮。因为我丝毫没有防备，我以前确实都有所防备。她的情绪变化非常快，这次就是。这次她什么话都没有说。也没有说把你的狗爪子拿开。惹得那个光头笑了起来，他笑起来更像一个厨师而不是杀手。也有几个人脸上挂着笑，久久不散。这时进来的人越来越多，前台排起了队，我们身边也有不少端着食物等着空出地方的人。我正在吃薯条，看到她已经没有兴致了，就跟她说，我去一下洗手间咱们就走。我并不是特别想去洗手间，我只是想在那里洗洗脸，脸上和脖子里黏黏的，我不知道已经出了多少次汗，衣服都湿透了，屁股那里也湿漉漉的。这里的洗手间居然还有镜子，我就在镜子里看到了自己。我看到多少有些乡巴佬儿气的陌生年轻人，模样冒着傻气。前额的头发紧贴在额头上，像盖子似的毫无魅力，还长着一个扁平的鼻子，这个鼻子一下子让相貌显得非常庸俗。那张嘴巴也长得不好，又薄又单，黑红的脸面上均匀地撒着几点微小的黑痣。这个镜子非常大，把镜子里的我照得格外丑陋。往常我都是拿着那种地摊上买到的小镜子，它照出来的效果我还可以忍受，多少有点儿光彩熠熠，看来那一定是镜子里反射出的光线在脸上产生的效果。这使我立刻在心底里重新看待王艳，觉得她跟我这样的人一起逛街，已经给了我很大的面子。

我来到座位那里，重新看到王艳，我朝她笑了笑，她就起身拿起小皮包，她抬起屁股的时候，她的腰身还是让我心里一动，虽然新买的套裙被压了几道褶皱。我们没有吃完薯条，不少薯条从纸杯里抖出来，散乱地摊在盘子里，我们的座位上落满了碎渣。就这样我们走出了肯德基，多少有些失落。我们打算原路返回，但是那里像迷宫一样，找了好久才找到出口。

我刚才就告你走那边的，王艳说。原来她也有指对的时候，我仔细看了看前面的街牌，上面写着坊间街。从那里出去是五一路。但还要走很大一截，如果返回去会走得更远。原来我们下错了大商场的出口，走到了另一边。

应该听你的了，我主动认错。王艳穿着那身新买的套装裙子，站在一条完全废弃的巷子前面，多少显得有些异样。她看着我，显然又有些生气，但她正强忍着自己。因为她也许觉得不应该像肯德基里那般对待我，她的情绪有时总这样来回摇摆。从这里走有一条近道，我说，我指着那条废弃的巷子。

来吧，这不就是莫德出没的地方？我说。

我记得我在她家翻过一本书，其中就写了一个荒废的街区，住着一个孤独的杀手莫德，他常年出没在那里，而他之所以不离开，是因为他的恋人死在那里，那里保留着他的所有美好记忆，而他每一次接受杀手的任务，他都把此举当作一次复仇。所以他的每次行动都非常凶残。

这条荒废的街到处写着带圈的拆字，以前是有名的步行街，两边都是老建筑，有仿古二层楼，也有仿欧式的滨海式建筑，现在都落满了灰尘。路面很少有人走，有几块方石都自行掀起来了，缝隙里长着草。还有一个流檐水的地方放着一把红色的破椅子，椅子下面绿腻腻长了青苔。一条瘦狗有些灰溜溜地靠着边走，眼睛溜来溜去找食物吃。我们路过一座古色古香的三层楼，也许是危房，它还支着铁架子，只见一层原先的火锅店玻璃上用红纸贴着起皮的字：汗流浃背吃火锅。我指给王艳看，王艳往后拉了拉我的衣襟，说，小心点儿，你看这个。我见玻璃上还贴了一张白纸，上面用印刷体写着两行话：此处琉璃瓦掉落伤人，人车注意安全。不管怎样，她拉我的时候我还挺感激的，我一边往后退，一边就又拉住她的手。这次她没有抽开。

这时，我们差不多已经走到了尽头，朝西面的路已经封堵，朝东的那边有个巷子，但其实不是巷子，而是一个通道，我们看到上面一块大木板上写有一个大大的红笔十字，下面用毛笔字写着：基督教堂。院落里面应该就是基督教堂，这条路只通到基督教堂。当时我觉得诡异极了，我见过天主教堂，我从来没见过基督教堂，我还第一次知道我们所在的城市有个基督教堂，而且它就在眼前。但就在这时，王艳终于明白我们已经无路可走，我预料到她会发作一番——她最不能忍受上当受骗的感觉，就装着在那里探头探脑地看，我只能看到那座隐隐露出来的基督教堂。

你这个混球儿！

王艳一下子掷开了我的手，她就站在基督教堂前面骂了我一声混球儿。她骂人的时候声音变高，显得尖利难听，简直不像是她发出来的。混球儿是她骂得最狠的字眼，之前她也骂过我几句混球儿。混球儿是她送给一个男人最重的伤人武器。

我确实是混球儿，我紧走几步赶上她，听见自己嬉皮笑脸地说，消消气，混球儿打车送你回家。

让我在基督教堂跟前承认自己是混球儿，我总觉得有些不对劲儿。说实话，我心里很难受。但我是一个懦弱的人，我很难大发雷霆。而且我还从未交过女朋友，她虽然不是我女朋友，但她是最接近女朋友的姑娘，而且我从镜子里发现，我真有点儿配不上王艳。

重新回到有人的街道，我们已经汗流浃背，就像我们在那个火锅店吃了一通火锅一样。王艳的汗水浸湿了乳沟下的一块地方，她总是那里会汗湿，我们已经看不到太阳，但天还是亮的。也许这就是白天最长的一天，即使不是也差不多非常接近。打到出租车不是特别容易，我们走了一截才打到一辆。之前她又觉得自己骂得有些狠了，她扶住我的肩膀，脱下自己右脚的高跟鞋，摸了摸她的右脚跟，说明她那里很疼。她是要摸摸那里是否重新长了鸡眼。她那里每年都要长一次鸡眼，每次她叮嘱去鸡眼的人，一定要把鸡眼的根去掉，但每次都去不掉，第二年一定会在原来的位置再长一个鸡眼。这让去鸡眼的人也感到非常惊讶。如果仔细看，她脚后跟有一个小小的微乎其微的坑，就在那个坑里会长出一个鸡眼睛一样的鸡眼，先是长出一点儿厚皮，厚皮周边会越来越发黄，中间越来越亮，变成一只圆眼睛。她让我看过小坑，也让我看过一次鸡眼。从这一点来看，我几乎就是她最亲近的人。也正是因为这些，她常常骂我混球儿。

一打到出租车，她就又稍稍兴奋了一些，我们出门回家都是坐公交，她非常小气，当然我们赚的钱也不多。我先坐进去，等她进来的时候，我又抓住她的手，她一下就抽了出来，她还看了我一眼，令我非常惊讶的是，她像往常那样看了我一眼，她脸上的兴奋一下子就没了，好像我绝不能再那样做一次一样。为了不重新回到原先那个旧的轨道上，我下定决心一定要拉住她的手，不然我再也无法找到合适的借口，又会被她推远到像是距离她十几公里的地方。

这样我就又抓住了她的手，抓得很紧，她摆脱了好几次都没有摆脱掉，我相信出租车司机一定都从镜子里看到了这一幕，正在暗自发笑。我紧抓她的手时一点儿感觉都没有了，我只是为了抓住它，抓得很紧。后来她又拉了几次，就在快要逃走的时候，我追上去抓住了她的两根手指。我紧紧捏住了她的手指，这次她没有抽走，她也许是嫌烦，也许是她觉得我只配拿她的两根手指。于是我慢慢摩挲这两根手指，一次也没敢超过这两根手指的范围，通过这软绵绵的两根手指，我感觉到了整个手，以及她的整个胳膊，还有她温热的肩膀，甚至她更加神秘的胸部，还有她凹凸的腰身。她的两根手指已经松弛柔软下来，不再剑拔弩张。于是我慢慢回过头，观察她的神情，她也看了我一眼，她的表情和缓下来，但我真不知道她还会干什么，我朝她笑了笑，我笑得有些虚张声势，还多少有点儿愚蠢。我想起肯德基厕所镜子里自己那副尊容，于是我突然刹住不笑了。

遇到了堵车，我眼看着金额从八点六跳到了九点二，到了王艳租住小区门口时已经变成九点八。我迅速掏出了剩余的十块钱。那是我站在肯德基前台仔细算了好几遍才特意省下来的十块钱。因为拿钱，我不得不离开了那两根手指。我紧跟着王艳下了车，王艳已经拿走了包着工作制服的袋子，一下车，我就急着要帮王艳提那个袋子，因为一路上都是我提着它，但她一下子闪开了提着袋子的那只手，还用另一只手打了我的手背一下。她说，你今天太过分了。我只是要帮她提袋子，她却以为我要趁机抓住她的手。我感到非常震惊，我发现，一下出租车，我们就又重新回到下午我见她之前的那种关系，当然我非常不情愿。

你回吧。她说，我已经累了。

我送你上去。我听见自己几乎是在乞求她。

不用了，我真累了。

没事，我送你上去就走。

她推我胳膊，走吧走吧。

但我转脸又跟了上来，我也非常不理解自己，我不想善罢甘休。我不想丝毫都没有发生改变。她嘴里切了一声，始终不肯把袋子给我拿着。她租的是个一室一厅，在五楼，刚走到一楼，就听见四楼的狗开始吠叫。四楼的狗非常灵敏，一有动向就叫个不停。它被一个老头牵去下楼的时候我见到过，它非常小，不知道是什么品种，又瘦又小，有一双带黑窝的惊慌的眼睛。它在楼下的时候非常胆小，看见我走过来吓得转身就跑，差点儿挣脱老头手里的绳子，但它总是吠叫得满楼都能听见。路过四层的时候它叫得最欢，似乎马上就要从门缝里爬出来，它的爪子抓得那里吱吱乱响。就在那里，我再次尝试着拿王艳的袋子，她终于把袋子给了我。但是她非常小心地给了我，就是尽量不让我挨近她的手的那种姿势，就像我的手沾染着病毒一样。她给我是因为她要掏钥匙，她无法单手取出钥匙，那样她小皮包里的东西会源源不断地弹跳出来。

她一开门，刚进了半个身子，就问我要袋子。我受不了这个，就不给她袋子。你可是说好的，一送我上来就回，她说。她有时非常心狠，什么刻薄的话都能说出来。我往常也能非常刻薄地回击她，但今天我却不想这么干。我赔着笑脸，什么话都不说，我也说不出什么正当的理由，也没有正当理由。但是她后来并没有绝情地把我关在门外，我就趁机走了进去。她的房间总是特别乱，客厅里有一个大包，非常大的帆布大包，装着她所有的脏衣服之类的东西，也扔着她的脏袜子，也有脏床单。同样是没有次序，全部胡乱塞着。她说她母亲每过一段时间就来一趟，为她洗一次，所以她从不洗衣服。她换了鞋子，脱了袜子，随意扔在床脚。她穿着拖鞋啪嗒啪嗒走来走去，拿着睡衣要换衣服。你去那边，她对我说。我就走到阳台那边，她站在客厅换睡衣。有一次她不愿意走到客厅去，就在卧室床边换衣服，她让我把狗头扭到阳台那边：你要是偷看了老娘，看我不把你脖子扭下来。

她绝不是那种举止优雅说话温柔的姑娘，有时非常俗气。我站在那里，等着她穿脱衣服，后来发现玻璃里隐隐约约能看到她的身体，她穿脱的动作很快，但是也能在那么一瞬间见到她非常鼓的胸部，但是之前我从未觉得那跟我相关，它只是长在她的身上而已。

她走过来的时候穿上了那件熟悉的粉色睡衣，睡衣下面一耸一耸的是她的乳房，她的房间里有一种强烈的女人气息，像是有一种奶香味。她拖鞋里的脚非常小，但看上去也是奶白色，跟她的手一样，甚至跟她前胸的颜色一样，都是奶白色，她的脚趾长得非常好看，这也是因为奶白色的缘故，小小的指甲藏身在圆圆的脚趾上，但是拖鞋却是普普通通地摊上的红拖鞋。她往手背上抹了一点点油，互相非常仔细又非常快地拍了拍，她在做这个动作的时候看了我一眼。我极力想知道她脑子里正在发生怎样的变化。结果，她就用那双非常漂亮的手在空中挥了挥，说：

拜拜！

她并没有像我想象的那样万分沮丧,她有时回来之后就非常沮丧,有一次她甚至说她有好多次都想从阳台上跳下去,她说她不是开玩笑。

她又朝我拜拜了一回,但是,我决定待下去,我非常不甘心就这么被打发走。

你买了新碟?我拿起一张碟,是《独角戏》,她以前就有《独角戏》的磁带,现在她又买了《独角戏》的碟片。她非常喜欢这首歌曲,有很多回我就是在她的卧室听到这首非常忧伤的歌曲。我想这是因为她曾经暗恋过一个人。那人是她的高中老师,三年里,她去上语文课都是为了看到这个老师。她还为他写了满满一本日记。但是她只让我看这本日记的封皮,不让我看它的内容,她拿在手里哗啦啦翻了一下,我只看到里面密密麻麻都是钢笔字。她写的钢笔字全部是又长又偏圆的瘦字,全部有些偏倒。她依然带着这本日记,她说这个老师已经不在那里教书,而是变成了律师。他现在非常有钱,是因为他为几个企业打了几个大官司。直到今天,我才终于明白,她或许把这个老师当作了自己的亲生父亲。

我正拿着那张碟,王艳一边躺倒在床上,一边说:

对了,你给老娘放上碟,老子想在休息前听一听。每次从大街上逛回来,她都要在床上休息片刻,她说要休息一下她的腿。她在床上非常快地抖了一下那条薄薄的被单,盖在身上,只露出她的脖子。她的头发乱纷纷垂到床边,垂得非常好看,还露出她常常被头发挡住的那部分脸面,和她同样是奶白色的耳朵。我巴不得找到事情做,就把碟片放进了CD机,她的CD机放在地上,她的小小的劣质饮水机也放在地上,她的几本英语书也放在地上,还有一本湿水后发皱的雷蒙德·钱德勒的小说《再见吾爱》。对了,她一直看英语书,她还没有断了考研的念头。她好像巴望有一天借考研脱离现在的处境,离开这个边远的城市。但她看英语书也是吊儿郎当,我知道她是不会考上的。她看英语书纯粹是为了寻找安慰。有时我觉得,她想考研也纯粹是为了远远甩开我,我常常让她觉得很烦。

此刻忧伤的音乐已经响起,她闭上眼欣赏着,脸上浮现出孩子气的笑容，这时她看上去似乎只有十二三岁。床底下那双红色拖鞋已经旧了，也像是十来岁的孩子穿的。每当这个时候，我都觉得我怎么会跟这么一个姑娘在一起，怎么想都觉得不太可能。

但是随着音乐的响起，我突然觉得那个语文老师似乎已经步入到这个房间，这让我更加气恼。他似乎就坐在王艳的床边，安抚着她。于是我慢慢走近，我不敢坐在她的床上，那样她一定会把我一脚蹬下去。那里有个小凳子，我就坐在凳子上，看着她微闭着眼睛的面部。她闭着眼时，眼睫毛也在颤动，她嘴角的那两点白色沙拉酱还隐隐在，嘴角露出幼儿般的笑容。但是她的嘴唇非常红润，也非常诱人，我一直看着这个嘴唇，差点儿吻了它。这时，歌曲突然结束了，她张开眼，往阳台那里瞅了一眼，发现我不在那里，这才看到我坐在她床头那里，她侧过头，用手推了我一下。

你这个混球儿，你要干什么？

嫁给我吧。只听见我突然说出这么一声，之前我从未想过说出这等话。我也不知道当时是怎么想的，我就说让她嫁给我。

去你的，她说，别想占我便宜。

她若不这样说，我或许还会非常冷静，但是她却说让我别占她便宜，我想都没想，就想附上去吻她，但她的手突然挡在我们之间，她的手整个推住了我的脸，她那只刚抹了油、非常香、非常白、非常鬼魅的手紧紧推着我的脸，我的扁平鼻子在她的手里都吸不出气来。我像疯了一样朝她迎过去，因为那只手非常香，我还没有闻过这么香的味道。但是，她的一只手指的指甲划伤了我鼻子上方印堂那里的皮肤，我突然觉得我的鼻子那里流出了水，我以为是鼻血，原来我流出了眼泪。这也让我非常惊奇。

我后撤了一下，连忙又回到阳台那里。我觉得我们都在重新变得冷静一些，我看着阳台那边，怕她看到我居然流泪了，那样她甚至会嘲笑我，不开玩笑，她真的会嘲笑我。这时，只听见她又恢复到了平静的口气说，再见！

她又改用她惯常的语气，说：

你行行好，帮我做一件事。

我说，行。

恭请您走到门外，然后把门碰好，然后用您的狗腿走下楼梯。

我又有些生气，但我没有动。

对了，她说，你买衣服的钱我完了给你。

那是我送你的。

哪能让你花钱，她说，我一定给你。

我害怕她立马起身给我，她有时就会那么做。我就开始向卧室外走。一边说我是买给她的，一边说再见。

勾了拜，她说，把门关好。

她常常说勾了拜而不是goodbye（再见）。

我一打开门，就听见四楼的狗疯狂地叫起来，声音在整个楼道里回荡，楼道里的回音非常大，我觉得比高音喇叭产生的回音还大。

走出楼门，发现天已经黑了，天气非常闷热，楼下有许多遛弯儿的人，他们都拿着扇子。热气流动在每一个地方，有时会迎面扑到脸上，没有一丝风。她家距离我的单位要远一些，但正好有一趟公交车可以抵达。我就走到站牌那里，虽然剩余的十块钱我全部花光了，但我留有后手。我身上往往还在屁兜装一块钱，为的是预防有时花光了钱，连公交车都坐不起。有那么两三次，我都是在很远的地方遇到这样的情况，我身上一分钱都没有了，眼看着公交车一辆辆走了过去。眼看着那些人刷卡或者花一块钱坐了上去。我没有公交卡，是因为办公交卡需要自己的身份证，我的身份证丢了，已经丢了一年了。我不知道怎么补，还没有去问，我有时有严重的拖延症。

但是，一辆公交车过来时，我一摸屁兜，居然没有摸到一分钱。我搜遍了全身，还是没有。这是怎么回事？我非常着急，后来我才慢慢回忆起来，原来是我把一块钱给了华宇购物广场门口的那个乞讨的夫妻，他们也不一定就是真夫妻，也可能是假扮的。我想起拿出那一块钱的时候，正是我们要进华宇购物广场之前。那时太阳还在西面天空，还有余威，但现在路灯已经亮了半天了，到处都是雾腾腾的，路灯周围能看到晕光，这是因为车辆的烟气和扬起的粉尘。看来我只好走回去了。我还从没有从这里走到我租住的地方，那要穿过两三条街道，行走大致十公里的路程。不过，我晚上也没什么事情，我只好就这样慢慢往回走。一边走，一边觉得路面烤得我的脸发烫，路面一股一股地向上喷发着热气，倒是土路上稍好一些，但是土路太脏。我走得满头大汗，满脖子是汗泥。我穿过南沙河桥的时候，还回头看了王艳家的窗户一眼，那个阳台是其中最落魄的阳台，半个阳台堆放着破椅子、单人床什么的，而其他住户的阳台则非常像是居家过日子的阳台，显然是房东不愿意扔掉那些杂物，在他们眼里那不是杂物，都有不同的价格和用处。有一次我站在那个阳台上，往楼下看去，就看到了这条臭水河。从楼上看，这条河还是非常漂亮的，因为里面长满了蒿草，还有一种可怕的蔓生植物，窜得到处都是，有时把蒿草都掩埋在下面。而且还有不少鸟在那上面飞来飞去，这可不是丑陋的麻雀，居然是一只只黑色的燕子。我们这个城市已经很难看到燕子，但在臭水河那里，有时却看到成群结队的燕子俯身冲下去，又飞快扬起来，你上来我下去的，它们可能在那里吃蚊虫。王艳的窗户里依然亮着灯，灯非常微弱，远比别人家的微弱，有时需要仔细看一眼，才能发现亮着灯。因为是一盏小小的红色灯泡，那是她上一个房客安装的，上一个房客据说是个小姐。只是据说，是王艳通过种种迹象发现的。

  沿着南沙河桥往前走算是一条近路，但南沙河里的臭水非常难闻，臭水旁边一人高的蒿草上面，不断激荡起一团一团的飞蚊，这些蚊子不断飞过耳畔，或者撞到脸上。紧挨这条桥有一块空地，被街灯照得亮堂堂的，有许多街边小摊，还有许多人围在那里看套圈游戏，我走过去的时候，有个面色黧黑、瘦高的汉子正买了十个套圈，他表情僵硬地走到套圈的位置，前面放着一个个小物品，其中一个是陶瓷弥勒佛，手捧着大肚子咧开嘴笑。竹子套圈套住哪个东西，哪个东西就是自己的。

套那个香烟,那是个好烟,一个旁观者喊道。黑汉子就听他的话,不断把套圈扔向香烟那里,但大部分都从那里滚走了,只有一个慢慢晃悠了一下,躺倒在那里,但恰好就差一点儿,它搭在了香烟的最后一个角上。围观者一起高喊着快了快了快了快了,但眼看着没有套住,又一起发出遗憾的声音。黑汉子的十个套圈什么都没有套住,他小声地说:

你这套圈估计就套不进香烟。

这下惹恼了又黑又壮、裸着上身的摊主。你看看能不能套住,你给我看着。来,他一把抓住套圈的人,走到香烟跟前,在香烟上方把套圈轻轻一放,套住了。

你怎么说,还是你功夫不到家。

这么壮实精明的人似乎可以干出什么一番大事业,但是却在这里摆一个小摊套圈,而且现在正一个套圈一个套圈地从地上捡,把十个套圈全部拿在手中,并最终跟其他至少上百个圈仔细放在一起。让我感到非常惊奇。

回到杏花街的时候,不知道已经几点,街口摆的摊点只剩下卖烙饼的,只见还有一张金黄色的烙饼放在最上面,都已经快放凉了。有一只苍蝇正绕着飞,旁边的大桶里已经没有南瓜稀饭,他们也正在收摊。我走得都饿了,但我没有停下脚步,不是因为我没钱,我常常吃他们的,我可以给他们说明天过来给钱,我只是想到我肚子里还有一个至珍七虾堡,就又觉得可以挺住。再说我现在非常急迫地伸着黏糊糊的脖子,希望用水好好冲冲凉,我们租住的院子里那个水龙头流出的水非常凉快,一想起水龙头里那么凉快的水,我都会打个激灵。我加快了脚步,走进巷子,巷子里非常黑,有两个门口挂灯笼的人家有时亮着灯,有时黑着灯,现在就黑着灯。晚上这里也很安静,越走越安静,我租住的院子门都虚掩了,看来我是最后一个,我看了看,他们不是亮着灯,就是里面传出点儿响动,那个中年妇女的窗帘映射出非常好看的绯红色,给人一种暧昧的暗示,好像那里总是在发生什么难以启齿的事情。于是我从里面关了院子的大门。要是不关好门，丢了东西，房东老头会一个一个查问到底是谁前一天没有关门，他有两个非常横的儿子，我只看到过他们一次。如果老头查问到了，他就会把责任推到这个没有关门的人身上。我的自行车就是这样丢掉的，但最后查问的结果是我忘了关门，所以我只好自己承担丢车的损失。

我快步走到屋门前，急切地希望冲凉，而且我嘴里的黏液都成胶水了，在嘴里黏黏的，一张嘴，像拔丝红薯一样都能黏出丝来，我希望喝至少五到十杯水。我的脚步声引起鸽子们一阵骚动，它们纷纷扇动翅膀，热烈地咕咕叫起来。它们睡觉常常受我打扰，但更多的是它们打扰我。我提着水桶就往外走，把水桶放在水龙头下面，终于长舒了一口气，我这才意识到自己走了一晚上的目的地终于抵达了，不免涌起一点儿快意。但我不管怎么拧水龙头，水龙头都没有反应，原来他妈的停水了。我们这里常常停水，有时还停电。日他妈的，我没有任何目的地咒骂了一句，只好先回到房间，等着水来。有时它过了那么一小会儿就又有了，谁都说不准。

我回到房间，开了台灯，我只敢开台灯，不然鸽子的咕咕声会很高，我拿毛巾擦了擦脸上、脖子和身上的汗，擦完，突然发现我鼻子里涌进刺鼻的馊味，那是因为我的毛巾馊了，我急忙转来转去希望在房间里找到点儿水，没水，连一丁点儿都没有。只好带着满身的馊味躺在巨大的双人床上等水，一边耐心地闻着馊味，一边听着鸽子的咕咕声。我让自己忍耐一点儿，不然我气得要命，不知道会干出什么事情来。后来我突然想起来，我可以听听磁带，我一听磁带就会安静下来。我迫切想听何勇的《姑娘漂亮》，但我怎么都翻找不见。我没有CD机，只有一个旧录音机，后来我想起来我把这个磁带借给了那个没有女朋友就活不下去的同事，这个同事比我还不如，他什么都借，有一次居然跟我借了一把洗衣粉。但他说他就要找到女朋友了，而且还能同居，真他妈的，世界上的事情这么难说。我自认为比他还壮实一些，他瘦得只有一把，跟猴子一样。但他有一双非常善于表情达意的眼睛，不管他向我借什么，我一看到那双眼睛，就非常乐意借给他了。他借东西的时候非常谦和，也非常幽默，好像你借给他就对了，比借给世界上的任何人都好。

我只好又躺下来，有时我就是这样，我不会勉强，比如我特别想听《姑娘漂亮》，但我没有找到，我就不去凑合着听其他的磁带。尽管那些磁带也非常好听，但那会破坏你的感觉。我躺在那里，突然觉得白天发生的事情就像是假的，只要我一躺在床上，就会觉得只有眼前是真的，因为我怎么会干出那些事情来。白天的那个我几乎就不是我。

我不断想着什么，突然就做起梦来，因为那是我经常做的一个梦，差不多每过几个月就会做类似的一个梦，一做这个梦我就突然明白这是同一个梦。在梦里，我会想起这个梦跟上一个类似的梦有什么区别。这样的梦让我觉得活得非常奇妙，因为你常常会回到同一个类似的梦境，你先是感觉到梦境非常熟悉，后来在梦里发现已经做过同样的事情，于是想起来以前的梦。有一次我发现梦里还落掉一个没去的地方，我记得从一个走廊可以通向一个废弃的地下大厂，那里空空荡荡，什么都没有。以前的梦里我都会想，如果把这里当作我私人的地方，甚至可以当作我的家，那会怎么样？每次我都有一种喜悦的感觉，觉得我暗自占有了这么大的一个地盘，而谁都没有发现。在梦里，我就又开始寻找这个地方，但发现走廊变了，变成了陡峭的台阶。尽管大致会是一个梦，但一些细节总会发生变化。变成台阶后我心里就有些不愉快，它毕竟不如走廊更方便。我翻过这些越来越狭小的台阶，最后看到一个房门。原先的梦里这是一个大而宽阔的大门，现在变成了一个小小的门，而且似乎还有锁，我也不知道自己是否拿着钥匙，在梦里，有时你就会从口袋里拿出钥匙。我正要将手伸向口袋，听见有人大声说话。我就暂时停止了行动，因为我害怕被人发现我的私人领地。这时那个声音越来越大，梦里面我越来越慌乱，我渐渐认清那是一个中年妇女的骂声，后来我认清是现实中的骂声。我就继续睡，希望还能回到那个梦里，打开那扇门。

等我再次醒来的时候，我听见院子里有几个人在说话，我们的院子里说话有回音，总让人联想起回音壁的原理，因为它是个四合院，四周都有房屋，尽管有大有小。一个声音在证明自己临睡前确实关了水龙头。只听房东老头说：关了水龙头怎么会流出水来？那个声音说，我从来没有像昨天睡得那么早，鬼才知道后来发生了什么事情。老头没有吭气，这个声音明显来自那个睡在中年妇女家的瘦子。瘦子继续说，况且水桶又不是我的，今天一大早，还是我把水龙头关了呢，要不是的话，水都会跑到我的屋子里来了。老头的语气缓和下来，说，我还以为下雨了呢，后来才知道除了院子里满是水，哪儿哪儿都是干的。他又说，怪不得邻居站在巷口骂呢，水都从地下水道流到人家门里去了。接着一个声音提到了水管下面的水桶：应该问问这桶是谁的，一定是有人等水的时候忘了关水龙头。这时，河南口音的男人插嘴道，我认识这个水桶，是那个年轻人的。说话的就是那个卖煎饼的河南人。

这时我听见他们纷纷朝我屋门这边走过来，他们的行动引起窗户上那些鸽子的阵阵骚动，它们发出紧张的咕咕声，接着有鸽子扇动起翅膀，后来又有几只吓得扑腾腾飞了起来。几个杂沓的脚步声在窗口陆续停下来，这些脚步声格外响亮，我的屋门前从没有听见过这么多脚步声。我感觉到光线稍稍一暗，像是他们正凑在玻璃上看，我似乎还听见他们的喘气声，尤其是房东老头的，之后，就有人说：

嘿，这家伙还在睡觉呢。

我听出，这是那个瘦子在说，带着非常幽默的语气。我头一回这么近距离地听到他说话。

而且我突然发现，他的长相其实最像那个叫莫德的孤独杀手。

盲人摸象

每次下楼，小汤都会看到五层楼梯拐弯处靠窗堆放的垃圾，多少年来，垃圾变化不大，但从来没有减少：油污的几块玻璃，墙角高高竖立的长条旧木工板，随意撂放起来的塑料花盆，软塌塌装着东西的塑料袋，还有简易墩布、一个破损的小桶，桶里竖着一个马桶刷……这些东西全部落满陈年的灰尘。奇怪的是，他觉得总有一天这些东西会被清理掉的，可是这些执拗的存在物始终是胜利者，它们日复一日地在他的视野里逗留片刻，见证着他一次次路过时的兴奋、愤怒、焦虑、茫然……他的视力下降以来，他才第一次觉得这些垃圾正准备逃逸出自己的视线，它们变得越来越模糊，最后会同墙壁混为一体，并将以这种方式渐渐消失在他眼前。而伴随着不确定地来临的心悸和胸闷，让他简直觉得，冥冥之中也许正有一只手准备给他致命一击，把他从万事万物的联系中连根拔起。

大约半年前，小汤意识到他越来越严重的心悸，在一次常规的夫妻口角中，他灵机一动，决定以特殊的方式结束争吵：他手捂住心脏，作势要去医院做检查。妻子吴丽春有些惊慌起来，问他要不要拨叫120急救车，他连忙摇头后，吴丽春配合他穿好外套，打发他去医院。他一边偷乐，一边被妻子那种郑重其事所感动。那天，是他有生以来第一次去医院检查心脏，他觉得这是一次意义重大的行为，可是等他发现心脏彩超需要预约到第二天时，他觉得医院没有把他当回事，更没有把他的心脏当回事。他既然已经做出决定，就觉得已经刻不容缓，于是立刻到体检中心。在淡雅洁净的氛围中，他坐在长椅上等待结果，他既希望没事，又希望有些什么状况，这样可以加重他的砝码，让他在可以预料的家庭争吵中得到天赐的保护。同时，他一边忍受着另一种被轻忽的态度——到这里来的都是不同单位安排的全面体检，只有他做单项检查，医生不叫他的名字，而是漠然地叫"那个做单项的"；一边鉴赏般把目光投放在穿淡淡天蓝色衣服的不同女护士脸上，自得其乐地在其中游移。他忐忑不安地拿到彩超结果单，发现上面写着"可见少量积液返流"。他以为找到了心悸的奥秘，他逮住一位过往的女护士，护士说：形象地说，就是您的心脏门关不严，有少量血会流出来。详细的情况您可以找专科医生。他立刻有些眩晕，战战兢兢，但又有遇到大事的那种格外的兴奋，他打电话给吴丽春。我马上就去！吴丽春刚送完孩子，慌慌张张从幼儿园往过赶。那一刻，他觉得他的心脏已经承受不了任何过激的情绪，他无法想象血液从"门"里流出去、无法归拢的状况。他已经软弱到极点，他觉得他妻子正像母亲的怀抱一样向他扑来。他需要这样的怀抱。妻子扶着他，好像他已经是病入膏肓，他们一起返回医院，在集市一样熙熙攘攘的队伍中，他们经过漫长的等待之后，见到主任医生，医生说：

这不是病，有些人生下来就返流。

他们已经受到惊吓，突然解除了惊吓的源头，他已经不习惯。在心底里，他现在迫切需要这种惊吓的氛围，他觉得这种氛围很让他自得。最后他们决定到中医科，用中药调理，但中医科专家却认为需要做全面检查，包括脑部的核磁共振，因为心悸的原因很多。这要花差不多五六千元，他一周之内几乎做了所有检查，基本上平安无事。在B超室门外，他同那些躺在病床上、数人陪护的重病号一起排队，他是其中最年轻的患者，他还看着报纸，似乎只是闲逛到这里的游客。按照规定，他同时做三个B超检查，甚至包括动脉B超。他躺在简陋的检查床上，正在用纸擦掉涂在不同地方的黏液时，女医生讽刺地说：

公费医疗也不至于这么夸张吧！年纪轻轻哪有什么毛病?！

不是……

下一个！医生不等他解释，就把他打发出去。他还从放射科拿到许多螺旋CT片子，那是他的胸腔、头部、脊椎等等，他看到自己骇人的骷髅头，出现在眼睛位置的是虚空的黑洞，他的嘴巴处，裸露到槽牙尽头的两排牙齿吓人地裂开到咽喉部，巨大的下颌骨悬空出来；还有他咽喉下面一串大小变化的珠子似的骨头，他一根一根匀称的肋骨，这些让他联想起古墓中的尸体遗骸。他第一次觉察到自己的物理属性。

只是在做最无关紧要的肌电图时，医生让他做了两遍，他们把带电线的针扎到他的头部不同位置，有时他能听见戳破头皮的声音，他有些无厘头地盯着电脑里的图案，觉得这是一个奇怪的小儿游戏。电脑里是一个圆球状的黑白相间的图案，图案动起来后，形成绚丽的迷宫，甚至连黑白的色块此刻都变成了亮丽的颜色。他不知道它运动的逻辑和秘密，但好长时间，这幅宇宙一样无穷无尽的图不断在他脑子里出现。第一次，医生在他身边有了一种迟疑的神色。一个医生问：

你的手有感到无力的时候吗？

有！他常常会觉得手没有力气，甚至无法拧开瓶盖。他认为这是肩胛骨受凉引起的，这也是他常常去小区盲人按摩屋的原因。

几个医生互相看了看，那个医生继续问：视力怎样？

不好。

有明显下降吗？

没注意，好像有下降。

在小汤有些紧张的发问中，医生回答说：

您患的是少见的视神经脊髓炎，会导致肌无力和失明，以前可是绝症，现在应该能治。你找医生吧！

他急忙跑到中医科专家那里，中医科专家同神经科专家会诊后说：需要再做胸椎、腰椎等五个核磁共振才能确诊。只有确诊之后才能药物治疗。因为需要用免疫系统的药物，副作用大，要格外谨慎。

他和妻子决定放弃，他觉得他再做五个核磁共振，他的心脏也无法挺过去。在那些天做头部核磁时，他躺在巨大机械的孔洞里，在看不见的电磁波中，他闭住眼睛，总是想到他待在宇宙飞船里，窗外发出各种令人恐惧的噪音，他只有一个人来应对这没有源头的声音，这声音不断变换声调，这声调同骷髅头一样有一种冷冰冰的东西让他不安。

从上周起，小汤的视力就变得越来越模糊，尽管他戴着眼镜。今天是星期天，他每周唯一的休息日。他和妻子终于决定星期一，也就是明天去医院，他觉得自己从心理上已经接受了"视神经脊髓炎"这个称号，好像这个病是他命运里的一部分，他根本无法逃脱一样。他试着逃脱过，以掩耳盗铃的方式，这证明是失败的。他第一次急迫地等待次日，以至于不知道该干什么。他想象视力正常时，他捧着一本书在看的样子，于是他从书柜里拿出一本书，他隐约看得见封面上的字：《兰波作品全集》。翻开书，看到一行行黑色庄稼似的句子，只有标题颤巍巍地浮现出字的样子来。诗行和文章的小字他无法辨认，像一根根棉花秆一样，有许多到处伸展的枝丫和枝丫的影子，他看不出字的形体。他想起《醉舟》里一句话：

我狂奔，松开缆绳的半岛
也从未领受过如此壮丽的混沌

这句话现在才释放出波浪般的感触，在他心中翻滚。不同的是，迎面汹涌而来的将是无边无际的黑暗。他下意识地用手指敲打裤腿，缓解某种紧张。他怀着卑微的想法，试着想象他躺在病床上，他已经彻底成为盲人，他只好用手触摸自己的孩子，他不好意思触摸自己的妻子，他害怕被同房间的其他人看到。电影和生活是有距离的。

他走到阳台，像往常那样扫视一遍阳台面对的不同楼群，看到有许多重影的、键盘般的模糊建筑，前后的层次已经分不清楚，一两块玻璃在远处闪光，像是大自然怀着一种恶意在晃它。他仔细比较着：同昨天相比，他的视力是否变化很大。他发现自己无法做出判断，因为视力的变化非常缓慢，缓慢到每一步都让人意识不到，就像衰老一样。

卧室里，妻子侧身坐在床边，他们三岁的女儿在床边站着，只听得见女儿剪纸的细微的咔嚓声。他们的大床靠着窗户，光线明亮，这样的情景小汤常常见到，但因为视力变得模糊，他无法看清妻子脸上的表情，床罩上的大团红色图案也混淆在一起，这样的场景他感到很温馨，但又独特，好像现实正变成梦里或者回忆起来的情景，眼前的卧室图正在变成一幅印象派画作，而不是原先清晰逼真的照片一样的真切图像。

你看爸爸！妻子看到他，向正在埋头剪纸的女儿说。

爸爸，快来看看我剪的蜗牛。女儿转身锐声说。

他走过去，激动地把女儿抱在怀里。

放下我放下我！我还要剪纸——女儿挣扎着，他在女儿额头上亲了一口。

他和妻子一起看着女儿剪纸，心中充满莫名的冲动，好像这一刻将会永久存在一样，他在难熬的等待中终于暂时得到平静的感觉。但是一想到也许再也无法真切看清妻女的脸庞，他未免还有些恐慌。

你为啥不去看书？这时妻子突然问他，语气冷静，也许她是在侥幸地认为，他睡了那么一觉之后，他的视力已经得到了恢复，她也许听到他在书房翻书的声音；或者她干脆一直不相信他指出的严重性，她怀疑他在夸大他的病情。可是此刻在他敏感的耳朵听来，这句话还充满奚落和攻击，这是因为他看书是他们引发常规战争的重要诱因之一。但是为了刻意保持这样的平静感觉，他只是温顺地解释说：

看不太清，这都两三天了。

他带着些微的怯意害怕妻子说出不近人情的话来，每次他想着讨好她，她常常因为心中的积怨说出一句什么话，引起他的怒火，破坏了他友好的尝试。她常常抱怨自己找的不是同路人，抱怨他看书，也抱怨他的书，他和她都在抢夺他的星期天上午，如果他没有抢夺成功，他常常报复性地在下午去小剧场。

妻子没有说话，他放下心来，但他不敢在这里停留很久，害怕会再次引起口角。

我去洗个头！小汤说。他觉得如果以目前视力下降的速度来看，也许明天就无法看见洗面池了。

可是这引起意外的反应：

你要出去？妻子问。

小汤有些惊讶地说：没有呀。

你就别骗我了，都到什么时候了，你还有心思出去。

小汤想起，他总是在洗过头发之后出门。

你说我能去哪里？小汤有些不愉快地质问道，他天然地不喜欢妻子这种口气和态度。尤其是现在，他因为"视神经脊髓炎"，变得有些焦躁。

小剧场呗！我还不了解你？！眼睛都快看不见了，还要看电影。

我是决心在家里待一天的，小汤心里想，我只是想找个事情做。

可是现在突然有一个画面呈现在眼前，他看到剧场里的大屏幕，主人公一个惊恐的特写，还有那种紧张的音乐。就像是他在紧张时刻的一个命运的写真。不知道为什么，现在剧场突然吸引了他的全部注意力，他知道小剧场放的都是艺术电影，出现这样激烈的镜头是很稀少的，但他希望在成为盲人前，再看一场电影。别人的命运会给他壮胆，而且，这也是向光影世界告别，他觉得这具有无穷的意义。

于是他选择了沉默，这是向来默认的标志。妻子被激怒了：

有本事，你出去就不要回来！……我早就觉得你在骗人，你说看不见东西，现在你又能看电影了。你就拿眼睛吓唬别人，眼睛长在你头上，谁知道你到底怎样。你老把病挂在嘴上，我看你就是为了骗我……

小汤依然记得检查心脏那天妻子的温柔，可是几个月以来，他的心悸次数越来越少。心脏病再也没有被他们提起过，毕竟他戴着动态心电图过了两天，检查结果说明没有大碍。任何检查都说明他的心脏比较健康，顶多是医生说的精神焦虑引起的"植物神经紊乱"。他的视力本来就不好，等他不断向妻子汇报视力发生的惊人改变时，开始还引起了妻子的惊慌，但后来妻子也习以为常，让他别大惊小怪：

还没有病，就把别人和自己吓死了。

他在妻子的唠叨和骂声中洗好头，穿好衣服，尽量轻轻地关好门，他不想用这样的声音再次刺激妻子，但这个铁门总要发出很响的声音。他站在五层楼拐角处那堆垃圾跟前，静静听家里的动静，看妻子会怎样定义他的离去。他只听到女儿的哭声，那是妻子的责备声引起的，等女儿停止了哭声，他才慢慢抬脚下楼。

小汤站在楼下的阳光里，有一种异样的感觉，他觉得自己像灯芯一样，不只是被光包围，而是那些光似乎从他身上散发了出去。他的目光无法区别射来的光和离去的光，他们形成一个光团。不过，一旦他背对着光，就立刻感到坦然多了。因为前面的景物慢慢就从光里剥离出来，重新成为有些重影的似乎多了好多阴影的花池、树木、汽车等等。

遇到有人迎面走来，他看到走近的黑影依然能猜测出是谁。一个同事跟他打过招呼，他才记起忘了请假。明天他要去医院，这已经是决定了的事情。但每次请假，都让他懊恼。

他所在的单位是一家叫《城市新闻》的小报社，他所属的时事部只有四个人，一个主任，三个编辑，一般情况，编辑每人每天要做两块版。周五周六周日他们三个编辑能各休息一天，因为这三天每天只需要出三块版，两个人就绰绰有余。每等他请假时，主任就说，一个萝卜一个坑，让他很为难，小苗又是个孕妇，不能让人家过于劳累。主任每次都说，让小汤再给另外两个编辑说一声，这样主任好安排，不然其余两个编辑会抱怨。自从上周五他因为看字费劲儿请了两天假以来，他已经先后给小苗和王丽云打过电话，他说自己的心悸又很厉害，他始终小心翼翼掩饰自己即将成为盲人和肌无力的前景。这样的前景他觉得会带来看不见的耻辱。

几个月前，他得到检查医生"视神经脊髓炎"的判断之后，他觉得他编辑的各类国际新闻都无法让他震惊，好像他有了一个惊天的秘密一样。一天，趁只有小苗在的时候，他终于忍不住向小苗吐露了真实情况，他觉得小苗跟他私人关系不错，有时候，她总是站在他的角度看问题，让他感动。可他发现，这是他犯的一个重大错误。因为小苗突然认真起来，除了流露出过于浓郁的同情之外，眼睛里出现了本能的恐惧神色，好像他是一个临终的人，随时都会暴毙在她眼前。他赶紧灭火说：只是医生的猜测，没有确诊。但她带着有些惶惑的眼神，喃喃了一句：呀，你可要——注意……离开了办公室。下午上班的时候，文化部的小林笑嘻嘻地问他：开什么玩笑，听说你得了什么绝症了？他才知道，小苗把他得病的消息已经传播了出去。为此他花了好几天来消毒，说"没有确诊""只是猜测"等等来搪塞，好长时间，他把"视神经脊髓炎"当作一个玩笑来谈论。他坐在那里工作时，有时觉得别人似乎把他当作未来的尸体看待。这令他无法忍受。

所以，如果他想请星期一的假，是很复杂的，他必须向三个人打电话，而王丽云是一个三十八岁性格孤僻的单身女性，有时因为他要请假，正向她解释，还没说完，她就挂了电话，显示出她的愤怒。再打过去，只听见对方已"不在服务区内"。但他依然决定给他们每人打个电话，向他们解释自己的心悸，这病他觉得体面一些。

他拿出手机，才发现遇到困难——他已经看不清屏幕上的字。他专门走到大楼的阴影里，这是为了看得清楚。但他发现自己依然无法辨认手机里的字，总有微微的光将视频变得更加模糊。他着急地走来走去，体验到梦中的情景，在梦里，他曾经试着拨一个救急的电话，可是他总是记不起号码是多少，或者手机拨键总是没有任何反应。

于是，他只好凭着手的感觉，一边按键，一边想象出现的结果。他在想象中，看到手机屏幕里的电话簿页面，再艰难地摸索着输入主任名字的拼音，查找主任的电话。打错几次之后，他终于拨通主任的电话，但此时他觉得已经耗费了大量的力气，再也不想同他们周旋，突然直截了当地说：他怀疑他得的就是以前说过的"视神经脊髓炎"，眼睛快看不见了，明天去检查。说完这句话，他几乎要自哀自怜地为自己哭起来。电话那头很久没有说话声，他"喂"了一声后，听见主任说：就是那个"肌无力"病吧？那你好好检查……你需要什么言语着……

这将是星期一报社最大的新闻，他希望别的新闻能冲淡他造成的效果。他还准确记得自己在星期四做过的两块国际新闻版，他版上的新闻题目像肌电图室里那变幻的电脑图形一样出现在眼前，以提示现在他大脑的空洞和紊乱。

他觉得自己身后拖着长长的影子，这影子将是他在报社引发的耻辱。关于他的"瞎眼"和"肌无力"新闻，将在报社的新闻桌上爆炸，引发一股另类的旋风。

小区的路还是比较熟悉的，他依靠自己变弱的视力能很好地走出去，在十步之内，还是一个没有多少重影的世界，只是像透过脏玻璃一样，有些模糊，似乎必须紧紧把眉头蹙起来用力看，待在模糊地域的景物才能现出真身。他发现，在他身体两侧的可见世界要多一些，形成一个狭长的地带。其余的地方完全属于影影绰绰的范围，是许多明亮和不同灰度的区域，好像那些高高低低的楼房、站在花池里的大树都遗失在自身过多的重影里，以至于各种浓度的灰色被水化开一样，印染出一个别样的世界。这似乎变成平面的幕布般的世界，因为某个地方的蠕动，会慢慢分娩出一个独立的黑影，这个黑影越来越有个性，最后往往会发出一个声音，这声音似乎没有特定的指向，直到他看到一张笑脸进入自己的模糊视野，他才能确定是向他打的招呼。

他路过椭圆形的花园（显现在他眼前的只有一个有草地的弧），路过三号、十四号、十五号以及新建的十八号住宅楼（都只向他现身一个带有部分棱角的平面），以及楼房之间的绿化带（只有一棵光秃秃的瘦高枣树出现在他的视野），经过熟悉的小区盲人按摩屋时，他第一次觉察到自己的荒谬：多少年来，他一直把手的僵硬和无力感归结为受湿着凉，在这里做过无数次按摩。就像他少年时把鼻窦炎引起的头疼嗜睡归罪于神经衰弱一样。

　　路过街口的水果摊时，他为自己依然能分清各种水果而高兴。他一出现在大街上，就体会到一种异样的受压迫的感受，他一下子无法说清这种感受，要说有的话，也许是一幅典型的怪异的大街透视图，尽管远处已经变得混沌、没有纵深，但是因为大街中部没有被高楼覆盖的明亮部分突然创造出一种奇观，好像他走在一个瓶底。不，突然他想起来，是在红海海底，那大海被上帝分开，原先的高楼如同动荡的浑浊的海水，随时会在他的头顶重新汇合成一体。尤其是，他正走在大街中央的时候。他几乎要惊呼起来。

　　现在，他顺着右面的人行道走，他将在前面不远处拐到一条主街上，这条主街会把他带到广场附近的小剧场。广场周围全是显赫的"国际大酒店"、中国工商银行总行、小世界电影院、商贸中心等等气派威严的建筑，在个别地方夹杂着一些书报摊等小铺子。而小剧场却相形见绌地藏身在这些建筑背后，那里原先是一大片废墟，刚刚建起几栋高层建筑，这些楼房正在陆续入住，到处看到沙子和堆放的水泥，不断有装修工人抬着木工板从楼下的入口进去，每层楼道都黑乎乎的，没有灯光，弥漫着刺鼻的油漆味。他第一次去的时候，他在这栋楼房周围汗流浃背地不断寻找，从来没有把它当作目的地，直到他的朋友成一鸣下楼把他带进去，那是一个简单装修的双层家，安了投影，他们就在那里欣赏艺术电影，还有各种先锋艺术展览。每次他走到通向小剧场的小路，他都发现这里充满了邪恶的象征意味：几辆黑乎乎正流汤的巨大垃圾车停放在路口，发出让人魂飞魄散的恶臭。远远看到垃圾场前的简易小平房上的两个字招牌："花圈"。有时，那些巨大的花圈就摆放在外面，使周围增添出灵异和临终的氛围。许多时候，他离开报社的办公桌，离开地球上发生的各种震动性的新闻，来到这里地狱一样的小路上,然后在黑暗中欣赏了一个艺术电影,这给他以奇怪的震撼。

手机里有短信发来,他无法看清,他这才想起现在大约已经上午十一点,星期天上午的电影已经放了一半,他决定看下午两点半的那一场,这样一来,还有三个多小时他无法打发。

他一失去目标,就觉得被抛弃一样散落在周围的噪音里,走路变成了一种机械的走动,那些路也失去了固定的意义。他试着给陈飞打电话,为了避免错误,他仔细摸索了好一阵后,觉得自己手中非常确凿地找到了陈飞的号码,但电话两次都无人接听。许多年里,他唯一真正的交谈对象是陈飞,他们曾经都是文学青年,现在都羞于这样的头衔。他们真正的身份是编辑和记者,陈飞的脑门开始半秃,眼睛下面起了眼袋,等他抽烟时,小汤常常想起陈飞曾经的风貌,现在的变化,如同对过去恶作剧的仿作,时光正在残酷地打发他们进入中老年。

电话回过来的不是陈飞,他听见一个熟悉的声音,是成一鸣:

汤哥,你找我?我正准备跟你说呢,不办了,散伙了。他蒙住了,过了片刻才意识到:显然他刚才错打给了成一鸣。

什么散伙了?

小剧场呗,还有啥?!

什么时候?

刚刚,今天上午就没看成。以后也不会有了。他妈的正想跟你聊聊呢。

今天预告的电影是:上午场,伯格曼的《穿过黑暗的玻璃》;下午场:塔可夫斯基的《潜行者》。半个多月前,他们就公布在豆瓣网。他曾经无限遗憾地想,他从此就要错过在大屏幕上看《潜行者》的机会,他因病自动放弃了星期天的出行。但意外的口角让他决定去小剧场,现在又因为一个意外状况,他不得不放弃了。他几乎无法理解这样的状况意味着什么。

他们约定了一家肯德基,落座的时候,他发现还有一位清秀的女士,成一鸣并没有介绍。小汤有好几次试图看真切这位姑娘的容貌，最后不得不放弃，他下意识觉得她的眼睫毛很长。

有女士在场，小汤总有一种特别的感觉，他猜测她是成一鸣新认识的女友，他知道他正在给她留下一个印象，可是这印象不由他控制，许多人对他的第一印象都不好，包括他的妻子，这让他常常无端地紧张起来。

在说了主办方闪电退出的经过之后，成一鸣照例炫耀般谈起贝拉·塔尔的《撒旦探戈》，这张碟还是几年前小汤淘到后送了成一鸣一套，但小汤总是因为种种原因没有看过这部电影，贝拉·塔尔是最近一些年被奉为顶级大师的导演，每当成一鸣谈起他，小汤就隐隐觉得这是他的软肋，这个经典无法在他眼前形成概念，他只好听任成一鸣大谈特谈，时时提防对方会问到他对它的观感，或邀他共同探讨其中的一些细节。

汤哥，你肯定看过，这是我的碟友。成一鸣给姑娘说，这家伙看的碟甚至比我还多。

小汤每次坐在小剧场里，都觉得无法保持许多年里自己塑造的那个形象，那些年轻人对什么都表现出一种不恭，如果没有被称为"恶逼"就是很庆幸的事：你这个恶逼，最近怎么不来？他必须用另一套语言，时刻提防不被永久性称为"恶逼"或者"青蛙"等，而单位里流行的虚假客套和暗含的嘲讽，都是极文雅和无聊的，是绵里藏针。他穿行于小剧场的世界里时，总有恍如隔世的感觉。

小汤心虚地不置可否地嘟囔了一句，说：他跟塔可夫斯基是一个类别。

这句话没有引起任何反应，也许他们都没有在听，小汤意识到自己的虚弱，他跟以往已经不同，现在他面临盲目的未来和不祥的预感，在年轻人饱含锋芒的话语里他更加惶惑，这个活跃而有些亢奋的世界他似乎从来没有真正进入过，他只是一个勉强没有被过度嘲讽的过客。有很长时间，他沉默着，用那双已经看不清事物的眼睛看着他们。

精瘦的成一鸣有一双过于灵活的大眼睛，他常常把手插在牛仔裤屁兜里，不容人打扰地讲出许多观点。有时候，小汤觉得成一鸣比他更有艺术的领悟力，只是他知道他们都是艺术边缘的人，他作为曾经的文学青年，无法动手写出一部小说，甚至是一个开头。而毕业于电影学校的成一鸣最害怕被催促去拍哪怕是一个短片，成一鸣曾经不断设想过，也写过剧本构想，但甚至连小汤都鄙夷那拙劣的构想，他去北京当过落魄的北漂，曾经发短信让他速寄三百元救急钱。回到省城先后做过广告策划、记者、私立大学电影老师、碟店打工仔，最后干脆成为啃老族，一个艺术混混。

他发现成一鸣的脸距离他越来越远，这是因为他视力的原因，他的视力推远了他们的距离。

最近，我本来准备做一个行为艺术展，我有一个好创意：用湿布子把自己厚厚缠起来，戴上头盔，然后在身上布满一万响鞭炮，鞭炮炸响的景象会多壮观。我再把这录下来……

我讨厌行为艺术！毫无意义。小汤顿时气愤起来，曾经有一次，在他刚刚为心悸感到不安时，成一鸣带来一个U盘，拿他制作的噪音音乐《噩兆》让他听，自称自己已经成为网上有名的噪音艺术家。那时，小汤就有过类似的气愤，他讨厌一切投机取巧的艺术，也为成一鸣诅咒般的题目而感到神秘的恐惧：你他妈根本连乐谱都不识——

你不懂，噪音音乐是更自由的一种音乐形式，是音乐的新走向，它能自由表达你潜意识里的东西，你听听就知道了……

那是一阵嗡嗡响的让人惊恐的噪音，噩梦般的声音。小汤立刻关掉了它。

很长时间，他都意识到自己的生活中充满了这种嗡嗡声，似乎是这个叫《噩兆》的噪音铺展了他的未来。

……

这里要表达的是：生活中每个人都把自己厚厚裹起来，躲在一个面具里，尤其是他们面临一个陌生的处境时，比如你到了一个新地方，面临许多陌生人，你会处于下意识的保护意识，把自己包裹起来，而鞭炮就是来自外界的危险，现在你不得不承担这危险，并经历这危险……

我觉得很有意思啊！姑娘第一次开口说话，并做出欣赏的姿态。这让小汤很诧异。

他看看姑娘，有一种说不出的愤懑，也许因为所有发生的一切，他失去了平日的宽容和冷静，他大声而嘲讽地说：

你不会把自己的眼睛蒙起来，做一个星期的盲人吧？！这也算一个行为艺术。

欸，不错，这也是一个好创意！牛逼！不过估计已经被人用过了。

如果不是这个姑娘在场，小汤也许会说出他的病，他看不到任何东西的未来和他的肌无力，他觉得任何说话都是多余的，他真想离开，他不想把自己最后的有光影的时光浪费在口水上。

他们一时找不到其他的话题，小汤终于意识到自己刚才的态度，丝毫没有给成一鸣留有余地，尤其是对方女友在场的情况下，但行为艺术正像"视神经脊髓炎"一样惹恼了他，尤其是那个《噩兆》又在潜意识里让他生气。就在小汤感到懊恼，正准备配合成一鸣营造一个适合他们情侣的温柔气氛时，成一鸣接到一个电话，突然急匆匆告别之后离去了。成一鸣离开的原因里面，小汤不知道自己的态度占了几分。

现在只剩下他和对面的姑娘，小汤未免尴尬和惊讶起来，他意识到自己将在某一个时间段里陪着成一鸣的女友。

你们认识多久了？小汤问。

呵呵——，刚认识啊！就是我在小剧场门口认识的，他说他是电影主持者，对我们说解散了，不办了。

我以为是他女友呢。小汤略微轻松了一些，听见对方捂住嘴巴嘻嘻笑了一阵。

他知道了她学的是电影表演专业，她是第一次去小剧场。面对一个比他年轻十多岁的女大学生，他感到自己的老态，他无法把气氛活跃起来，时时出现冷场，他觉得任何时候她都会站起来说：我得走了。但她一直这样有一搭没一搭地说着。

其实我在豆瓣上关注这个小剧场已经一年了，只是我对象不乐意去，每次我提出来，他都反对。今天我们因为别的事情吵架了，我正好可以来看电影了，结果第一次来，就被告知解散了。实话说吧，我一直回不过神来。

他盯着她模糊的喜气的脸部：为什么？

因为——我很迷信啊，我觉得期待了一年的小剧场正好在我终于能去的时候解散了，一定会发生另一件特别的事情，所以我不走，看看会发生什么。

可是，没有什么事情发生吧？

我还在等呀……一个是不能现在就回去，万一碰上男朋友，会被他奚落，要回也要等到中午或者干脆下午很晚。另一个是，我在等一件特别的事情。

又一次出现冷场，他想，他和她因为一个奇怪的机遇坐在一起，不管怎样，这都是一个不可思议的结果。尤其是自己在几乎成为盲人的时刻，他深刻体会着一种无聊和虚空，之外还有一种简直有些邪恶的被吸引的氛围，在这样的氛围里他甚至觉得会有奇迹让他看清对面姑娘的脸庞，他只是凭借经验意识到她的美丽。

纯粹是为了找到一个有趣的话题，他由刚才那个扮演一周盲人的讽刺性提议，突然想起他认识的两个盲人：

刚才拐弯处那里你是否见到一个盲人？那是我们小区的，每天就那样站在路边卖零食，常常坐公交，在省城到处转悠，他生下来就瞎了，从来没有见过任何东西，但他好像对这些楼房啦什么的都很了解，有时候谈起某个人的住处，他会说：那不是就在锅炉房旁边，第一单元右边住吗？人们问他：你在城里不怕迷路吗？你猜他说什么？他说：不怕！有什么可怕的，我的脑子里完完整整装着一幅省城地图，什么路什么街我都清清楚楚!

  姑娘果然被他逗乐了，于是他把另一位盲人的一些事情也安到这个盲人身上：

  有一次，路上遇见这个盲人，除了盲杖什么都没有带，问：去哪里呀？盲人回答说：我们约好了去饭店，就是在煤炭大厦背后的那个红辣饭庄。原来是他们四个人约好了中午一起吃饭，四个都是盲人!

  姑娘笑个不停。

  这另一个盲人就是给他做按摩的那个胖乎乎的师傅，赴约的都是这个师傅盲校里的同学。这只是半个月前的事情，他还是第一次遇见这个盲人师傅出现在大街上。听说盲人师傅要赴约，小汤万分好奇，也许考虑到自己可能盲目的未来，他怀着一种战战兢兢的说不来的愿望，决定悄悄也去那个饭店，亲眼看这些盲人怎么吃饭。在空荡荡的大街上，他看到盲人师傅站在路边，一直把右手高高举向空中，像雕塑一样站在那里拦车。小汤坐公交车去了那个饭店后，发现这四个盲人已经坐好。他坐在附近的桌子上，看他们怎么把菜放到嘴里。刚开始，他们的筷子探索般伸出去，有时没有伸进碟子里，而是落在桌子上，但试探过一两次之后，他们已经分辨清哪个位置的盘子里是鱼香肉丝，哪个位置的盘子里是土豆牛肉……他们异常自信地伸出筷子，吃的姿态同常人几乎毫无二致，只是他们的眼睛以一种奇怪的方式眨巴着，翻着眼白。小汤怀着一种罪恶感，静悄悄地吃饭，连点菜都不敢发出声音来，他害怕盲人师傅会通过声音认出他来。

  你快看，那不就是你说的盲人吗？他嫌冷，搬到太阳地里去了。

  小汤立刻像往常那样向窗外扫视，却发现这样的扫视是没有任何作用的，他根本看不到那么远，所有远景都模糊一片。

  看你往哪里看?！这边，那不是？身子总是一前一后摇动，每天都是这样吗？

  大概是。小汤移过目光，有些沮丧地看姑娘的脸，好久不再说话。

  那……咱们撤吧？姑娘犹豫着站起来，不用留电话号码了，如果有缘，咱们会再次见到的。

小汤觉得这是委婉地表示他不值得她留号码，他立刻回答道：

真正的缘分只产生于第一次，不会是第二次。

我不觉得，我给你说吧，我的男朋友就属于这种第二次的缘分。他们尴尬地站着，最后又坐下来，因为姑娘说，还是给你讲完吧！

我们不是一个年级，不是一个系，我一直没有注意到他。一次寒假回家在火车车厢遇到，他问我餐车在哪里，顺便说了几句。然后就是返程坐火车上学，我们的座位竟然挨着，你说这不是第二次的缘分吗？

他之所以问你餐车在哪里，是因为他被你打动，属于无话找话。

那第二次呢？

你想过没有，他一直关注你嘛，你下车之后，他估计也一直留心你的行动，你是不是一下车就买了返程票？……是吧。然后呢，看到你去买返程票，他突然觉得真是一个好主意，也去买了。

那我怎么没见呢？他若排在我后面，我肯定会发现的。

他本来是想排到你身后的，可是当他跟过去时，你的后面已经站了几个人，于是他站到另外一排，为了好看到你的侧面，一直欣赏你。

那我也应该看到他的。

你们美女都有个特点，那就是喜欢被陌生人欣赏，但很少去打量别人，你不会发现那个男同学，因为他在第一次根本没有引起你足够的重视。

不会吧？你是干什么的？学心理的？

那是因为我经历过，几乎是一模一样，只不过我的运气差一点儿，她买的不是返程票，而是南下广州的票。回省城的时候，我正好和排在她身后的那个邂逅农妇挨着。我当时并没有奢望会同她相挨，只希望能在一个车厢里就好。

倒是有些道理。她说着，意味深长地点点头。

真正的第二次缘分大都是这样的：比如需要第二次缘分，我会到你们学校乱窜，总有机会遇到你。

哈哈。那多不自然啊。

现实就是如此，如果没有缘分，第二次也味同嚼蜡。我曾经再次遇到一些人，但不仅没有有缘分的感觉，还十分厌恶。

他觉得他说这些是隐隐怀着恶意的，为了把姑娘的幻影破灭掉。

你说的盲人太有意思了，我记住了。姑娘站起来，谢谢你请客，本来我可以付的。

不客气。他说，我说的有些绝对，你不要全信。他开始后悔自己的冲动。

不，你说的不是没道理。

他们并排走在大街上，他觉得自己身边从来没有过如此颀长健美的女性，尤其是在他有些模糊的视力看来，他觉得今天发生的这一切似乎都是为了给他显现一个女神一样貌美的少女。而他却像魔鬼一样非要戳破她的幻想，谁能确定那个男生一定是故意的？他不能确定。

姑娘挥手离去后，小汤慢悠悠溜达起来，他在有意无意寻找刚才提到的那个盲人。只是因为他视力的局限，他得在这附近尽量周全地走动，以免错过那个盲人。最后，他在站牌附近找到了。这是一个瘦小精干的中年人，脸上总有一种干练的神色，微笑着，总是在倾听什么的那种姿态。在小汤视力好一些的时候，他注意观察过。他总穿那件很干净的绿色旧军装，把半纸箱零食放在脚下的路牙子下，右手用细长的棍子不断在路牙子上敲打。有时也用左胳膊夹着那根棍子，袖着手，嘴里念叨着让人听不清的话。小汤走过去，站在盲人身边，似乎为了刚才他的关于盲人的话，而有意向他表示点儿什么。盲人立刻转过身来，用那双不自然的白眼"打量"着他，他以为盲人会立即认出他来，因为这个盲人认识他。但盲人笑着说：

这位师傅，买东西？

小汤意识到自己是不能说话的,说话会暴露自己的身份,于是摸出一张零钱,碰碰盲人的胳膊,盲人立即把钱拿到手里,一边侧着脸仰望着,一边用手仔细地摸捏一遍纸币。

一块钱!买什么?打火机?

小汤没有吭气,盲人立刻弯腰,从零食下面旁边一个小小隔层里拿出一个打火机给了他。

盲人冲他点头微笑,好像盲人完全是一个正常人。当小汤在过往行人的注视中(在小汤模糊的视野里,是几张突然扭过来的脸面)尴尬闪开之后,盲人依然朝着他原先站着的方向致意,那里已经是一块空地,只有一个电线杆支在那里。

小汤将打火机放在口袋,用手不断揣摩着,就在那一刻,他决定不再到处闲荡,而是回家去。

他慢慢走着,觉得原先从来没有注意的噪音现在层次分明起来,简直像叠放得整整齐齐的卡片,每个卡片不仅颜色不同,而且都标明一种特有的声音。甚至某个汽车走过时,引擎里发出的细微差别都让他觉察到。等他不断感觉到车流里的汽车经过时,他像收集声音的使者一样收集这些车的引擎声,并把这些声音归置到大脑的某处。他发现自己的视力同上午相比没有变得更坏,这让他欣慰。在路过水果摊点时,他意识到自己的回家有些仓促,他似乎并没有得到什么,他原先的期待现在依然还悬置着,除了现在已经无法回忆起的漂亮姑娘之外,他的一天是一个空洞。他转过头,发现已经走到盲人按摩屋跟前,他不由自主地向小屋走去,似乎这个盲人依然同那个姑娘有些说不清的联系一样。或者,多年来,盲人按摩屋就在等待这一天的到来。自从他知道所谓的"视神经脊髓炎"以来,他本来以为自己再也不到这里来了。

你来了!

你怎么知道是我?

这不是就听出来了?!盲人师傅说,哈哈笑着,好像这是一个玩笑似的。在他多年的印象里，盲人师傅一直保持着这样的形象：胖脸，嗓音洪亮，嘴唇很厚，那双眼睛也很大，整个人给人很精明的神气。此刻在他已经弱视的眼前，盲人师傅的形象反倒略有些模糊起来。但他的语气立刻激活了他脑海中的生动形象：那张黑色的大脸庞，很厚的充满笑意的嘴唇……

刚才许部长来了，他儿媳妇很好，声音很甜，长得也漂亮。

哪个许部长？

就是艺校那个宣传部的许部长嘛！个子很高、很瘦那个。

是吗？你咋知道人家长得漂亮？

哈哈，我咋知道？我就是知道嘛。人们都这么说啊。难道不漂亮？

每次的谈话都很快乐，盲人师傅常常找到一些话来说，这些话题一个接着一个，无疑这也感染了小汤。但小汤还是遗憾地发现，由于视力下降，小屋的光线显得更暗了，他走路都觉得轻飘飘的，似乎在黑灰色的空间飘浮起来。

他一躺下来，盲人师傅就熟练地开始按摩他的头部，他知道这是无益的，许多时候，人们就是这样做着徒劳无益的事情。盲人师傅的手很劲道，那种格外的认真让他觉得非常滑稽，因为盲人一直认为小汤因为风湿而感到手的无力。现在他像往日一样卖力地驱逐他身上的风寒。他一边听着盲人师傅的闲聊，一边想：在盲人跟前，他不需要做出什么表情，所以很放松。可是想到可能会有越来越多的黑暗汹涌到自己的眼前，他觉得自己简直不知所措。

几乎是突然之间，他开始觉得周围非常安静，他看见盲人师傅站在一个耀眼的空无一人的街道上，不断地说着无人能听懂的什么话，但小汤觉得奇怪的是，他不知道自己在哪里，直等到从远方走来一头威武的狮子，他才突然发现自己正隔街面对着盲人师傅，盲人师傅着急地用手指指点点，他终于明白盲人师傅一直在说的是这个狮子，而这个狮子正不慌不忙，用那种在捕猎中、怕惊动猎物的眼神瞅着他，他立刻惊慌起来，好像这满街道的光亮也是一种无法驱除的威胁，使他没有藏身之处，他开始不停地奔跑，几乎在一瞬间，他面前出现了从未见过的蔚蓝的大海，是一种奇怪的靛蓝，而大街像半个高举出去的桥一样延伸到海面上，他就站在不知什么时候已经断裂的大街末尾，看着海水的汹涌，就在他无路可走的时候，他突然想起那句诗：

我狂奔，松开缆绳的半岛
也从未领受过如此壮丽的混沌

一阵眩晕引发的心悸中，他张开眼睛，发现自己躺在黑暗中，是那种浮荡着的海水般的、旧相片一样发黄的黑暗。很长时间，他不知道自己在哪里，黑暗让他惊慌。他急忙伸出手，用手摸见自己是在一张床上。

你睡着了。盲人师傅哈哈笑着走过来，捏着捏着你就睡着了，我就没打扰你。

天黑了？他尽量用往常的声调问。小汤找不到盲人师傅的脸，但他凭借声音徒劳地"望"着盲人师傅。

没有呀，现在是黄昏吧。

他在惊愕中坐着，盲人师傅又说了句什么，他没有听见。他不以为自己的眼睛真的会看不见东西，他认为只要张开眼睛，多少是能看到一些事物的。即使在这几天，他也只是恶作剧地想，如果他看不见的话，或者万一看不见的话，会怎么样。但从来没有想过，他会在最近的某个时刻真的面临这样的处境。

他不知道盲人师傅是怎样获得黄昏这个信息的，他没有问，因为他现在顾不上感到好奇。他在脑中想象小屋里的格局，在一瞬间不知道门在自己的左侧还是右侧。坐到床沿，他依然试着用手来摸到点儿什么。他最后发现自己习惯的改变：他不再指望眼睛能看到什么，而是首先寻找可以攀附之物。

……电话，有人给你打了两次电话。

谢谢，我待会儿看看。他有些过于大声地说，他这才想起需要到西南角的衣柜那里拿到自己的外套，他凭借记忆，想到先要路过一个圆桌，再左拐，那里常常有一个小小的棋盘桌，上面摆放着已经被摸黑的木制象棋，还有两三个垫着厚厚蓝布的凳子随意放在周围，有时会有熟人把它们搬出门外对弈。之后应该还要经过什么东西，他才能到达那个深褐色简易柜那里，现在他竟然发现平日从来没有注意这个有些暗的角落。

盲人师傅就站在他跟前，他能听见盲人师傅的呼吸。

他仔细观望，终于从一片荡漾的灰暗中隐隐看到一个有几个重影的长方形的空间，个别长方形斜着，他知道那应该是门。

这时，突然响起的手机铃声吓了他一跳，倒是盲人师傅从容不迫：

看，电话又响了！

小汤立刻向前走去，结果碰到了桌子，桌子上的杯子一片乱响。

小心点儿。盲人师傅谨慎地说，你哪儿不舒服吧？

没事。小汤几乎要带着哭腔说。但很快，小汤的虚荣心占了上风，他不想让身边的盲人师傅同情他。

小汤继续探索着前进，在可能遇到凳子的地方，他畏缩不前，发现那里是一大片空地，正等他准备大踏步往前走时，他将一个凳子踢出很远，他站住了，很快他发现有人揣摸着抓住他的胳膊，是盲人师傅。

我给你取吧！

他在想象中看到盲人师傅用手探他的衣服，想象那种揣捏的动作。

给！盲人师傅说。

他用手摸出去，没有发现衣服。他听见清脆的手机铃声，看来盲人师傅已经掏出他的手机，现在正在眼前某处递给他，他天然地顺着铃声摸去，先是抓住盲人师傅的手，才顺着手拿到手机。

他下意识接听了手机，"……"没有任何声音，喂？他说。

爸——爸！传来熟悉的女儿异常兴奋的叫声。多少次，他和妻子发生

140

争吵后，都是女儿稚嫩的声音传递和好的信号。

哎。小汤答应着，害怕自己的声音颤抖起来。

爸——爸！又是一声叫唤，好像叫爸爸是一种快乐的游戏，她总是乐此不疲。

一想到他已经无法看到妻子和女儿，他忍不住流下眼泪，他知道盲人师傅看不到他的眼泪，他可以放任流泪。

快给爸爸说呀！他听见电话里传来妻子温和的催促声。

……你快回来吧，我和妈妈都想你呢，天都快黑了——你还——还不回来？难道你还在看电影？爸爸，我还等着吃面包呢——女儿喜欢说一些刚学会的生僻的"莫非""难道"等字眼。

这次是妻子在说：我上午给你发了短信收到了吧？让你买面包。别生气了，快回来吧，孩子还盼着吃面包呢。

好，马上。他挂了电话。

盲人师傅在屋子里几乎是绕着他来回走动，好像正通过这种走动侦探发生在他身上的变化一样。有时，他意识到盲人师傅在他跟前仔细"端详"他，因为他现在每个动作都畏畏缩缩，变得很怪异。他交代了钱的事情之后，再次假装像往日那样大胆地向门的方向走，这次他的胳膊上多了盲人师傅的手。

小伙子，有啥你就说着，你咋啦？

头有些晕。小汤说。

即使有这双手的指引，小汤依然觉得很费劲儿，他的脚在平日迈台阶的地方找不到台阶。再往前走！盲人师傅说，并几乎架着他走出了门。

站在门外，小汤转身向盲人师傅告别。他知道盲人师傅依然站在那里，眨巴着泛白的眼睛，在记忆里，盲人师傅的眼睛很大，这使得那个可怕的眼白也很大，现在，这样的盲人师傅正用奇怪的方式"打量"他，为他有些怪异的行为感到诧异。而他依然无法看清外面的任何事物，他找不到熟悉的大街和楼房，只有一片混沌的发灰的区域，在自己的眼皮下面，他才找到一丝类似亮光的事物，但那也是模糊不清的。为了看清东西，他最后发现自己正不断颤动眼皮，于是赶紧制止了这种似乎属于盲人的颤动。

他深浅不一地往前走，试图走到对面路牙子上，那里有个长石头凳子可以坐一会儿，他听见两侧不断有警告的嘀嘀声响起，于是加快了步伐，最后在脚下一个小石头上差点儿绊倒。终于，他小心迈上路牙子，坐上长石头凳子，为了不被路上的人看到，他背对着路和盲人按摩屋。他知道盲人师傅依然站在门口注意着他的举动，他也尽量不发出声音。

他决定天黑以后再回家，免得被更多的人看到几乎盲目的他探着脚走路，他无事可干，羞愧于这样狼狈的处境，他摸出打火机，打出火来，然后又灭掉，他看不见光。

他第一次觉得，回家的路竟然如此遥远，他甚至不知道他的家在哪个方向。他陷在灰暗的世界里，他若要回家，先要仔细在脑中勾画，他唯一可以依靠的是屁股下的这个石凳，它南北方向的长，以及自己后背朝着的东方，凭借这凳子，他才能艰难地想象和推演出一个地图。而且，他想，如果他走在路上，他连一个可以试探路面的棍子都没有，转了圈也许都不会知道。

此刻他终于意识到，仅仅是回到近在咫尺的家，他都将面临无穷无尽的道路……

某种回忆

路过干洗店，不知不觉站在了理发店门口。

我常常去这个叫唯美发艺的店铺理发，但很长时间不知道这个理发店的老板是谁，在理发当中，常常听到男男女女四五个理发店年轻员工议论老板娘上小学三年级的孩子，他的作文逗得他们大笑。偶尔我也见到这个常被谈论的孩子推开门，放下书包就跑。去哪里？老板娘赶紧问，已经跑到门外的小男孩尖声尖气地说：

去花园。

作业呢？老板娘更加大了声音喊。

……在奔跑着远去的脚步声里，隐隐约约听见点儿什么。

然后是老板娘和店员们的哈哈大笑。

直到有一天，我发现冷冷清清的理发铺只剩下老板娘和一个年轻小伙子，这次是老板娘亲自给我洗头。

小伙子准备给我理发时，我惊讶地转身问老板娘：

其他几个理发师呢？

老板娘还没有回答，年轻小伙子说：现在只有我们俩理，我们一个人也不雇了。

我才知道这个常被我当作打工仔的理发师是老板。

我习惯在同一个理发店理发，好几年在一个叫棒小伙的小铺子，直到他们与邻居店铺打架后突然离去。后来去一个装饰精美的名人理发店，店主是一个女老乡，她每次指挥最好的理发师给我理。一年半以前，我们把家搬到朝阳街的单位住宅楼，在妻子的劝说下，我放弃了走很远的路去名人理发店，才在附近选了这一家：每次忍耐着理发的不悦，每次都需要不停地提醒：短点……再短点。有时理发师就会在忙乱中剪掉一角刘海儿，形成一个豁口，露出光亮的脑门。

我记得那个被我当作雇员的老板，他习惯将我的一侧修得过短，许多头发已经无法服帖地趴着，而是不安分地站起来，这种有站有趴的一溜儿头发直到一周后才较为恭顺地躺倒，一年之后我终于发现，自己不仅可以忍受这种状况，而且已经不是过分在意自己的发型。尤其是脱发以来头发开始趋于稀少。更重要的是：即使冒着理坏的风险，我也不愿意去任何一个陌生的地方。或者说我也无法理解自己的行为，每次坐下来之后，等我把头交给了老板之后，我都想：是否可以再找一家理发店？

我总是下午五六点，或者晚饭后去理发，多少年来，我都遵循着这种规律，毫无例外。所以等我在早上十点左右站在理发店门口，连我都有些吃惊。

我上轮休制夜班，一般来说，上午我总是在家里。有了女儿后，更是走不开，妻子专职看孩子，妻子是娇生惯养长大的，在她眼里所有的事情都是大事：孩子该换哪条裤子，出门该换哪双鞋，甚至是她自己穿哪套衣服，都要来请教我。或者因为种种事情开始了她的数落，而我也或者被激怒，或者在被激怒前的一瞬间，决定讨好她，这样小心翼翼地应对着，以至于等我衣冠楚楚地出现在大街上时，深深觉得自己在家庭外的一切举动都是一个假象，家庭生活完全成了一个隐秘而龌龊的地方，展露了自己的无能、狡诈、污浊，男子汉会不会在千层百折的裙袖之下保持那种光明磊落？我异常怀疑，也常常自责。

而今天，我第一次在早上十点左右被激怒，在几乎要暴跳如雷的情况下，选择了出门，而事情的起因，也不过是孩子去不去楼下晒太阳。按照科学的说法，孩子只有在阳光下晒一两个小时，才能更好地吸收钙，但妻子总是因为有点儿风，拒绝带孩子下楼。

孩子还没有喝水呢。妻子辩解说。

那就赶紧喂了水下去嘛。

说得好，喝了水一身汗，下去就被吹感冒了。

那就晾晾再下。

晾晾就中午了——

下去再喝也行呀。

下去总不好好喝，喝得少了又要得病。

……

也许还有一些自私的原因，等她们都下楼之后，我能有一小块安静的时间，可以看书，写东西（每次投入地看过书后，都会重新燃起雄心，多少年里，这雄心一直这样起伏着）。妻子也看透了这一点，也许会认为这是赶她们走，于是坚持自己的说法，表示一种委婉的抗议。

于是话题开始由缺钙说到孩子曾经得的佝偻病，妻子将全部责任推得干干净净，而妻子的抵赖更加深了我的怒火，妻子从来不承认自己的某次错误，总是将原因归咎到别人身上。而我执拗地认为，只有承认了自己的错误，才能更好地改善养育方法。而她很快将抵赖变成了对父母的责备、对婚姻的指责：

你当时根本不是喜欢我，你喜欢安仪，你现在让我离开，我还能成全你。

女儿哭起来。

别说了，别吓着孩子。我说，心中隐隐升腾起怒火。

你心虚了，我就知道你不是个东西。

我和妻子谈恋爱的第三天，我们在一个塔的内部台阶里嬉笑着爬升时，有那么一些时候，我觉得这是命运特意安排给我的，为什么命运特意让我失去别的姑娘，为什么我们是在一个二百年的塔里，她开始允许我抱着她，我们念着古碑上的字，那时候我是否有过杂念？

来，宝贝。我去哄哭泣的女儿。

别动我的孩子。妻子抱起惊哭的孩子。

……

又经过了几轮毫无理由的争执后，我选择了下楼。

楼的侧面是有两个小花池的长方形休闲场所，被当地居民称作花园。一条绿地，几张长椅，花池里已经没有花，长着乱糟糟的常青树，这小小的安静之地吸引了许多晒太阳的老人和玩耍、奔跑的小孩，有时会见到一个头发污秽发黄的老人坐在轮椅里，微微仰着脖子，在阳光里安详地闭着眼睛，从嘴巴过于松弛的动作来看，也许已经睡着了。

小区外面是杏花路，许多老人还记得，几十年前这一带是杏花林。杏花路常常拥堵，拥堵是因为靠墙的一侧总停着一列小区里放不下的车辆，每次有车辆驶入杏花路只能小心地单行。常常因为堵车，鸣笛声响成一片。人们顺着杂乱的小摊点往前走，慢行的车辆像礁石分开流水一样分开人群。

此刻，我就混在这样的人群里走着。一旦袒露在外面的阳光下，我就尽量保持着一种应有的风度，因为这里全是单位的熟人。但有时会被内心的戏剧所牵引——刚才激烈的台词还在心中轰响，于是觉得所有喧闹声都是戏剧特有的背景，为了衬托或者起到讽刺的作用。偶尔有车辆里的音乐放出来时，那几乎使自己真实地体验到电影里背景音乐的魅力。而自己完全是电影里需要用悲伤的音乐抚慰的一个演员，一个毫无疑问的主角。

我有些迟钝地走到杏花路上，摊点形成的喧哗和车辆的鸣笛，似乎无法进入自己的耳朵，但是等我走过另外一个小区门口时，我才开始想要去哪里的问题。

接着路过欢乐干洗店，为了更好地想出一个目的地，并隐隐怀着报复的、并为即将得以报复而觉得自己倍感残忍的心情，我停住脚步，希望想出一个合适的场所，可以溜达上整整一天。可是在无意中注意到那栋高层住宅楼下面的唯美发艺，才想起自己走得急，枕头上压了一夜的头发还没有梳，用手摸摸，果然被压扁了，于是更加懊恼，懊恼中出现了一个念头：何不去理个发呢？虽然心中非常犹豫地想，一旦理了发，仁慈和宽慰的心理就可能会鼓动自己回家去。但我还是向理发店走了过去。

需要在侧面上一溜儿台阶，因为这台阶，去年第一次来就差点儿打消了在这里理发的念头。因为，如果你已经站在了台阶的中间，再回头就显得有些滑稽了。而我正在寻找一家满意的理发店，其他的店铺都在街边，举目就可看得清清楚楚，唯独这家无法看到它的内部，只能瞧见转动的装饰轮，和红色的霓虹招牌字——唯美发艺。等我站在台阶的中间时，差点儿回头作罢。如果不是存车棚的老师傅正抬头看着我、微笑的欢乐干洗店老板娘在柜台里朝我点头示意，我就已经下去了。不过，等我一鼓作气进了理发铺，就再也没有试着去其他的地方，就为了他们围绕老板娘的滑稽儿子引发的阵阵大笑，或者其貌不扬的老板娘不紧不慢的搞笑语言，反正我只喜欢比较熟悉的地方。

唯美发艺有六面连成一体的镜子，占了半堵墙，平时人多的时候，我会从镜子里寻找另外一张面孔，有时是很久不见的同事，有时是一个陌生的年轻女子，有时是一个年过半百的老妇正在烤发做卷。我常常面对镜子观察他们，并发现了其中的乐趣，因为你不必正面看某人，而是从镜子里非常隐蔽地看，这样，往往自以为会看到同事的另一面，在理发师摆弄下低头或者仰头时，常常有令我惊讶的细节，有的那样逍遥和随意，似乎都已经睡着，而有的却紧张地伸着脖子，这与他们平日的做派往往完全相反。而年轻女子总有一种温柔的风情，使周围的空气变得异样。等我看到老妇油腻腻的头发被一拢一拢卷起，一些颜料顺着发根滋出，并露出罕见的干尸般的皱纹（额头、眼角、下巴颏儿）时，我心里对时间的流逝就会感到格外恐怖。

现在，我走进唯美发艺，吃惊地发现只有我一个客人，老板仰面坐在理发椅上眯眼休息，为了省电，他们关了镜子前的一排灯，现在老板娘赶紧开了灯，并招呼去洗头。但理发店的冷清气氛显然保持了好久，镜子、椅子看上去有一种懒怠的浑浑噩噩的神态，连地面的反光都有些没有睡醒般的滞涩光泽，老板娘的声音也丝毫没有往日那种兴奋，老板站起来，伸伸懒腰，用毛巾拍打一个椅子，表示做好了理发的准备。等我倍感沮丧地坐下来后，又听见老板如往常一样的发问：

留长点儿短点儿？

像上次一样，理短。

上次是什么时候？

他总是记不住应该理多短，显然完全不能跟先前的任何一家理发店师傅媲美。

短就行了。

然后，我望望空洞洞的六面镜子，失落地将自己沉浸在镜子虚拟出的空间里，从我熟悉这里的环境以来，我总是慢慢习惯这里的变化，直至现在这种特有的气氛。正在漫无边际地走神时，听见老板娘问：

我怎么觉得一点儿也不好看？

你看下一张碟，能把你笑死。

我这才发现理发店发生的重大改变：镜子对面平椅上放了一台二十英寸的旧彩电，屏幕里一个动作夸张的女子在唱歌。也许是为了打发没有客人的无聊时间，他们弄来一台电视。

我好奇地盯着镜子里的电视屏幕，老板娘小心拿起一张碟，仔细认了认碟上的字，然后放进DVD，短暂黑屏之后，突然出现如雷的掌声，接着一个浑厚热切的声音说：

欢迎来到广州西部酒城——

镜头掠过骤然疯狂、拼命击打手中啤酒瓶的观众，不断推进，并对准手拿话筒的虎背熊腰的男子。

听到"西部酒城"这几个字，我突然一阵莫名的战栗，等镜头移向观众正有节奏击打的啤酒瓶时，我想起省城的西部酒城，原来到处都有西部酒城。我想：可惜省城的西部酒城已经倒闭了。

西部酒城在解放路上，大学毕业刚到省城后，每逢星期天我就开始探索这个城市，向北最远的地方就是到这里，因为斜对面有一座全省最宏伟的教堂，不远还有一个巨大白色圆顶的清真寺，这另类的建筑很远就可以看到。我每次下车后，总能听到前行的公交车继续报站道：下一站——动物园。那时我从来没有去过动物园，包括世界上的任何动物园，我奇怪当时从来没有想过去动物园转转。

而且这里有一个店面很小、但有宽阔套间的书店，很便宜可以买到经典书籍，一套彩色封皮的昆德拉的小书，还有早先出的纳博科夫的黄皮《文学讲稿》等，总有类似的惊喜出现，让我激动一阵。在夏天的烈日下，我满头大汗徘徊在这一带，常常见到破旧的解放路电影院，电影院的售票口下面，靠着一张大木板，用煽情的红毛笔写着几个艳情或者惊悚、武打录像的名字：《蜜桃半熟时》《色欲难禁》《鬼街》《赌神2》……由于用墨太多，许多字的笔画下面流汗一样流下道道血一样的墨迹。有时，我会喉咙发干地幻想《色欲难禁》的情节，体会着心中焦渴的欲望。我总是显得很无意地将目光投放在每次变换的预告板上，电影院售票口的圆洞里有一个表情淡漠的中年妇女在发呆，有一次，我鼓起勇气试图看一场电影，以平息心中的骚动。于是走到售票口，问：

今天演什么电影？

啊——

电影，什么电影？

只有录像！中年妇女蔑视般盯着我。

我连忙走开，很长时间不敢到售票口附近，怕被中年妇女看到。这才知道，电影院已经倒闭很久，电影院高大的红色木头门松松垮垮地半开着,能看到里面的光线很暗。

黄昏,总有一群民工围着街头的卡拉OK看,有时也蹙眉闭眼扯开嗓子唱一首刚刚流行的《流浪的人》:

流浪的人——在——天——涯——

具有巨大穿透力的声音似乎控制了整条街道,并牢牢焊接了解放路电影院,以及附近的各种店铺,簌簌震动着路旁密密的老刺槐树叶,最后扑进我的心里,深深摇撼了我。我当时举目无亲,正在一个报社实习,工作也不知道会在什么地方,租住在省城郊外村庄十平方米的单间,身边常常只有几元钱……歌词突然变成眼泪冲出眼帘,防止被别人看见,于是尽量离得远一些,同时矫情地看看远处的教堂尖顶,希望耶稣或者玛利亚能看到我,毕竟我在那里买到过他们的卡片,并被我虔诚地夹在黑皮的《圣经》中。

两三年后一天,解放路电影院突然被拆了,许多民工在架子上忙碌,外面罩着划开许多口子的巨大布幔。那一年冬天,木头结构的建筑落成了,上部有着啤酒桶一样圆滚滚的表面,中间突出的木头台子上站着一个几米高的深棕色木头浮雕,戴卷沿礼帽的西部牛仔骑着马,正在眺望远方。就在他的头顶,啤酒桶般的表面上嵌着四个霓虹大字:西部酒城。

一直到第二年春天,每次去书店都看到没有丝毫动静的西部酒城,白天冷清,似乎只是城市里无人理睬的一个巨大雕塑,西部牛仔的帽檐上已经落了灰尘。晚上,西部酒城更是没有一盏灯,黑洞洞一片,如同一片灯海里一个阴森的去处。终于有一天,西部酒城外挂了一幅红布,上面贴着大字:

国内摇滚上帝崔健今晚在此演出。

尽管非常仰慕崔健,但从来没有设想过看演出,这种演出似乎高挂在天堂的一端。此时,我已经在一个小报社打工,只有五百元钱的工资可领,去掉二百元的租房费(租到了市里),平日身上只有几十元钱生活费的我从来不奢望去西部酒城,只是暗暗为这般宏伟的建筑欣喜。等灯芯般灿烂纯白的光,流水一样从西部酒城的门窗里流溢出来时,心中感到一种隐隐的骚动。于是在工资里分出小小一部分去音像店买崔健的摇滚:《像一把刀子》《飞了》……买不起录音机,去同事家时我就带上磁带,在他们家占了一张桌子的巨大录音机上放。大约半年之后,在地摊上买到一个只有两个巴掌大的录音机,声音尖利,但看上去崭新,金属发着格外的亮光。于是把录音机摆放在房间的桌子中央,更起劲儿地买磁带。

音像店店主是一个十八九岁的年轻人,束着马尾巴,有一副洪亮的嗓门,常常拨弄一把蓝色的吉他,有一天听说他们也在西部酒城演出过,我惊讶万分。店主拿出一盘磁带,说这是他们自己灌制的磁带,我听见一个模糊、呐喊的声音在唱:

世界在哪里,我怎么感觉不到?

我操你妈,我怎么感觉不到!

……

他在我崇敬的眼神里推荐了国外摇滚的打口带,晚上,我因为能听上披头士的 *yesterday* 而感到自己已经同世界同床共枕。披头士在为我唱,尽管他们大都已经死去,我一遍一遍地听,直到它终于同我融为一体。我席卷了摇滚的各种门派,不过,等我第一次听说死亡金属时,还是吓了一跳。在之后的岁月里,每等爱情失利或者过分抑郁时,我就听死亡金属,还听窦唯佛音一般的《山河水》,当然听得最多的是 "R.E.M." 乐队的 *You are in the air*,它让我觉得满载着所有美好事物的过去,像一艘巨轮,正在慢悠悠驶离我,包括我的亲人、我爱恋的人以及所有一切。这些音乐常常唤起我的绝望,还有矫情的自杀欲望。每逢这时,我就整天躲在家里听,躺着听,或者坐在椅子上听,借口生病不去单位。这个椅子原先屁股朝上堆放在阳台上,红丝绒的面脏得可怕,尤其是放屁股的位置和放胳膊的扶手,有一层烤漆般的油光。下面一条腿会来回摆动,不过如果仅仅是坐着,椅子就没有什么问题。我坐在上面,在音乐声中郑重地想我何时去死,以及怎样去死,最后总是确定为用安眠药,并在远离城市的一个野外山洞里，最好永远不被人发现。最后总是在两行泪水中结束幻想，又有一两年之后，一次我对自己的形象做了自拍，我意外地从照片里看到墙上贴着的一幅毛笔字，那是一位书法爱好者同事为我书写的蒲松龄的《聊斋志异·序》，那印证着自己的雄心和抱负。似乎是当时唯一能把我从死亡欲望中拉回来的小小念头。

婚后，我在照片中翻找出这张照片，妻子说：这张照得最丑了。我试图向妻子解释当时的状况，妻子丝毫也不感兴趣，于是我放下了照片。

又是三四年之后，我和还没有成为妻子的对象去动物园，路过西部酒城，突然发现西部酒城已经倒闭，它变得又脏又旧，门窗紧关，大门上还贴了一溜儿封条，我倍感惊讶。那正是各种酒吧遍地开花，而且城市大举往南移的时候。我看见那个西部牛仔浮雕浑身都是灰土，特别是卷帽檐和他的胡子上。他牵着缰绳的手背像染了色一样变成灰白。而那时，小书店也早就停业，我已经很久没有来过这里了。尤其令我们惊讶的是：我们的目的地动物园也搬走了。

早就搬到东山上啦！一位老太太说，好小伙子，你就不看电视？

老太太说，去年动物园用了一年时间才把动物们全部搬走，为了把大象、长颈鹿等搬走，还专门做了特制的车来拉，大街小巷围了许多人来看，而且还有电视台的人来摄像，热闹了整整一个秋天。

那是我们约会的第四天，我们刚刚在前一天兴奋地去塔里转过，于是我们异常扫兴，甚至等我说西部酒城原先是解放路电影院时，对象也没有一点儿惊奇的表示，似乎没有听见一样。于是，我在对象的提议下去了附近的教堂，幸亏那里有一座教堂。

现在，坐在理发店的椅子上，想象着过去的西部酒城，西部酒城就像有人在演奏的大提琴一样，一直在理发店的任何地方流淌，最后汇聚到我心中。等我集中注意力再次从镜子里看电视中的演出时，发现电视里并没有出现更有趣的情节，依然是一个男人在唱歌，并且一瓶瓶地往嘴里灌啤酒，啤酒从嘴角一直倾泻下去，在耳朵上形成白色的泡沫和流水。有两股水一直从头的后部倾注到地上，看上去只是在往嘴里倒，而一口也没有喝。并没有出现"能把人笑死"的场面，老板娘也靠在柜台上耐心地期盼着。

下一个节目，依然看不出怎样搞笑，一个长发男人走上前来，他说他就是崔健：

各位朋友，用你们的慧眼仔细瞧瞧，我是不是真正的崔健，这两年没好好减肥，肚子大了些，脸大了些，你们看看我的眼睛，这下认出来了吧？

长发男人瞪大双眼，特写中看到一双张飞般的环状豹眼，这豹眼的眼珠突然集中起来，变成对眼。

什么？长得不像？像头猪？！于是他又装腔作势地说，信不信我揍你！——如果你答应不还手的话。

观众席响起一阵笑声。

开个玩笑，这位朋友说得对，我就是流行大江南北的歌手豪猪！长得不像不要紧，唱得像才算好汉，江湖人称小崔健的就是在下，下面请听一首《花房姑娘》。

过去我常常听这首曲子，这旋律足以让我激奋不已，西部酒城特有的狂乱的气氛常常干扰我的心情，可是突然，正是这种狂乱击中了我，以至于流入我心中的音乐突然失去了任何声音，伴随着惊悸般的感觉，和耳边茫然的一阵嗡嗡声，就像小小的水流瞬间变作从天而降的瀑布，这大瀑布激荡着冲刷了很乱的梦境一样，使我猛然记起，我不光不停地路过西部酒城，而且竟然进去过一次。

大约五年前，一天下班时（我们晚上九点下班），宋姐不停地拨电话，最后摔下电话，说：你们都别走，姐今天心情不好，陪姐坐一会儿再走！后来，宋姐才突然决定去西部酒城。

当时，我已经到了另一个报社，单位新组建，人员全部是从各地招聘来的，像上个单位一样，不解决户口和档案，也没有任何医疗保险，只需要学历，不过工资总算超过了一千，在一千二三。我惊讶地发现，上一个单位的几十人突然像梦境里的人物一样被抛到了脑后，甚至等我想起那个单位，都像想起一个陈旧的在暗处被遗忘的一个巷子，似乎从来没有过那个单位，尤其是经过跟形形色色新同事的结识，总有一种新气象推远了同过去的距离。大约每天都有一个尚未被认识的人说：记住了，我叫某某，以后多关照。或者在背后打听：那个胖胖的、老背黑包的是谁？于是听到一个经常在报纸上见到的名字，把这个形象同那篇稿子联系在一起，觉得此人也不可轻看。或者都意识到某个可笑的人，长得怪异，行为举止也很不一般，比如在自己的座位上方挂个写得枯瘦的毛笔字，桌子上摆放着一溜儿用蛋壳做的脸谱，没事的时候翻的是一本文字竖排的武术秘籍。于是被起个"白眉大侠"等等的外号。或者半年后又有一两个新人进来，又是一番介绍和客气。

宋姐是在我们文化部已经全部熟悉，都倍感亲切时突然插进来的。这天，我看到一个不修边幅的瘦小妇女坐在我的桌子上，用手指指画画说着什么。我示威似的站在她的背后，她突然转过身来，忽闪着一双大眼，大笑一声：你的桌子？然后很快又抬脚坐在对面的桌子上，以后你们都得叫我姐，宋姐！她用手指横扫了我们几个，牛之瑞、卫强、圆圆、小叶、安仪和我，小叶说：

你多大？

别管多大，叫就是了，哪还能找到我这样的老女人。

于是有一些尴尬，我看到，这个自称宋姐的人也有故作的神态，因为她笑的时候总有一点儿不自然。但很快，她指导我们这些刚刚见识过因特网的人建"邮箱"。

快，谁还要邮箱？

安仪微笑着回头问：你不建一个？

我本来决不肯在这样一个泼妇的指导下建什么邮箱，尽管也有一些好奇，但很反感她的举动。而安仪的提议却让我心中一动，感受到一种格外的温柔，那时，尽管安仪还有一个男朋友，但文化部同事都起哄说应该把过去的对象甩了，找我，他们都开玩笑地撮合我们，于是我不假思索地说：

建，我也建一个，谁不建谁是傻瓜。

等我们都建了邮箱，宋姐下了桌子说：

你们小孩起开，让姐上网取个东西。

于是我们集体看她怎样取东西，她说：有什么好看？又没有情书。

我们赶紧散开，她又说：你们小孩真有意思，跟你们开玩笑呢。看吧，不准走开。然后自得其乐地笑一阵。

她下载了几个文件，然后开始用打印机打印，我好奇地过去看，原来是童话。

我没事干，自己给小孩编的。她夺过我手中的几张纸，我已经深深为如此现代和诡异的童话感到惊奇，要看，你看这个。

那是十几首诗，像是出自某个大师之手。我写的。

我惊呆了，这诗完全超出我的期待，几乎可以跟国内最好的诗媲美。

骗你们小孩子呢，我老公写的，要出版呢，打印几个稿子。

宋姐很快成为文化部欢乐的中心，我们不再觉得她多余，如果她没来，我们都会会意地问：

怎么？宋姐还没来，怪不得气氛这么差。

宋姐有个多年的朋友李小梅，常常来串门，是一个干练的女人，眼睛更大，尽管常常被逗得笑出泪水，一边说：这死女人！但她很少开玩笑，总是问：那啥弄好了没？没有？快点呀，这有什么难的。后来知道她结婚后寡居，生了个男孩放在男孩姥姥家，我们曾经看到这个非常机灵英武的男孩，安仪把他抱在怀里，快速地吻向男孩额头时，我感到一阵嫉妒，尤其是她的胸脯紧紧挨着男孩，男孩有些害羞和满足地靠在她的脖子侧面，于是我说：

来，健健，跟我说说话。

男孩笑着把脸转过去，额头正好放在安仪的下巴上磨蹭，我仔细盯着，但又装着毫不在意的样子，以免被发现嫉妒一个小孩子。

这时候，安仪已经同过去的男朋友分手，我看到这个个子不高的年轻人流着泪闯进我们办公室，在众目睽睽下说：

安仪！安仪！我最后送你一趟总可以吧！

安仪站在办公桌前，异常冷静地说：你回吧，我还要工作呢。

我等你。

我不会跟你回的。安仪绝对没有任何感情色彩的语气让我胆寒，这完全不像平时温柔的声音。

小伙子用异样的目光盯视了我一眼，似乎在确认是不是因为我而甩了他。许多人围在办公室外看，办公室主任说：

小伙子，你先下楼，别影响工作。

于是小伙子双眼通红地下去了，回头狠狠地看了我一眼。

而我并不是小伙子真正的情敌，我和安仪之间总隔着一点儿什么，她不反对别人撮合我们，但也许在期盼某个更好的人出现。我能体会到她的温柔，比如她仔细为我擦桌子（我们的桌位并排放着），反正谁先到，谁就擦，但总是她先到，而我常常恰好在她擦着时进来，她擦得很细心，还要在角落里抖一抖布子，但似乎并没有见抖掉灰尘什么的，如同《皇帝的新衣》里的表演一般。她要把桌面上所有的东西拿起来擦，并顺手收拾得更利索一些。等全部擦完，她再弯腰在地面上抖抖布子，然后看也不看，轻巧地把布子挂在桌子侧面的小钉子上，小钉子是她的发明。

她的桌子上放着闪着釉光的瓷笔筒，稿子整整齐齐放在蓝色文件盒里，她留在稿子上的字显得柔软，字的下部总有许多温柔的小弯。她个子高挑儿，等她穿裙时，有一种典雅的风度。这会让我觉得我们之间的距离更大。我深深了解到，办公室同事之所以撮合我们，主要是我们年龄相符，其余两位男士一个已婚，一个刚刚毕业，而其他的女士都已经结婚或者同居，没有任何人觉得撮合我们而感到嫉恨或者受到伤害。也许因为看出我们之间的悬殊，才有这种故意的撮合：一个没有省城户口、没有任何保障的乡巴佬儿，看不到任何前途，长得也平庸；一个是标准的省城人，漂亮，户口和关系在国有企业。他们也许看出了其中的不可能性，才极力地撮合。但等我觉得她的眼神有鼓励的神情出现时（嗔怪委婉地一瞥、会意地飞来一眼），我就试着扩大战果。我们部门同事总是轮流请客吃中饭，等只剩下我和安仪单独吃饭时，我就在心底暗暗加紧了攻势，可正因为心里有压力，一路上竟然很难找到一句话来说。

于是我们在餐厅坐下，各自回头看看周围，似乎还像往日那样要招呼同部的同事过来。我不由自主地叹口气，安仪问：

为什么叹气？

看来是有了心事。我笑了笑，自己觉得笑得很假，很厚颜无耻，于是脸红了。

咱们吃什么菜？安仪机灵地跳过尴尬的暗示说，听出她喉咙里故意在控制的嗓音。

你点吧，你点的我都挺爱吃。

再胡说！她像往常一样笑着看我，我为自己油腔滑调的声气很自责，希望制造一个正式的气氛，但总是事与愿违。

于是只听见吃饭的声音，很快，她开始用餐巾纸轻轻擦嘴，我赶紧招呼服务员结账，两个人抢着付钱，我付了账，她说：下次要让我付，不然不和你吃饭了。于是她打开包里的小镜子，涂上若有若无的口红，然后抿抿嘴，我继续吃，等我一放下筷子，她就说：

咱们走吧！

终于，在电梯里我找到正式的感觉，说：咱们到吸烟室的沙发上坐坐。

安仪诧异地看了我一眼，脸淡淡红了一遍，手捂着嘴笑着说：

办公室就咱们俩，想说啥不能说？似乎这是一个很滑稽的提议。

于是坐在了办公室，我再也没有找到一种很正式的语气说任何话，我猜想她并没有接受我，她只是在审慎地观望。

就在几个月之后的一天，宋姐说：你们都别走，姐今天心情不好，陪姐坐一会儿再走！

当时办公室只剩下来看宋姐的李小梅，还有安仪和我，加上宋姐共四个人。其余的同事都提前回家了。

咋？李小梅说。

心烦。宋姐说。

心烦个狗屁，你还会心烦？

宋姐笑着，眼里突然湿润起来：老公吃里爬外能不心烦？

没那么严重吧？

我又不是傻瓜，今晚他又不回家了。

于是我们都劝说她不要胡思乱想，也许是真的有事。

我倒希望他出车祸了，这样我还好受些。可我这没出息的，又真的不希望他出任何事，反正我能看出来，他外面有人了。

哪有那样的事？安仪说。

你小姑娘家懂个屁！男人没一个好东西。然后又笑哈哈看我一眼，眨眼道：不过小李不是。

哪儿跟哪儿呀！安仪说。

安仪也不能走，陪姐坐一会儿。看到安仪在收拾东西，宋姐说。

有俩人陪着你呢。

宋姐给我使个眼色，要我拦住安仪，在所有同事里，她最起劲儿地撮合我们，而且是最希望我们能成为一对的人。一次，她拿着几张游泳券要安仪陪她和孩子去游泳，安仪答应了，临走，她向我使眼色，说，你也去吧，还多一张票。

安仪并没有反对。等宋姐同孩子在浅水区玩水时,我和安仪站在深水区,我第一次几乎裸体地面对一个姑娘,我看着她游了片刻,她笑着说:你傻站着看什么?游泳呀!

我不会。

看着安仪只露出头轻巧地游过来,我浑身起了鸡皮疙瘩。

来,我教你。她站到我面前,异常温柔和平静,像教练一样说:

先学会在水面放平身子。她用细长的手掌老练地做了个手势。

等我自以为放平了身体时,身体很快往下沉,我感觉到一只手轻扶在肚皮上。

放松!腿,腿要伸直。

每一次,我都自以为已经完全放松,但总无法将腿和身体保持在一个平面上。

你看看我。

她向前轻轻一纵身,身体平展地浮在水面上,她身材匀称,肤色很白,深蓝色泳衣紧紧包裹出一个曲线,这身体不沉也不移动,像飘落在水面的树叶一样。

看到了没?要展,只要完全放松,就不会沉。

一下午时间,我都无法在她面前完全放松,身体总是在想象中平展了,而事实上总像虾米一样紧绷着有个顽固的弯度,不停地下沉让我丧失了信心。

这样吧,她说,我扶住你,你试着找感觉。

我再次匍匐在水面上,暗自努力保持平衡,她伸出整个胳膊,在水下几乎将我的腰揽在怀里。

别撅屁股!

嘻嘻!她笑着说:你怎么老爱撅屁股呀!

等我意识到自己笨拙的姿势无法胜任这种不需要任何力的消遣时,我沮丧地说:

算了，农民总是撅起屁股干活儿，我改不掉了。

什么？安仪将手放在嘴唇上问。

没什么，还是看美女游泳吧。我尴尬地说。

去吧，宋姐从来没有求过人。那天我劝安仪说，要晚了我送你。

安仪微笑着独自思索，我看出她犹豫开了，就说：我嘴笨，不知道说点儿啥，梅姐只会骂宋姐，还是你说的话宋姐爱听。

安仪笑了，说：

别耍嘴皮子。

于是看见她拿起话筒，说：我怎么向家人说。

加班呗，还不由你说。李小梅说。

别教坏这小孩子了。宋姐看我一眼说。

于是安仪打了电话。

我们分析了宋姐老公不回家的种种原因，结果都不能自圆其说，宋姐情绪越来越不好，最后说：

不说他了，今晚咱也潇洒一回。

怎么潇洒？李小梅有点儿诧异地笑着说。

去西部酒城！我这里还有几张演艺票呢。宋姐常跑休闲娱乐场所的采访，所以总有各种各样的赠票。

不会吧！安仪难以置信地笑着，捂嘴看看我。我第一次听到如此大胆的计划，也觉得是虚张声势。

去，怕它甚？！宋姐说，咱们也散散心。

我们都没有去过西部酒城，在我们眼里那是一个异常奢华和堕落的地方，总是如同夜总会一样的感觉。但宋姐的意志似乎很坚决。于是我们才觉得这是真的要去。

西部酒城在哪里？安仪茫然地说。

我知道。我莫名其妙地变得很兴奋。

没人知道我是如此熟悉西部酒城，包括它的来历、它前面西部牛仔骑马的姿势和那顶卷檐帽子。

老板娘第一次发出咯咯的笑声，我迅速从过去切换到现在，发现电视屏幕里的节目已经换成荒诞群戏，唐僧正拨一个巨大的手机，呼叫孙悟空（也拿着一个纸糊的大手机），要孙悟空拿钱来，因为没有钱，女儿国国王把唐僧赶出了门。

孙悟空，快给我拿来二百美元。

唐僧说完自言自语嘀咕道：记得以前打炮不要钱的。

师父，口袋里除了一块去年的干粮，什么都没有！一个装扮成孙悟空的年轻人坐在舞台边缘，假装看了看袋子说，同时面向舞台张望，似乎在看师父到底在哪里。

什么？快给师父化缘去，师父马上就要取上真经啦！唐僧探头探脑望向女儿国的美女。

师父，你一定要把真经传给我。

什么？你也要……这真经需要钱啊。你懂不懂，废话少说，二百美元来见。

……

老板一边给我理发，嘴角一边隐隐露出笑意，偶尔赞赏地看一眼屏幕，似乎在用动作说明，这正是他自称"能把人笑死"的节目。这让我很失望。

老板总是一遍一遍地剪短我的头发，我记得原先棒小伙理发店的老板总是只剪一遍，一边剪一边看，就像在打磨一件工艺品，最后，再在头上这里那里蜻蜓点水似的飞舞几刀完事。而名人理发店的理发师剪得飞快，剪刀离开头发之后，还要示威似的在头顶咔嚓咔嚓空剪两刀，让人听到剪刀令人畏惧的磨牙声。那里的师傅运剪从来不加思考，从把布子系到脖子上开始，不到十分钟便结束了。我突然想到：从第一次到棒小伙理发到现在，已经过去十年了。

这十年里，发生了太多的事情，宋姐离婚了，两年之后又改嫁了。而李小梅在去西部酒城之后不到两年车祸身亡，安仪也嫁了人，宋姐为我介绍了同乡女子吴惠，不久之后，我和吴惠结了婚。

如果你不离开文化部，李小梅也不会死。她还不是你走了她才调来的吗？咱们都是图省事，在省城跑跑就算了，哪次离开过省城。她闲不住，总给自己找事，非要去什么灵云山采访……有一次宋姐说。

他们应该都知道我为什么突然离开了文化部，那天，我终于鼓起勇气向安仪表白了心思，但安仪说，她父母就在当天中午安排了一个约会，她已经答应和这个公务员谈恋爱了。我在极度震惊和羞愧中坐在办公室，思维像被漂白一样，曾经的梦幻和激动完全成了一种戏弄，此后文化部的人再也没有同安仪吃过中饭，因为总是一个戴眼镜的黑瘦年轻人来门口接她出去吃饭。听了一些天死亡金属、《山河水》、$You\ are\ in\ the\ air$ 之后，我选择了离开文化部。

怎么样？我在过道见到宋姐问。

我快崩溃了。那是在宋姐离婚前夕，宋姐笑着说，我正在把受苦当饭吃呢。

很快遇到李小梅的事故，宋姐反而坚毅起来，她前前后后组织了丧礼，包括单位职工的捐款，当时的倡议书就是通过宋姐建的邮箱发给了我。

李小梅出事那两天，各种关于车祸细节的议论像风一样刮来刮去，那些不认识她的同楼其他单位人员也来打听到底谁是李小梅，长得什么样子。平时肯定见过的，哦——就是那个大眼睛、有些日子老带个男孩的吧。他们探讨车祸到底坐在什么位置最安全，最后总是认为除了司机的座位，哪个都不安全：遇到危险，司机的本能会让司机脱险的。一些女同事在感叹：活着真没有任何意义，说死就死了，没有任何道理。然后集体陷入沉默片刻。有人低声悄悄说：认尸的人吓得好久不敢进去看，听说头部都被撞裂了。各种各样的议论和传言让我觉得死亡就是一个羞辱，死亡不是结束，几乎才是羞辱的开始。这让我心悸。

火葬场在郊外的山上,我们二三十人的队伍稀稀拉拉穿过一块荒草地,我平生第一次来这里,都有些惊奇地看着立在眼前、几乎耸入云端的四角方鼎,从远处焚烧炉里冒出淡淡的青烟,轻盈地飞升到了天空,看上去就像方鼎里有香火在冒烟一般。站在这里,就能听见远处低低的打击乐器发出的哀乐,和集体的号哭声。我们向前走,一些散乱的穿白衣白裤的送葬人员神情木然地往回走,或者站在、坐在空旷的院子边缘,抱着遗照的小孩或者双眼红肿的年轻人夹杂在其中。李小梅的孩子尚不知道母亲已经去世,被亲戚小心看管在老家。抱遗像的是李小梅的姐姐,她一踏上火葬场前的草地,就大声哭起来,最后甚至哆嗦着无法走路,被两个同事架着往前走。我们都穿着黑色或者暗色的服装,如果不注意辨识,很难找到某个人。无意中,我感觉到站在我前面的就是安仪,我熟悉她走路那种文雅、有些中规中矩的步态,一个同事凑近安仪问:

听说你怀孕了不是,怎么还来?这个同事是文化部的小叶。

来送送梅姐吧。

别太难过,会伤着孩子。

……

宋姐走在最前头,苍白的小脸上一双红肿流泪的大眼,她带着哭腔招呼李小梅的父母,不时对李小梅的姐姐说:

姐——,姐——

几个例行公事的乐队奏响哀乐,在无限扩展的伤感穿过皮肤牢牢控制我之后,我突然发现,自己仍不能相信李小梅已经不在人世这个事实,甚至无法理解离开人世意味着什么,如果她再也无法出现在生活中,那她会在哪里?她也许总会在某个地方,不然她过分逼真的音容笑貌意味着什么?过去每一天每一刻的思虑、行动、语言,以及一个活生生、无限丰富的身体姿态去了哪里?无法想象它们只是被冷漠地丢弃到了时间当中。在火炉前最后送别遗体时,李小梅的姐姐哭得躺倒在地,谁也无法把她扶起来。火炉里的火映红了方形的炉子口,难以想象肉体马上就要变成一小罐灰出来，我紧盯着炉子口，似乎为了以此抵抗心中的恐惧。棺材伴随着李小梅姐姐的一声尖叫，嘭一声送进去之后，炉门关上了，很快从炉门里冒出浓烟，这浓烟让我惊讶地瞪大了双眼。

一个阴阳怪调的中年男人主持了拜祭，然后是烧纸，宋姐跪在一个供烧纸的口子边，大声哭着，往里面扔纸钱：

小梅，这是你的钱和衣服，你好好在那里，你别省，有我给你烧纸呢……

我举着一个只剩一条腿的大花圈，花圈太大太沉，细长的腿马上就要被风吹折，我赶紧将它放下，拉着走，放到已经很大的火堆里。

最后，我们来到一片墓碑的墓园里，一些同事开始活跃起来，偶尔会像往日一样开个玩笑，并且议论墓园三六九等的区别，而我们正在去的地方，是其中最普通和最便宜的。所有的墓碑都是半米多高，下面一个很小的长方形石头穴，可以用石板严严盖住。所有的墓碑上，或者双排竖写着两个人名，或者写了一个，空着一个。等我看到一个写在正中央、大大几个字的"李小梅之墓"时，才想到她已经离异，在另一个世界里，她只有一个人。

一边从镜子里观看似乎已经白热化的电视里的演出，一边揪心地想起许多往事，这些往事果真像"R.E.M."乐队所唱的那样"You are in the air（你在空中）"了。等我意识到马上有眼圈湿润的危险后，立刻试图使自己高兴起来，我开始仔细看电视里的演出。

电视里再次出现狂热的观众用瓶子击打桌子、大声呼叫的特写，这很容易让我想起那天去西部酒城的往事，不过，迟疑了片刻之后，我才决定仔细回忆那晚发生的事情。

在老板一遍一遍理短头发时，我一遍一遍修复和补充那晚发生的细节，并为最后完全形成一个近乎完整的经过而欣喜和伤感。

那应该是春天，因为我记得她们穿得都不多，李小梅已经换下常穿在身上的灰呢子外套，只穿了件单薄的短夹克，衬衣的白色大翻领映着她的脸。安仪穿着紫色裙子，露出肉色的薄丝袜，在单位楼下的夜色里，借着明亮的月光，我仔细从侧面看安仪的小脸，她的头发被束在脑后，一缕刘海儿格外温柔地弯在额边。

看什么看？安仪回头笑着说。

不会吧？才偷看一眼就被发现了。

看得都呆了吧！宋姐听见后转身取笑我，以后娶回家仔细看去，晚上点上蜡烛看。

李小梅咧嘴笑着，用利索的眼神上下扫了我的脸几遍，似乎想说话，但没吭气。

我们这样说着，似乎都忘了为什么去西部酒城，都有一些格外的振奋，我们都没有去过西部酒城。想象中，西部酒城那种未知的、放纵的情调，似乎在激起心中一种潜在的邪恶的快感。但每次只要一把目光停留在安仪端庄的脸上，这种感觉就会被那种格外的端庄和温柔所消解。

我一直无法评估我在安仪心中的分量，此刻，月色把更为妩媚的东西投射到她的脸上，加上她走路的那种端庄和摇曳，使我几乎羞愧于评估这种分量。

我们坐着出租车，很快在西部酒城跟前下车，西部酒城在夜色中显得灿烂辉煌，月光下，木头表面全部是那种浅白色，闪着釉光，像人的皮肤一样。沉闷的节奏声和音箱的嗡嗡声从酒城深处传出，淡蓝和玫瑰色的光束从仿百叶窗里照出来，不停变幻着色彩。让人觉得西部酒城是一个庞大的有生命的躯体。由于自身没有光，骑马的西部牛仔有些阴沉地站在半空中，在夜晚显得更高大，更有西部风情。正好有玫瑰色的光照在那顶帽子上，显出格外神秘和滑稽的感觉。

一想到不是路过，而是要进西部酒城，我就激动万分。远处，教堂的尖顶在淡淡的月光中，如同沐浴在丝缕般的梦中。两排路灯照出淡黄色的一块块路面，香烟店、百货店、药房等大大小小各种商店都还没有关门，或者即将关门，偶尔听到某个店拉闸门的哗啦声。开着的店门向路上投射出白色和黄色的光，照出空中被车辆激荡起的粉尘。不断来往的车辆的声音和鸣笛声，向人们宣示一天最后的繁华。

西部酒城前面有一个较大的小广场，以前我买书经过时，常常站在那里听街边的卡拉OK。而现在上面空无一物，全部铺了方块地砖，只有一个小报摊摆在靠街的东北角，用一根竹竿挂一盏脏电灯。我们走在这地砖上，三个女士同时发出咯咯的鞋后跟的敲击声，这格外响亮的敲击声引起了宋姐的注意，她回过头抿嘴一笑：

你还穿高跟鞋了？

李小梅说：为啥我就不能穿高跟鞋？

从来没见你穿过呀。

李小梅哈哈笑着说：这你就不知道了。

顿了顿，宋姐说：我知道了，怪不得呢，说，你家桌子上的烟蒂是怎么回事？

这死女子！看我不掐死你！

我和安仪正莫名其妙，打算问个清楚，但安仪突然猜到什么，红了脸没问。

我一直担心他们不承认赠票或者赠票已经过期，但我们很顺利走进了酒城的演艺大厅，螺旋状三大层座位围绕着前端的演艺台，座位几乎都是满的，充满啤酒味和汗臭的污浊空气升腾着热气，一个主持人正汗流满面地逗笑，声音通过话筒的扩音嗡嗡地充满了整个空间，他一边说着笑话，一边大声索要掌声和击打声。来，击打声！呐喊声！……这时，光线突然暗了下来，我们挤在一个角落里，几乎看不见任何东西。

怎么样？够火爆的吧！宋姐大声嘲讽道。

够黑的。李小梅说。

啥？安仪都没有听见。

咱们还是分开坐吧，不然找不下四个在一起的座位。

灯又亮了，我们赶紧找座位坐下，我和安仪被宋姐推到前面的座位上，坐下后，我寻找她们的身影，发现她们远远坐在后面，并且隔着一个柱子，如果不是听到宋姐的一声孤零零的戏弄般的呐喊，并看到李小梅的笑得向后仰倒时夹克袖筒里闪烁的白衬衣袖口，根本无法知道她们到底在哪里。我突然意识到宋姐的用心良苦，脸红了一阵。并再次想起游泳池里那种尴尬。

我侧过头看安仪，现在我们每个人手中都有小啤酒瓶，坐下时，安仪仔细地把屁股后面的裙子弄展，放好，没有朝我看一眼，但她知道我一直在看她，只是在坐好后，她才回头一笑，我们碰杯喝酒时，我仔细捕捉她眼睛里闪烁的笑意。

在电影里，常常见到男女主人公碰杯的镜头，那种优雅似乎是我学习的典范，有那么一瞬，我也自以为有了那种恋爱的氛围，尽管我一旦意识到这只是一种模仿，就立刻会动作僵硬起来。有一次我们各自深深喝了一口，安仪有些呛，弯下腰，眼神忙乱地活泼着，朝我非常甜美地一笑，我立刻忘乎所以，更温柔望过去，似乎希望这样努力的一望，永远将她的容貌吸附到我的眼前，喝了酒，她的脸色红润起来。

咱们太放肆了吧？

我没听见，安仪又说了一遍：咱们也有点儿太过了吧？

然后回头寻找宋姐她们。

你找不到的。

什么？

我说你找不到她们。

为啥？安仪惊奇地说。

你答应一件事情我就告你。

安仪听到话外有话，眼里闪着光笑了一下，没有搭茬儿。

之后很长时间，她一直盯着演艺台。

不管是主持人讲话，还是有人唱歌，还是没有任何人出现的间隙，观众都有节奏地敲击着木头桌子，有时声音整齐，有时差半拍，但很快就会找到统一的节奏。桌子右上方都有一个小坑，专门供击打。安仪熟练地拿起啤酒瓶子，轻轻敲击着桌子。

我突然觉得无法应对这个晚上，不知道怎样度过这一个半小时，如果仅仅是这样坐着，对我来说似乎没有任何意义。老天为什么会突然决定宋姐的老公不回家？为什么安仪今天没有早走，而且决定来看演出？为什么正好没有四人的座位，使自己和安仪坐在了一起？为什么是在距离教堂不远的地方？刚才教堂又给人一种如此圣洁和神秘的感觉。为什么是在西部酒城，好几年里，我经常来到这附近，难道它注定要为我扮演一个角色吗？

我一直没有拿起啤酒瓶子，觉得自己拿起它敲击起来肯定很傻。我觉得自己很僵硬，不管是坐着的姿势还是放胳膊的姿势，如同在游泳池里那样，无法将自己完全放松。而安仪这个城市姑娘，似乎已经是城市的一部分，对于城市里的所有事物，她都没有任何困难和障碍。我仔细端详她，发现她虽然在敲着，可是动作真的算不上一种故意的行为，似乎是天然的，同整个西部酒城是连在一起的，而只有我才是一个例外。

有时，我开始想：我是不是应该开诚布公地向她表达爱意，恰好在这样特殊的天赐的单独机会里。可是，这个想法再三涌出来以后，一个反向的思考开始质问我：

你是不是真的爱她？

我竟然从来没有想过这个问题，只是每天上班前，隐隐带着一种对她的期待；每天晚上回家，常常品尝白天与安仪之间的交谈，还有她温柔的眼神。如果她正好没有在，就有些慌乱地想她去了哪里，是不是今天不会来了。

同曾经喜欢的另一个姑娘相比，她似乎缺一些精灵鬼怪的劲头。这让我有些遗憾，而且她似乎并没有多少艺术方面的知识。不过，她现在就在我身边娇美地坐着，提供了整个夜晚的温柔感觉，我无法想象，如果我同她一起生活一辈子，这样幸福地坐着（或许会抱着），对，或许是抱着。可我竟然从来没有在她身上体会过欲望的感觉，难道她同那些风骚型的女人完全不同吗？或者真正的爱情总是那种柏拉图式的精神恋爱？

突然间，这样的胡思乱想解放了我的神经，使我不再将自己和安仪的距离想象得过于遥远，可是每等我再次看到安仪的侧影，近乎完美的额头、面颊和优雅的下巴，仍然会将安仪推到遥远的距离上，并不断为自己污秽的想法而深深自责。

演艺台上走上来一个光头青年，带着浓郁的东北腔，他一边做着激烈的手势，一边鼓动观众呼喊：

嗨！嗨！

安仪扭过头往后面看，惊喜地说：

我好像听到宋姐叫了。

什么？

安仪由于突然听到宋姐嘲弄般的尖叫，十分惊讶和开心，于是兴冲冲地几乎挨着我的脸颊说：

我听到宋姐在喊了，嘻嘻，真疯了！

她带来一阵淡雅的香味，类似栀子花的味道，温暖的口气轻轻触在我的脸上，我们的胳膊紧挨着，隔着衣服能感觉到里面有温度、有弹性的柔软肌肉，一种肉欲般迷醉的气氛突然这样袭击了我，瞬间，我觉得演艺台变成了芳香的花蕊，而整个演艺厅成为一朵颤巍巍的夜来香大花瓣。直到光头唱起崔健的《一无所有》，我才突然从梦中惊醒。

你却总是笑——我，一无所有——

这歌声让我羞愧地感受到自己同安仪之间无限的距离，我不由自主地想起，某个星期天，我找个借口打了她家的电话，她的母亲警惕地问：

你是谁？有事吗？

安仪的同事，小李。

李民吧！声音冷冷而果断的中年妇女说，你等会儿。

那时起，我就再也没有尝试打电话，害怕这个冷漠的声音。我常常想，她母亲知道我的名字，说明她提到过我，而她的母亲，似乎非常害怕自己的女儿被一个来自偏僻小村的穷小子拐走。

你怎么了？安仪问。

又有了心事。我笑了笑，自我解嘲地露出一脸坏笑。

好好看你的吧！安仪说。

怎么样？自称狗蛋的东北艺人向观众喊道，还要不要再来一首崔健的歌？

于是又唱了《花房姑娘》《快让我在雪地上撒点野》，还有《飞了》。

接下来演出的是一个群体节目，有些淫秽的搞笑剧，安仪开始不停地回头：

回吧，我明天中午还有事呢！

中午？我有些惊慌地问，中午不一起吃饭了吗？

我不断地在心中掂量不能同安仪一起吃饭的损失，安仪几乎从来没有缺过吃中饭，难以想象没有她会是怎样的情景。

安仪看看我，这次没有笑，说：不了。

我们从西部酒城出来，宋姐打趣说：

我们可看不见你们啊，你们千万别害臊。

我们是来开导你的，你倒好，比谁都高兴。安仪说。

管他呢，姐现在是乐着呢。

一会儿一个人在被窝里哭去吧。李小梅说。

宋姐做了个哭鼻子的动作，然后甩了甩手，很快又做了个拧毛巾的动作，说：看，眼泪都一脸盆了。

要不你去梅姐家睡吧，反正没人。我建议说。

你真聪明。宋姐说，我把安仪奖给你了。然后宋姐又说，我才不去她家呢，说不准今晚小梅还约了人呢。

你这嘴！看我不把你的嘴撕烂。李小梅笑着说。

安仪家在西面，不在一路，于是我们挥手告别，由我送安仪回家。十点多，街道上已经冷清了许多，几乎所有店铺都关了门，连教堂以北的路灯也灭了，除了停靠在门口的出租车外，街上的车辆也变得很少，偶尔有人慢悠悠走过去，发出轻微的鞋子擦地的声音。

我和安仪一起在后座，安仪说：

宋姐也真是，图了个啥？……不知道是真高兴还是假高兴。

她叫得那么怪异，很不正常。我说。

想起宋姐的叫声，安仪又咯一声笑了。

为了打破沉默，把刚才的幻觉保持下去，我绞尽脑汁想说句什么话，一直没有如愿，终于，在出租车冲进一片黑暗的没有路灯的区域时，我说：

那本《商市街》，你有没有看？

啊呀，对不起，拿了都半年了。基本上都看了，挺好。

半年前，她说想借本适合她看的短小散文的书，我推荐了这本。

书里面那个男的就是萧军，萧红后来的丈夫。

后来又离了，萧红凄惨地死在香港，这些后话很不吉利，我没有说。

挺有意思，很俏皮，我赶紧看完给你拿来。

不用了，我送给你。我心血来潮地说。

不用。安仪说，那成什么事了，借着借着就成了自己的了。

没事的，明天我借给你她最好的书，《呼兰河传》。我一边说着，一边琢磨会有好一段家里没有这本书了。那一刻，我只希望把最好的都给她，只要她也认为好。

我这，看书有一搭没一搭的。她说，不过，在文化部，真需要看些书了。你们——宋姐、牛之瑞、卫强、圆圆、小叶，还有你，都是读书人，

171

就我不是。

明天整天都不来，还是光中午有事？我问。我不喜欢她说读书人和非读书人的区别。

就中午。

真不一起吃中饭了？

对。

我心中突然万分失落，只好想着她至少明天一上午都在我身边。

出租车最后按照安仪的指示停下来，我在一侧看到亮灯的门房后面高高的几排住宅楼。我家就在第二排。一下车，安仪就指着说。

我送一下就回来。我跟司机说。

不用你送，我这已经到家了。

你快点！司机不耐烦地说。

真的不用了。安仪推辞道。

我执意要跟着她送，进了门房，我们并排走在小区的路上，就像一对情侣，我刻意制造这样的感觉，等走到她那个单元时，她推我，让我回去，我也害怕看到她有些冷漠的母亲突然出现在某个地方，就站在那里，没有前进，一直到她进了单元楼。突然后悔没有问她在几层。于是盯着楼上的房间，看哪个房间会亮灯。这时，三层一个房间恰好亮了灯，我连忙盯着看，指望能看到她的身影，或者她会走到阳台向她挥手。但那个粉色的窗帘里没有任何动静，也没有任何影子落在上面。

如果她看到我，并向我挥手，我得到上天的启示一样心中暗想：我一定在明天说我爱她，一定破釜沉舟这样干，不再有任何顾虑。

直到听到几声尖利的出租车催我的声音，亮灯的窗户里依然没有任何动静，我沮丧地看着三层粉色的窗帘，突然，灯灭了。我顿时心灰意冷，有点儿万念俱灰的感觉。

这时，突然听到四楼阳台的门打开的声音，看到一个穿白色睡裙的姑娘走在黑乎乎一片花盆前，是安仪！她似乎听到出租车的声音才走了出来，她看到了我，并笑着向我挥手。

我一定，一定会在明天当面向她告白。我欣喜地想。

我没有走另一条街去铜业公司的后门，那里直接可以进入我租住的宿舍楼，而是选择了走前门。这是为了可以省钱，同时利用那条厂内大路单独散散步，消化刚才不断汹涌澎湃的感情波澜。铜业公司早已经倒闭，不再生产任何东西，早年为了防止有人偷东西，前门和后门都专门安置了一个有金属探测器的门房，几个老头轮流值班。现在是为了防止偷生产器材，门房依然有人二十四小时值班。

整个铜业公司内部是一大片罕见的黑暗区域，有时我一个人在晚上走在里面，难免都有些害怕。不过今天因为心里万分陶醉，刻意选择了这条路。进了门房，左拐便走出了门房灯光微弱的投射范围，进入一片漆黑之中，凭着感觉，再向右拐，那里有一条贯通东西的大路，虽然此刻什么都看不见，但凭借想象，也能感觉到两边宽大得过分的生产厂房，白天能看到里面错综盘踞着大得惊人的机械，机械的一条腿，有时就有巨大烟囱的根部那么粗。机械全部生着红锈，白天，有时也能看到戴帽子的工人在其中走来走去，但决不是生产，而是在寻找，或者抬头估摸着什么。

而我的头顶，由于月亮被云遮挡，现在也是全然一片黑暗，路两边长有几十年的老槐树，高大密密的树枝已经在空中连在一起，更是把光亮遮挡得严严实实。不过，我现在喜欢这样的严密的氛围，正是叶子在发芽的季节，空气中有甜甜的湿润的味道，路边的一些草已经长出来，黑暗中也能闻到它们的特别的味儿。

我在心中比对着各种有利的信息：安仪接受了我制作的小陶器，上面刻着"献给上帝和安仪"，那是文化部几个人在陶吧玩时，我在同事的鼓动下格外用心制作的；每次外出活动遇到下雨的时候，我总是有意无意同她合用一把伞；每次有单位的聚会，她总是坐在有我的桌子上……而不利的信息也很多：她从来没有许诺过什么；还有她的父母……

等我出了后门的门房，眼前的光亮似乎突然将我带到了现实地带，听着自己的脚步声,《一无所有》的旋律骤然在心中轰响,心中再次遇到前所未有的退缩和迟疑。

已经能看到宿舍楼,小路边有一个老年夫妇开的百货小铺,只有四五平方米大,中间还有一棵巨大的槐树伸展出来,现在那里黑着灯。接着这个铺子,是一个更小的裁缝铺,一对年轻夫妇在里面,那里几乎只能站着,但晚上有时他们就睡在柜台上,现在,灯光从遮挡木板的缝隙里挤出来,听见他们依然嘻嘻哈哈的笑声。白天,每次经过那里,我都能看到一个高个子姑娘站着,看过往路人,她长得异常漂亮,而那个瘦小的男人总是坐着,我常常想,她为什么要找这样一个丑陋、没有钱的男人?但现在,她却给我以勇气,我想,这也许是老天对我的一种暗示吧。

我租住的房间在顶层,合租的中年律师还没有睡,他的房门铁把手上系着红绳,自从他得了痔疮动手术后,红绳就系在那里了。他是一个爱唠叨的男人,戴副眼镜,每天晚上看电视到十点,就准时睡觉。等他不戴眼镜时,他就变成了另一副样子,几乎认不出他来,像一个迟疑的老太太。

这两居室我们各占一室,卫生间和厨房公用。我打开灯,心中有些异样地坐在那个脏红丝绒面的椅子上,水泥地已经变了颜色,像发着油光的旧铁制成。旧货市场买的小木桌子上摆着几本落了灰尘的书,磁带散落在录音机跟前,有一个磁带被绞带,从磁带侧面掉出深棕色的一团。台灯夹在桌子边缘,深深弯向一侧的床,床紧靠着窗户,抵在暖气片上,蓝白条纹的窗帘靠铁丝固定在屋顶的暖气管道上,白天黑夜都拉着,只有星期天才被打开。这些熟悉得有些惧怕的景象同心中的感觉分外不协调,于是有些沮丧地躺在床上,眼睛正好瞅见椅子上方龙飞凤舞的毛笔字:独是子夜荧荧,灯昏欲蕊;萧斋瑟瑟,案冷疑冰。集腋为裘,妄续幽冥之录;浮白载笔,仅成孤愤之书……这幅字不禁让我产生羞愧和滑稽的感觉。

很久以来,我都忘了原先的志向,我有些羞愧地翻起放在床头的书,是一本三岛由纪夫的《金阁寺》,还有一直没来得及看完的《马丁·伊登》。

我吃惊地坐起来，盯着看对面一个小木柜里满满的书脊，所有的书曾经都满载着我的雄心，此刻我慢慢地放下关于雄心的想法，尽量使自己充满浪漫的想象。

她也许会支持我的事业。我这样想。

可是许多人终生没有娶老婆，他们仅仅为了艺术事业而孤注一掷，比如福楼拜、卡夫卡……

我躺下来，由于一直没有打开窗帘，床单有些湿冷，我干脆盖上被子，依然无法平息心中的波动，于是，我打开录音机，挑选了《圣母颂》，在交错盘旋的声音中，一刹那间，我的曾经穿着褴褛衣服的父母、我的兄弟、村庄、沟壑里我家小小的土屋，我踯躅在解放路上的某个黄昏，等等所有的景象突然滑过我眼前，使我震惊，等最后出现那个放满花盆的阳台、安仪不断微笑着向我挥手的情景时，我顿时觉得这挥手凭借月光下的教堂那奇瑰的一刻，向我显现了奇迹，此刻，《圣母颂》的旋律像越来越神秘的花朵盛开在我心中，使我的心不断战栗，我的眼泪流了出来，我喃喃地说：

不管怎样，明天，我一定向她说我爱她……

叔叔的河岸

叔叔将自己半埋在土中，一向猥琐内凹的茄子脸绽放出奇特的微笑，那双常常猛抽我后脖子、青筋迸出的大手乖巧地摊放在地上，这一切都令我心中暗喜过一阵，但我发现事情并没有那么简单。因为这一变故极大震荡了奶奶的风烛残年，也将整个家族摇撼得鸡犬不宁。神婆大妈再度活跃起来，很长时间，我们的日子都被包着黄纸的檀香熏染，被神龛前的油灯烘烤着，大妈在我们周围走来走去，她的那双巨大的牛眼像神仙本人嘲弄的探照灯一样，在我们家族的黑暗山丘中开掘出一条崎岖小道。

谁也想象不到，叔叔丑陋的三角眼竟会这么舒展地微笑，眼角圈起一个婴儿般天真无邪的弧度，像牛舌一样外翘的下巴，显现出笨拙和永恒的善良。而往日他突然打我后脑勺儿时就布满了怪异的冷酷。以前，他一见到村民，就可耻地低眉顺眼，点头哈腰。他卷起纸烟聊天时，后隆的背部，前屈的膝盖，使他看上去像一根畸形的棍子，他的一条腿习惯性地颤动，使得整个身体滑稽地微微摇晃，献媚的笑声顺着结巴的言语坑道丢脸地匍匐在空中，使他成为打趣和嘲讽的对象。鸡巴，一个老好人。他们在他的背后说他。在三婶跟前他总是低声附和，露出他的三颗因为抽烟变黄的牙齿，三婶激烈的数落声中，他像纹丝不动滚在长蔓中的冬瓜一样闷声不响，三婶对此的评语是：三棍子打不出一个屁来。唯独在我跟前，他显示了自己的独特的严厉，他出其不意的手掌和威严无比的训话都令我羞耻和心悸。

让你装聋子！我知道你听见了，让你装聋子！……他要让我给他揉腿，我装没听见，后脑勺儿突然像上了麻药一般被他的手掌击打，我在他呼呼有风的凶猛拍打下至少点了十几次豆子，因为打我，他激动得浑身都颤抖起来了。

你要把你三叔当作你另一个爸爸，你爸爸常年不能起床干重活儿，是谁给咱犁地耙地？还不是你大伯和三叔？！下次你不听三叔的话，别说三叔打你，回来我还要收拾你！这是我委屈地哭着回到家时，父亲躺在光线昏暗的炕上，用他一贯掷地有声的话训导了一番。母亲沁着眼泪听父亲教训她六岁的儿子。

是什么促使三叔将自己半埋在土中，这是一个谜。那天上午我们在村民的簇拥下来到河堤，一上河堤，一眼就看到了树桩一样竖在土中、变得一脸佛像的叔叔，他微笑的眼睛似乎凝固了，居然一下都不再眨巴。眼睛里释放的笑意纯洁而光亮，就像被清水洗过一样，被太阳晒得焦黑的窄窄脸面荡漾在微笑的波纹里，奇崛的下巴像尖削的浪尖一样掀起骨感的微笑高潮。他身着结婚时穿的蓝色的卡服，佝偻的背似乎也变直了，至少也配上了他令人肃然起敬的笑容。由于土埋住了腰，衣服拖到地上，他的胳膊显得太长，只好把前臂折回，将双手摊放在地上，似乎正在向谁缴械投降。叔叔一定有条不紊地干了这一切，他肯定预先刨好了坑，然后选择时机灵巧地跳进去，用那双多筋节的手将土填塞瓷实，把他总有些屈膝的腿埋在土中，以至于等人们发现他的时候，他就像长了多年的树一样，没有任何痕迹地竖在那里。有时候，他做事就能做得这么没有痕迹。

奶奶一看到叔叔脸上的表情，就明白他再也回不到家了，她颠簸着那双小脚，颤悠着她那外撇的罗圈腿，差点儿跪到叔叔的跟前，她顾不得众人的嬉笑和嘲弄，想抓住叔叔的肩膀，但神婆大妈紧张地阻拦住了，说这是神仙在考验叔叔，一些村民大笑起来。叔叔的妻子抱着只有三个月的孩子，不停地用孩子的尿布抹着眼泪，村民都把目光集中到她身上，希望看到她有什么疯狂的举动，但叔叔的妻子突然抱着孩子抽身离去了，她在土堤另一侧的之字小路上飞快地奔下去，几乎滑倒在上面。

河堤上随意生长着一团一团不成器的桑葚树，有紫桑葚，也有白桑葚。还有修长的小白杨夹杂其间，太阳射在杨树微微摇曳的粉白叶背上，闪烁着神秘的银光。村子正中央，伸出一条刚刚能容一辆骡车经过的土路，土路穿过田野，在土堤下突然消失了，我们就是从那里来到河堤脚下的，一条斜着的纤细小道显现在长着绿草的土堤上，村里男人们到周围田地来干活儿时，总要从这里走上河堤，坐在河边石头上看着涌动着细细波纹的河面，呼吸着鱼腥味的潮湿气味，悠闲地抽支烟。

叔叔把自己埋在河堤上一棵小白杨树下，那天，我还有意走到他的背后。从后面看去，他显得体积很小，狼狈难看——黑色的头发、晒红的后脖子、蓝色的拖下来的衣服，给人邋遢和懈怠的印象，而他身边的小白杨看上去如同发狠地把自己笔直地投掷到了空中，在空中还舒展着轻盈的枝条和柔媚的叶子；连那些乱蓬蓬的桑葚树，也有接近于圆形的身型，带有边齿的叶子油亮地伸展开，使扭动不安的枝条显出袅娜的姿态；那些紧贴地面的绿草，虽然容易沾上尘土，但它们有坚挺的细秆，叶子从裹得很紧的细秆边张开，像宫廷里的公主穿的勒得很紧的那种衣服，这一切都对比出叔叔的不伦不类，以及人的身体的笨拙和俗气，只有叔叔的眼神看上去像是自然之光。我顺着叔叔的目光往前看，这才发现叔叔微微侧着身子，斜对着河流——从这里看过去，河水似乎从我的侧后方猛然向前流去，像没有源头的滔滔之水，抛弃了两岸，缓慢地震荡出波纹，好像携带着无穷的力量流向看不见的未来，两岸的团团绿色凝然不动，似乎在履行一个天然的阴谋，任由这逃逸的河水流逝，在很远很远的地方，河面有一个幽雅的弯度，照出一片明亮的水光，深浓的垂柳带着睡意困在烟雾中，再往前，几乎是一捧轻雾里，浮现出一个黑色的木桥，木桥上，距离相仿的桩子和连成一线的桥体，还有桥下支撑着的巨大木船，共同形成一个完美的由线条组成的黑色轮廓，产生无穷的吸引力，让人禁不住要深深吸口气。

那天中午吃饭的时候，我的父母、大爸和大妈都来到爷爷奶奶家长方形的砖铺小院里，我们一起围着那张熟悉的低矮红桌子，我姑姑用眼睛瞅着叔叔的妻子，还有她怀里咿呀学语的孩子，而叔叔的妻子只是盯着红桌子上的碗和筷子，没有人提到叔叔，大妈已经在爷爷家的神龛前燃起檀香，缭绕的烟气在开着的黑色木门里轻盈地飘荡出来，模拟着翻滚的云朵，门外钉子上挂着一团没有拧成线的麻丝，云朵会巧妙地委身褐色的麻丝，然后像蒸发的水汽一样从麻丝里摇曳出来。这些麻丝是爷爷、姑姑和奶奶用来做麻绳的原料，是为了帮我的父亲和叔叔做瓦模子，我的父亲因为严重的胃溃疡歇手之后，就由父亲的学徒叔叔来完成，可是自从有了做瓦的机器出现以后，很少再有人来买瓦模子，叔叔更多的时候是在菜地和瓜地里忙活，麻丝这里一团那里一团地纠缠在屋子里的不同角落，挂在门外的麻丝被雨水侵袭得长出了霉点。

吃饭中间，第一个离开饭桌的是叔叔的妻子，她借口孩子哭闹低头走开了，把自己庞大的身躯关在与爷爷的两间老房毗邻的一间小砖房里，一年前，那是她和叔叔的洞房。很快我的父母也离开了，父亲捂着左肋，意味着他的胃又疼开了，他带走了铁青色的、常常趋于暴怒的脸，他认为只有他才是这个家族真正的顶梁柱，如果不是他的胃病的话。接着精瘦的大爸也离开了，他枣核般的小头上，有一双小小的、和善而惊恐的鸟眼，一副小小的鸟嘴般的鼻子，他发黄的头发落着雾状的白灰，他也埋头走出门——他给村边的砖瓦窑打工，要去窑上添火。

叔叔为何会把自己半埋在土中，村民必定认为这隐含了见不得人的原因，我们每个人都深深体会到这一点，这令我们走路的时候都感到沮丧和心虚，只有神婆大妈不以为然地认为这是对叔叔的考验，是神仙幸运地选择了叔叔，所以每次大妈说出她的论点，村民就用嘲笑声来回击，不过，因为大妈是村里唯一的神婆，等大妈说叔叔被考验的期限是一个月，一个月之后叔叔就会再次从土坑里跳出来时，有些村民竟然也半信半疑了。只有我巴望叔叔不再出来，微笑的叔叔比打我的叔叔要令我放心。我担心一个月之后，从土里跳出来的叔叔会更令我惊惧。

院子当中只剩下爷爷、奶奶、大妈、姑姑、大妈的女儿小妮和我，神婆大妈说：我再找找这些神仙。她每次跟神仙的沟通，都要避开我的父亲，我暴怒的父亲曾经把神龛从我家墙上撕碎扔到地上，把痴迷于神鬼的母亲拖曳到了地里，在田地里，比鬼更恶毒的太阳晒得晕头晕脑的母亲终于失去了对神仙的迷恋。

大妈牛眼大的眼睛配上上翘的鼹鼠的上唇，以及陈列在嘴唇里兵器般的大板牙，让她变成了滑稽大师，她的大眼睛充满过人的诙谐力量，即使她难过得要命，大眼睛和嘴唇显现给人的依然是大大咧咧的幽默神气。此刻她就带着这样的神态，看上去随随便便地走到家中的木桌前——而我暗自喜欢她那种轻松的神气，我甚至希望她当我的母亲，而由我逆来顺受、和善的爷爷当我的父亲。

大妈把两根檀香折断，分上下左右放在一个平日盛馒头的盘子里，然后拿出四张手绢大的黄绿紫白四色纸，点燃之后念念有词地在空中晃悠几下，放在盘子里，火顺势往上一蹿，就吃掉了似乎正疼痛得卷曲伸缩的纸。之后大妈跪在地上磕了头，就像下地回来感觉劳累似的走出门，在我们几个人的注视下再次坐到小凳子上，似乎要等到神仙彻底离开之后才给我们说：

我给四方的神仙都打了招呼，让他们都照顾咱三娃。

这时，四岁的小妮已经溜到小屋里，伸手从放供品的盘子里摸出一颗长毛的煮饼就吃，那是刚刚从奶奶的百宝箱里翻出来的——一块饼干和点心奶奶能珍藏一两年，她舍不得吃，也舍不得给别人吃。往日行动慢悠悠的大妈突然闪电般就飞奔到屋里，从女儿小妮嘴里夺出供品煮饼，一手抓住小妮的头发，把她摁在地上用脚乱踢，用拳头乱捶。嫌她把供给神仙的饭食给夺走了。

还拿不拿啦？

还拿！小妮用她尖亮的童声叫喊，每当大妈问一句，小妮就哭喊着答一句：还拿。皮包骨的大妈浑身肌肉都绷紧了，由于拳打脚踢，衣服这里那里突起因为运动凸显的三角形骨头，但是大妈脸上的表情依然是那种开玩笑的神态，也许是因为大妈的眼睛太大，无法成功对焦的原因。

在缭绕的烟雾中，大妈一手营造了凄厉和滑稽的氛围，小妮的尖叫刮擦着墙面，在我的耳朵里留下了污浊的声音残留物，小妮的鼻涕眼泪流了满头满脸，沾了地上的尘土，变成了我想象中可怕的勾魂小鬼。

姑姑一边喊着：你把娃打死了！一边在大妈的拳脚中抱小妮，但每次都被大妈凶猛地挡回去了。

我要让她以后再也不敢！还拿不？

还拿！小妮跟大妈一样有一个尖削的下巴，跟大爸一样有一个瘦小的脸蛋，但她的眼睛既不是大爸那种鸟眼，也不是大妈那种巨大的牛眼，而是无所畏惧的单皮眼，她决不服软，她的呼喊很有气势。

还拿？看我打死你！大妈的眼睛似乎终于对准了焦点，看上去非常可怕。我们知道，她这是打给神仙们看的。神龛上方，贴着一张油亮廉价的塑料画，胖乎乎的神仙老头正在那里微笑。这个神仙前额像仙桃一样突出，他松弛的肥肥的双下巴似乎在微微颤抖，他的头胖得上窄下宽，像大屁股的不倒翁，他咧开大嘴笑着，眼睛只是一条缝，手里还拿着有弯头的油黑拐杖，一头小鹿抬头傻傻地仰望着他的前方，神仙老头的身后还长着命运般盘根错节的树，枝叶云一样遮挡在他的头上，树下怪石上还站立着腿细长得惊人的仙鹤，它好像只是用两根嫩黄的细线站立着。

放开！爷爷喊道。

瘦弱的爷爷终于从大妈的手中拖出满脸泪泥的小妮，大妈颤抖着，把被女儿咬了一口的煮饼放到盘子里，我还能看到煮饼上除了绿色的霉点，还有大人寒毛般的灰毛。

看她以后还随便拿东西。

以后还拿！小妮窄小的胸部像频繁拉动的风箱，头部一抖一抖，眼神锋利、嗓音哽咽着说。大妈歪着头盯着女儿小妮，没有吭气，也没有回头

181

或者没脸看神龛一眼，檀香波纹状的烟雾轻轻爬上大人们的头发，他们就像一颗颗正在冒烟的炸弹一样。就在那一刻，我觉得一切都是失控的，任何时候都可能发生任何事情，连大妈的神仙都避免不了。自始至终，奶奶手扶门框，罗圈着腿，像圆规一样站在门口圈子外，喉咙里不断发出表示不满的拖长的"欸——"声，最后，就在大家都气喘吁吁在小妮仰天长哭中发呆和对峙的时候，奶奶叹了口气，自言自语地说：

明天把机子拿出来，我要纺布。

那天之后，隔着一盏附着毛茸茸污垢的油灯，我的生活突然被墙上的神仙翻开凶险刺激的一页，奶奶硕大的蒲扇脸阴郁起来，一双弯弯的小眼睛似乎悲伤地搁浅在额头下面，她松懈的鼻子在宽大的面额上举目无亲，似乎随时都可以陷进脸面的淤泥中，她几乎不再笑，原先，尽管她的脸看起来呆板，但笑起来如同狐狸，或者干脆有一只狐狸被困在奶奶的蒲扇脸里面，随时都会从那里窜出来一样。春天每到做饭时，她都献媚般笑着鼓动我去河滩拔几棵韭菜，好像满河滩的韭菜都是她亲手种下的。

大虎，去揪几根韭菜，中午下锅用。

我开始装聋作哑，我已经娴熟地掌握了这门技巧，以至于任何人叫我，我都会习惯性地过滤掉不受欢迎的话，直到某一天叔叔凶狠的手掌袭来。

去哪块地？有时我有意这样问。

哪块都行。

因为没有一块地是我们家族种的韭菜，有一次我在河滩里徘徊了一上午，也没有敢下手去掐。地里到处都有人在劳作。

如果我偶尔偷掐回来几根，奶奶用她奸猾甜腻的眼神鼓励我：这就对了，好我的娃。

为了省盐，每次奶奶做出的菜都甜腥腥的。她还常常跟我的母亲发生口角，有时会隔着窗户对骂。如果这时我刚好要掀起锅拿馒头吃，奶奶就喊：别吃我的，你家的锅塌了？！我知道她说给我的母亲听，所以我照吃不误。有时我问奶奶母亲去了哪里，奶奶头也不抬就说：

你妈掉茅坑了！然后嘿嘿笑，眨巴着那双贼溜溜的小眼，你说，你妈好还是你奶奶好！

都好。

你说个妈妈坏！

为了讨好她，我就说：妈妈坏。

奶奶瞬间就变成了嬉笑的狐狸脸，奶奶说：大虎真好。

叔叔把自己半埋在土中的第二天，堂屋神龛前的空地上，架起了庞大阴沉的织布机，奶奶坐在织布机磨得光亮的平滑裂纹木板上，机子上垂悬的两层棉线分蓝红白三色，柔弱得似乎连触摸都禁不起的棉线被紧紧架在木头上，臣服于黑沉沉的木头，织布机两端的支架呈交错状，似乎正将手伸向空中，表达织布机本身难以抑制的内心痛苦。奶奶把光溜溜、带丝线尾巴的木梭子滑过棉线平面，木梭子愉快地穿越过去，在棉线上激起一阵战栗和波动，之后在奶奶咯吱一声夹板的夹击中，织布机临终般有一个全身心的绞痛和呻吟，之后，一根棉线被死死夹进棉布中，木梭子屁股拖曳的那根棉线就这样被埋葬进棉布里，而突然松弛的机子也发出一个离奇的咯咕声，表示自己无限委婉的叹息。

这老东西不知道在想啥呢，神婆大妈揣测道。

大约十天之后下的一场小雨，让我们知道奶奶一心扑在自己的小儿子身上。奶奶预感到叔叔也许将一辈子待在河堤上，她要为叔叔准备足够的棉布衣服。

那天，雨点在房屋和堆杂物的南房之间窄小的空间飘落下来，绵绵地滋润着对面屋顶青色的瓦松，一蓬一蓬长着刺猬般尖刺的瓦松伸手迎合着雨点，一些瓦片上绿森森的青苔瞬间像复活的眼睛一样闪出新绿的目光，雨点继续飘荡着划出一道道细线，最后在滴檐处慢慢聚拢起来，在下垂的檐尖上明亮地闪耀着，突然颤巍巍地分离出一颗软软的、似乎会呼吸的水珠，之后痛苦地脱离出来，成为晶莹的玉坠，玉坠直直地落下来，在砖砌台阶上早就被檐水凿出的凹眼里跌出粉碎的玉点。有时，淋成落汤鸡的麻雀还在雨线里扑腾着飞，最后狼狈地落在地面上，不知所措地叫着，它的表情很像皱着眉头、有些茫然的爷爷——尤其是等爷爷抬起头目光迟滞地看着麻雀的时候。

奶奶突然在织布机的嘎吱声中停下来，看着门口的雨线，说：欸——我那娃，还没有帽子哩。

那时候，人们对叔叔有限的敬意正在失去，他们到河堤附近干活儿时，常常把骡子拴在叔叔跟前的小白杨上，骡子把它的毛茸茸的嘴巴探过来，嗅着叔叔的两鬓，就像耳鬓厮磨的情人，有时也把屁股撅过来——我们知道这也不是骡子有意为之，因为后来骡子也许把他当作一根木桩什么的——屁股磨蹭着叔叔的肩背，或者就突然把尾巴竖起，拉下一泡热气腾腾的骡粪来，并直直地冲下一泡尿，尿水恣意汪洋，渗灌到了叔叔的腰间。有时一条狗也会在主人的陪伴下来到河堤，狗也会抬起后腿在叔叔伸出来的前臂上撒几点尿，我们知道这是狗在做记号，为了便于识路。叔叔的头发也长起来，或者因为脏而显得长起来，直棱棱地向四方竖着，显得脸更瘦更窄更小，他的脸已经晒黑，下巴上也翘起几根弯曲的胡须，但他的微笑依然如故，不管你做什么，他都是一副笑眯眯的超脱的模样。

在奶奶的催促下，我的姑姑为叔叔专门送了一顶帽子，那是整个家庭里最新的草帽，它是闪亮的麦秸编织的，密密的秸严整地穿插着，看不见任何麦秸尖会从中露出头来喘口气。但没过两天，帽子就不见了，奶奶说这肯定是那些杂种孩子把帽子拿走了。奶奶心疼她崭新的帽子，许多天里，她都重复说这是刚刚买来的草帽，她要让这些下作的孩子不得好死。但从没人想过：也许是叔叔不喜欢戴，如果他不愿意戴，他一定会用手把帽子远远地投掷到河水中，帽子将会漂流到很远的地方，说不定会顺着河水漂流到黄河，然后顺着黄河漂荡到几千里外的大海里，它将长年累月在大海上游荡，顺着不明方向的洋流，带着不明的意愿，奔波在漫无边际的冷漠的海洋里，它圆圆的帽顶下依然像藏着叔叔微笑的头颅。但事实上，从没有人见过叔叔动过胳膊，叔叔的手指间都长出了草。

姑姑从河堤回来时，我和爷爷奶奶大妈都看着姑姑，叔叔的妻子抱着孩子也出来，站在她家的绿色小门那里，姑姑戴着一顶旧草帽，白皙的鹅蛋脸在洗得浅绿发白的布衫上像刚刚破土的嫩芽一样顶出来，雨水在帽子周围斜斜地闪动，他们都在观察姑姑的表情，试图发现叔叔是否有大的改变。但我只是在这一刻注意到姑姑刚刚突破小姑娘的女性感觉，她就像一块坚硬的豆子正在水中变软，半露出黑皮下白胖的豆粒。而此前我一直没有注意到。

很快，没有任何表情变化的姑姑让他们失望了，叔叔的妻子抱回了咿呀叫的孩子。我们卸下了落在姑姑身上的目光。

奶奶不断地回忆起生叔叔那年的情形，那年，村里的人都上了山，因为奶奶快生了，爷爷只好陪着奶奶守在村庄，那时，已经到了秋收季节，爷爷跟奶奶在庄稼地里散步，村里的庄稼都熟透熟烂在地里，但无人收秋。玉米的胡须都发霉了，像垂死的老人的胡子。棉花全部张开雪白的棉絮，棉絮拖拖拉拉垂挂下来，似乎正要被土地亲自摘走。走过红薯地他们能闻见红薯烂在地里的臭味。当时河堤上有个缓坡，他们顺着缓坡来到河堤，他们看着丰盈的河流，认为叔叔一定是有福气的，这么多庄稼都为了他烂在地里，好像只是为了叔叔一个人的出生而准备的奢华酒席。

所以说，三娃是跟别人不一样的，他是被神仙选了又选才选中的。大妈安慰奶奶说。

大妈每天都要重复一番她与神的会面，大部分是在她更宽阔的院子里，但属于居住的房屋只有三间简陋的、没有上白灰的草泥土房，她有两三个信徒跟随着她，她们更多是被她滑稽的言语所吸引，当然也是受到了致命的惊吓，一个六十七岁的老人，她刚刚从阎王那里逃命出来，她看到儿子们为她准备的棺材，吓得赶紧来到大妈的神仙那里寻找庇护。还有一个脸色蜡黄的中年妇女,她被她的脸色和瘦所吓,她的丈夫为她在河中捕捉了几十个鳖,都被她吃到了肚子里,但依然无济于事。她声音虚弱,似乎生怕惊动神灵。大妈在原先喂猪的铁食盆里烧纸,用棉花秆搅拌点燃的彩纸,也有金黄的元宝,那些火会突然把纸推送到空中,然后被风席卷,之后在半空中优游地燃烧和痉挛着,在最后一束火焰中痛苦地伸张着,像死去的动物要伸展开四肢一样,最后那几乎完整的灰烬像完美的不祥之物在飘动,在神仙的信徒专注的盯视中,起落沉浮,不肯轻易降落到大地上。

看,这神仙多高兴。大妈跪在地上评点这个灰烬的意义。

但是伴随着时间的流逝,一个月很快就会来到,我们明显地感觉到,奶奶已经焦躁起来,她常常望向空空的门口,疑心她的孩子已经跳出土坑,回到家里。

你大妈那是胡闹。父亲躺在自家的炕上,批评大妈,母亲不敢对此发表任何评论,父亲的胃溃疡正在无休无止地攻击他,他唯一能做的事情就是在疼痛间隙,用做瓦模子的材料发明老鼠夹,打发我把老鼠夹放到田地里,以应对十几亩沙土地里的鼹鼠。

雨后,我到河堤上去看叔叔,发现叔叔早就被摘了帽子,一绺一绺的头发带着凝固的尖刺戳向不同的方向,额头和面部留下发灰的雨水污泥,眉毛也因为被雨水冲刷形成涡状的旋涡,他的眼睛无疑也进了水,眼角微微发红,但笑容竟然丝毫没有改变,我甚至觉得这微笑给了我安慰。就是那时,我听见身后传来杂沓的脚步声,我回头看到十几个同龄的孩子正沿着河堤走来,我尝试着理解他们的意图和意见,因为从不知哪天起,我突然发现自己已经被所有同龄孩子孤立起来。现在,我仔细观察他们,最后发现,他们并没有因为叔叔的原因而改变对我的态度。我原本以为,他们要想过来看我的叔叔,那应该先经过我的同意,我有掌控局面的权利,但似乎并非如此。

当时我期望他们来到我的身边,跟我一起看叔叔,并进行友好的讨论。但他们非常迟疑地站在距离十米之外，窃窃私语，并使着眼色，似乎在期盼我的离开，因为有个家伙说：他在那里，怎么办？

为了显示我的友好，以及对他们既往不咎，我主动离开叔叔，我站在一棵桑葚树边，假装注意着桑葚树上的什么，其实在看他们怎样走过去，怎样好奇地打量我的叔叔，他们有时也会把目光投向我，不是我期待的友好邀请，而是那种提防，似乎在随时准备应对我的偷袭。我曾经举着一块砖头，一直跟着他们，走遍了整个村庄，这是因为他们把我摁在地上，每个人都在我头上打了一巴掌，现在，我只是尝试着讨好并跟他们靠拢，但他们已经习惯于把我看作敌人。

每天晚上，我都要在饭后去爷爷奶奶家睡，我会拖到很晚才出门，直到屋后嬉闹的脚步声已经完全消失，他们这一群孩子在那里的梧桐树下玩过家家，他们还会让男孩和女孩抱在一起，意味着他们已经结婚，在大中午，我有时站在门口看他们高举着玉米秆当作婚庆的旗帜，站成一个队列迎娶新娘，而晚上他们往往飞快地奔跑和追赶，用鞋子捕蝙蝠，或者仅仅是尖叫。不管什么时候，等我的父亲前倾着身体出现在屋后，他们会大叫着四散开，模仿遇到可怕怪物的夸张的神态，而每次我小心翼翼的出现，都会引来不友好的嬉笑和围攻。似乎我是一个刚刚出生的小兔子，需要他们来挑逗和围捕。

而这天似乎更晚，又是最黑的一个夜晚，天上层层堆积的乌云依然没有散去，乌云把黑暗驱赶到这个小口大肚的巷子里，黑到我觉得任何地方都有无名的东西在阻拦我，它已经改变了纤柔的、微粒的性质，而是胶状的黑色物质，因为什么都看不见，在眼皮下面还会自动浮现出幽灵般影影绰绰的事物，添加在黑暗中，在心中产生惊悚的感觉。比如正在一跳一跳的石头、俯在地上慢慢爬来的人……风吹着屋后的几棵梧桐树叶沙沙作响，就像砂纸磨在粗大的白骨上一样，树和房屋的黑影跟其他地方的黑苟合在一起，以至于无法辨认，原先它们的颜色总是要深一些。我习惯性地搜索前方一个单独小院里的灯光，那里住着一个孤单的、常常在半夜咳嗽的老人，但现在那里的灯光显然也熄灭了。在这既凝然不动又似乎疯狂旋动的黑暗中，我甚至无法认清方向，现在突然又安静下来，风也不再送来树叶的沙沙声，我脚步与地面的摩擦成为唯一听到的声音，这声音似乎被耳轮无限放大和歪曲，变成了与幽灵共有的脚步声，这一想象激起了脊梁骨可怕的寒战。正在这时，眼前突然奇迹般浮现出埋在土中的叔叔微笑的面容，他的微笑突然充盈了整个黑暗的空间，使我心中一阵释然，我立刻加紧步伐，在爷爷家院门前，迫不及待地推门进去。爷爷家深处的烛光正温暖地舔舐着窗纸，爷爷和姑姑嘟囔般低低的交谈声使我完全放松下来。为了使我完全放松，我朝着窗口叫一声：爷爷！

于是听见爷爷回一声：哎！

我一脱鞋子，上了炕，在靠窗的位置上一躺，眼皮立刻被烛光昏暗的光翼摩擦得发涩，于是很自然地紧紧闭合在一起。但是很快，在一片纯然的寂静中，一个执拗的声音不断在叫唤一个熟悉的名字，我的胳膊极其不自在地摇来晃去，在某个瞬间，我突然意识这个声音正在叫我：

大虎！大虎！起来！

姑姑正在摇我的肩膀，我厌烦地蹬蹬腿表示不乐意。

起来洗脚！看你的脚像炭锤一样黑。

我继续蹬腿，接着听见爷爷说：

算了算了。

于是我立刻安然入睡了，我知道这依然是因为叔叔埋在土中的缘故，不然，姑姑一定不会放弃，她当然不是每天要我洗脚，而是她看到我的脚已经脏到"炭锤"一样时，她才叫我洗。往常，她还在某个时候追我，要我洗脸，她拿着一面镜子，将我的头摁在那里让我看，我注意到镜子里出现一双木耳般乌黑的耳朵，乌黑斑点的鼻子和灰黑污迹连成一片的鼻梁，额头上汗水的道道灰泥。十七岁的姑姑穿着的确良白衬衣，一条灰色棉布裤，她似乎才刚刚不再哭鼻子，刚刚才不在说话时呼哧呼哧吸鼻涕，但是她开始不断管教我，让我厌烦。她还不停地帮叔叔的妻子带孩子，像大人一样跟爷爷商量一件什么事情，用笤帚扫得地上的灰尘荡起来，洗菜的时候，用手将萝卜搓得光溜溜的，还用指甲抠得嘣嘣响，但是，每天第一个起床的总是我。我总是在一个跟气味有关的梦中慢慢醒来，张开眼睛，看到奶奶可怕的半张的嘴巴，和没有丝毫动静的鼻子，正让我疑惑奶奶是否已经死去时，她从嘴巴里呼出酸腐的味道，让我想象到是否年老将死的时候，肚子里的味道就变得越来越怪异。她宽大的蒲扇脸正摊放在黑色的方头枕上，眼睛闭着，有一道微乎其微的缝隙露出死鱼那种滞涩的光。我连忙转过身去，看窗纸和黑色的窗棂，窗户和墙面交接之处凹下去的面，以及上面的花纹，窗户一角用的是玻璃，可以看到屋脊和瓦松，以及上面的天空，原先我常常在这些花纹上看到公鸡、牛头、戴帽子的人等等，就在那天黑夜之后，我突然从许多花纹上看到叔叔微笑的面孔，一团正在扩展的白云很可能就是叔叔慢慢舒展的微笑。甚至是一片树叶，我也从上面的纹路上看到一个有笑纹的脸。

父亲依然在应对自己的胃病，他的身子常常躬得像虾米一样，父亲是一个木匠，但他已经无法长时间地拉锯开板，甚至不能再做瓦模子，这是他最自豪的手艺。当然主要原因是砖瓦窑大都用上了机械瓦模子，父亲在病中一定感到了无比的沮丧。那是他去了几百里之外偷学、用了十年才学精到的手艺。病情稍微好些时，他用木工的边角料做老鼠夹，应付地里的鼹鼠，它们狂热而贪婪地大片大片吞吃了绿油油的麦子。

父亲的老鼠夹子非常古怪，别人家的都是一元钱从集市上买的，用轻盈的铁片和纤细的铁棍做成，有奇妙的弧度和更奇妙的弹簧，一个引老鼠上当的铁片是如此幽雅地等待老鼠轻轻的触碰。但父亲却用粗笨的一尺长的木板做成，木板中间有一个老鼠洞大小的孔洞，老鼠碰到孔洞外一根细细的铁丝，一根埋伏着的、钢条磨成的锐利武器就会刺穿老鼠或者鼹鼠的喉咙。父亲为自己的发明感到无限得意，每次父亲做出老鼠夹子，父亲就打发我去柿子沟里，顺便看看上次上的夹子收获了多少。

柿子沟是父亲承包的，因为父亲的病，柿子沟大部分都被荒草侵吞着，只有十亩左右的田地被开垦出来做麦田，这沙土地无比贫瘠，就像灼热而不育的石头，麦子像有气无力的草一样长在田地里，别人称这样的麦子为狼毛麦，嘲讽麦苗短得像狼毛。但父亲似乎认为麦子的罪魁祸首不是田地，是鼹鼠，他自从种上麦子，因为病一次也不到地里去，只是不断为麦田里派遣老鼠夹子，他从来看不到田地里的真相。

父亲也许不相信，他的老鼠夹子一次都没有夹住过鼹鼠，每次我都骗父亲：鼹鼠已经被刺穿好几天，腐烂得肚子像气球一样。父亲很高兴，立刻准备再做一个夹子。事实上鼹鼠非常警惕，它们看到自己的洞被意外加长了，顿时疑窦丛生，于是在旁边重新开个洞口出来，反正它们的爪子无比利索，就是天然的掘洞高手。或者我看到夹子上的锋利武器已经射出去了，但连一根毛都没见到。这一定是鼹鼠用爪子试探了一下，立刻看到令人生畏、被父亲磨得明晃晃的"钢针"空射了过去。这时，鼹鼠才大摇大摆走了出来。

我把父亲的木板夹子放在腋下，尽量不让人看到它的怪异。去柿子沟是一段很长而寂寞的路，会遇见奇怪而孤僻的虫子，它们在草丛或者高出路面的田畔走动，黑而光亮的壳子突然会裂开，露出纱巾般皱巴巴的翅膀，而胸口竟是可怕的粉红色，似乎正有火炉在那里烘烤。有时会听见一阵沙沙的、散落土粒的响动，接着嗵一声跳出一只黄得惊人的癞蛤蟆，背部米粒大的干燥颗粒有着金属般的质感，它高举着圆鼓鼓的眼睛，似乎它才是一片片梯田可怕的统治者。蛋黄般的花瓣无比洁净地贴在干结土地的褐色表面上，无情地被太阳灼烧着，花瓣上末儿状的细粉耐心地等待着花瓣干枯的一天。它们共同组成一个奇异的世界，似乎跟埋在土中的叔叔勾连在一起，共同侵入日常的熟悉的生活。

我晃荡着，在枯燥的路面上慢慢走动，旱地的梯田一个一个叠放着，最后围出一个软塌塌帽子般的丘陵顶部，太阳照着土色的路面，在路中央聚拢起白光，只有很远的地方才能看到劳作的村民。我拿出父亲做的老鼠夹子，摸摸它的尖刺，尖刺被磨得光滑锐利，这是一个刺不中目标的徒劳的尖端。

但这次却是意外，在柿子沟的沙土地边的一个鼹鼠洞口，我看到父亲的钢针竟然射住了一只鼹鼠，粗粗的"钢针"穿透了鼹鼠的鼻子，鼹鼠吱吱尖叫，不断试图把夹子拉进洞里去，我知道这是无比荒谬的，父亲的夹子唯一可以确保的是：它大得无法拖进任何鼹鼠的洞里去。这只鼹鼠一定是粗心地用鼻子试探了铁丝，而不是爪子。

一向恼怒的父亲也有些兴奋，这是他第一次见到自己活生生的成果，鼹鼠在父亲笨拙的夹子上扭动身体，眼神惊慌，不断挣扎。不知为什么，看到鼹鼠狼狈的样子，我立刻感到报仇雪恨的快感，等父亲用棍子敲死鼹鼠，把它的两条后腿绑在院子里的晾衣绳上，用刀子耐心地划开鼹鼠的肚皮时，这动作激起了我报仇的欲望。鼹鼠的皮很快被剥离下来，露出优美线条的红色肌肉，鼹鼠的头变小了，像血糊糊的蛇头一样，或者像刚生出来的一个没毛的动物，它绝望的眼神空洞洞的，这让我感到一种满足，好像正是鼹鼠惹了我，现在我已经申冤一样。等我们全家吃着炖熟的鼹鼠肉，把鼹鼠细瘦的骨头扔到桌子上时，我感到切齿的恨不断酝酿在我的心中。但等走到阳光下，听到屋后孩子们的嬉笑声，恐惧的氛围又代替了报复的心愿。

桑葚微微变红的时候，麦子也快熟了，大片绿色的麦田在河堤这边变成了另一条河流，在风中翻滚着绿色的波涛，河堤似乎担当了双重功能，或者它像满载着桑葚树和白杨树的长长的船只，正在向某个地方前进，而我的叔叔是船只上唯一的船员，他微笑地看着船周围的风景，似乎真的要渡到很远的地方，他的目标也许真的就是大海，或者是没人见过的天堂。

不过，叔叔明显变得粗粝起来，似乎他真的变成了船员，被海水不停地浸泡腌渍，被风暴不断袭扰，他的面部黧黑粗硬，原先的脸颊鼓起骨头，瘦削的两腮倔强地缩了回去，并恨恨地拖长了下巴，连下巴上细长卷曲的几根胡须也变粗变黑了，他的肩膀露在了外面，显出石头一样斑驳的光泽，他的眼神依然明亮温和，他微笑着的双唇似乎也是石头塑成的，只要下场雨，他脸上的污物都会被冲刷干净，露出某种特殊的光。

叔叔埋在土中整一个月那天，大妈大张旗鼓地准备了祭神活动，院子台阶上放着一筐一筐的纸元宝，一堆紫色纸衣裤用脏包袱裹着，放在花纹开裂的木板凳上，院子当中的方桌上一个豁口的青瓷大碗里，燃放着一把粗檀香，檀香头凑在一起的冒烟的红点烘起若有若无的火苗。叔叔肥胖的妻子和黑着脸的母亲在窗户前的厦子前做饭，大妈的三四个信徒在寒碜的客厅继续叠着元宝和神仙的衣服，四岁的小妮在信徒的鼓励下也叠纸，他们把元宝放进又一个筐里，姑姑抱着叔叔的孩子，孩子轮换着把几个手指放在嘴里吮吸，一边新奇地看老年信徒沟壑纵横的老脸，看用黄纸巧妙叠起一人高越来越尖的塔，上面还系着红布条。大妈指挥着这一切，在空荡荡的客厅和更为空荡荡的院子里穿梭，爷爷和奶奶已经被我叫来，准备在祭神之后吃午饭。奶奶盘腿坐在炕上，小小的弯眼睛耷拉下来。爷爷在院子里走来走去，有时会跟包袱里神仙的衣服一起坐在板凳上，爷爷出神地盯着这些紫色衣服看，这种紫色暗自发出一种奇妙而诡秘的光线，外撇的上衣斜线和直直的裤腿棱线形成深奥的角度，交错出神灵威严的习性和不可接近的冷酷。

去叫你爸来。大妈突然揪住我的衣领，安排给我一个不可完成的任务。我立刻消失在土门口，走在朝东的巷子里。许多村民站在那里议论和观望，他们知道这是叔叔可能回家的一天。

我回到自己家漆黑一团的三间土坯南房，在炕上父亲的臭脚味道和鱼背般昏暗光线里找到弓起后腰的父亲。

给你大妈说我不去。父亲果然极度厌烦地说，他总是跟神仙作对。

我领了这道圣旨飞快地离去。大妈慢悠悠地说：你爸他顽固不化，他要信一点儿神，他的病早好了。这是为了你叔叔，他不来怎么能行？就说饭摆好了，就等他了。

她的信徒在她身后纷纷点头称是：你就是不全信，也不能不信。

我再次将自己放到拐来拐去的巷子轨道，在挨近我家的巷子口那里徘徊片刻，然后回到大妈家：

我爸还不来。

那你去砖瓦窑叫你大爸去。大妈不得不转移了方向，在某种程度上，她害怕我的父亲。

我在村外一个废弃的砖瓦窑里找到躺在洞里的大爸，他似乎常年在砖瓦窑逃避着大妈和属于他的生活，他的头上常常粘着细碎的柴草，后背因为躺在土烘烘的干草上而满是土，他像个干瘪的野人一样生活在庞大的泥桶般的砖瓦窑，一看见我，他小小的眼睛立刻羞愧地发出甜腻腻的光亮，他甚至不知道该怎样跟五岁的我打招呼，奇怪地嘿嘿笑了一声。他知道我来是叫他祭神吃饭，于是拿着铁锹来到冒烟的另一个砖瓦窑，他在两侧长满草的小路上走，砖瓦窑附近，到处都游荡着硫黄的味道，似乎那里的草和地面正在被看不见的火点燃，我跟着大爸走进砖瓦窑的洞口，敞开的巨大方型炉口烧得通红晶亮，火的热力像灼热的巨手正把我们的脸和身子往后推，我只好站在洞口，而大爸毫不犹豫地走进去，在空气中呼吸的红炭把呼呼响的火焰近乎笔直地吹向高处，洞里烧灼的大气改变了大爸的形体，使大爸瘦瘦的身体似乎像动荡的一缕乌云一样，即将在几乎要烧得熔化成铁水的炭火面前飘散掉。大爸端着铁锹开始往邪恶的熔炉里添炭，熔炉里立刻冒出魔鬼般的滚滚烟雾，大爸的任何动作，都让我感到大爸是在做一件躲藏的工作，每一个动作和行为都是一次躲避的锻炼，最后他将成功地在烟或者火中消失，从而躲开大妈和整个家族。在大爸的劳作中，熔炉发出干烈的噼啪声接受着一锹锹黑炭的抚慰，最后热气腾腾地被黑炭搂在身下，黑炭冒着硫黄色的享乐的烟，大爸喘着气从窑洞里退出来，似乎在这次试图躲避的战争中失败了一样，不过他走起路来明显地轻飘飘的，似乎减轻了分量，在某个可以预见的未来他或许将完美地消失在空气中。

大爸将铁锹仔细掩埋在废弃窑洞的干草中，然后仰起滑稽的鸟鼻子，带着富士山一样的满头白灰，脚尖一颠一颠地同我走回他家。

门口的村民越聚越多，连那些孩子也夹杂在中间，使得我立刻觉得后背袭来一股冷气，等我们——包括爷爷奶奶都跪在方桌前坚硬如石、凸凹不平的土地上时，那阵村民的议论声像蜂群一样飘荡在我们的头顶，孩子们的尖叫和嬉笑声让我觉得自己的脊背僵硬起来，磕头的时候无法不想到自己的姿势将引起的嘲笑，大妈端起一盆水，把水洒到我们身上和头上，有时一团水会在后背突然凛冽地俯冲下来，让人打个激灵，有时会泼洒在头发里，又被头发不满地拒绝，之后顺着耳朵流下来，滴答在地上。我的大爸晃晃他枣核般的小头，把头上水点摔到一边；叔叔的孩子在姑姑的怀里大声号哭起来，他用脚踢蹬姑姑的胸部，把姑姑的扣子踢到了泼洒的水中；那个老年信徒在水泼到身上时，发出怪异的哎呀声……门口响起一阵一阵哈哈大笑声，有人在指点某个人的滑稽动作。当一阵风把燃烧的元宝和衣服吹送到天空中时，所有人都仰起头来看，那些被烧出黑色镶边的紫衣和突然绽放的元宝似乎在带着火苗匆匆逃离，但恶魔般忽大忽小的火苗用舌头舔舐着纸的各个地方，直到把伸缩不定地嬉笑和痛苦的纸舔得焦黑，变成灰烬的纸突然悠扬地把自己的身体往更高处一送，就像被高空看不见的神仙猛然接受了一样。

连门口的村民嘴里都发出啧啧声，小孩们惊喜地嗷嗷叫起来，大妈抬头望着空中大喊着：这都是给你们的，你们都收下，把三娃送回来吧！她重复着说了四遍，意味着说给四个方向的神仙。

就在那一瞬间，我突然在心中祈祷神仙不要将可怕的叔叔放回来，我害怕他那双严厉粗暴欺软怕硬的手，我一边为心中如此令人震惊的念头愧疚不已，一边焦急万分地在心中喊道：

落下来，空中的纸都落下来。

也许听到了我的话，也许是那些纸已经被风抓在手里很久了，那些胡乱舞蹈的黑色灰烬纷纷找着自己下落的地方，它们有的飘过屋顶，有的停落在枣树上，也有一些飘到跪着的人群里，孩子们纷纷到巷道里奔跑着去抓飘落的灰烬，每有一块形状各异的灰烬落在人头上，看笑话的村民就发出一阵笑声。我们没有人敢动这些带着神气的灰烬，都顺其自然地等待风把它们吹走，大妈、我的母亲、爷爷头上都落了灰烬，等一块几乎完整的灰烬像手帕般落在叔叔的孩子头上时，门口又传来大笑声，孩子伸出胖乎乎的小手轻轻到头上一抓，一下把它抓得粉碎，这时他们笑得更欢。由于跪得久，两三个人才把膝盖发软的奶奶扶到一把椅子上。但叔叔的妻子不肯起身，她突然撅起肥大的屁股把头放在地上哭起来，大妈说：行了行了，起！叔叔的妻子依旧大哭，哭得门口的村民都黯然伤心，但突然间，叔叔的妻子前爬了两步，朝空中的神仙说：你们要在观音菩萨前多说几句好话——我凄惶的……大妈说：好呀哩，不是观音菩萨，是四方神仙和二郎神。后面又发出笑声，叔叔的妻子鼻涕挂在下巴上，双眼像白鼠眼睛一样红红地站起来，村民再次被叔叔妻子的神态逗笑了。

　　奶奶回到家不再织棉布，而是坐在炕上盯着窗户右下角的玻璃看着院门，看热闹的男男女女村民分为两批，一批去河堤上看叔叔是否有动静，一批在门口看一家人在院子里等待的奇观，那些急不可耐的孩子们不断穿梭在去河堤的路上，传递着关于叔叔是否从土里爬出来的信息。

　　母亲笨拙地逗引姑姑怀里叔叔的孩子，她平日锁着的眉头一放下来，她的身体就会变得僵硬和不自在，似乎心不在焉似的，她跟叔叔的孩子说：你爸爸马上就要回家了，来，笑一个。但是她的眼神游离得很远，似乎退缩到了心脏的黑暗地带。

　　大妈指挥叔叔的妻子把叔叔家的绿色小门打开，把门帘也搭到门顶，把叔叔的脏蓝被子放在炕上，把叔叔的鞋子放在炕下面，把叔叔换洗的衣服叠好放在炕头，给叔叔的碗里倒上开水，一切都像叔叔往日在家时一样。看到叔叔的油腻的黑色方头枕，叔叔的碗里冒出的热气，以及挂在门外的鸡毛掸，我立刻恢复了往日谨慎小心的习惯，害怕鸡毛掸再次降临到我的后背，那双拿起碗喝水的手也会突然袭击我的脖子什么的，我焦躁地走来走去，希望他们的希望落空。

你去河堤看看你叔叔。大妈自信的牛眼盯着我，说不定你叔叔还需要你搭个手哩。

我害怕埋在土中的叔叔突然停止了善良的微笑，把那双已经被晒得成为酱色皮革、更为可怕的手支在地上，突然从土中抽出总有些屈膝的瘦腿，更害怕他献媚地跟每个嬉笑的村民打招呼，然后突然看到我的心思似的抽我一个巴掌。

你看这娃，你叔叔平时对你多好，你还不赶紧去。大妈说。

我继续表演着对声音的绝对忽视，把脸转到另一面，看到奶奶窗户玻璃下面那张呆滞的蒲扇脸。

天擦黑的时候，大批的村民都从河滩回到爷爷家的门口，他们没有看到叔叔的任何改变，于是一路笑谈着这个荒唐可笑的主意，最后围堵着挤站在门口，探出脖子看我们将会怎样解释这个事件。我们依然围绕在大妈跟前，似乎大妈是最后一根救命稻草，大妈突然变得软弱无力的目光看到门口越来越多的村民时，我们都预感到叔叔回家已经变得不可能。很快，我们似乎都听到了天黑时发出的声音，光的昏暗羽毛轻轻擦过所有的墙壁。在声音消失的一瞬间，玻璃后面的那张脸突然不见了。

奶奶倒在炕上昏迷过去，等她在微弱的烛光中醒来时，她的舌头磕绊着无法使她发出声音来，她的喉咙发出奇怪的哼哼声，她的一条腿也失去了知觉。中风了，给奶奶的头插满长针的村医说。得到消息的父亲突然瞪着暴怒的眼睛走来，院子里挤满了看热闹的村民，他们纷纷让开道让父亲走进去，父亲用目光凶猛地扫视了垂头丧气的爷爷、姑姑、大妈、他的妻子、叔叔的妻子，还有在缝隙中的我，嘴唇颤抖了一下，他抬起有裂口的袖子，脱下满是土、露出脚趾的布鞋，跪在炕头，慢慢爬向奶奶，用手端住奶奶失去部分知觉的下巴，看到奶奶似乎变大的舌头正添塞满了嘴巴。奶奶不断重复着哼哼声，最后流出眼泪来。

在天亮前，爷爷终于听明白了奶奶要交代的一件事：她要在临死之前看到姑姑出嫁。

十七岁的姑姑跑到院子里抽泣起来，村医说，如果不去医院，奶奶随时都会死去。奶奶摇着头，以她全部的吝啬本能狡诈地拒绝了任何医院，她以荡漾在心中的最后的生命力来期盼姑姑的出嫁。她斜眼歪嘴地躺在方头黑枕上，蒲扇脸似乎经历了一场带来灾难的地震，使她脸上的线条发生了改变，她的眼泪失控地流出来，把她小小的狐狸眼浸泡成红色，喉咙里发出哼哼声。不断有年轻人被口头介绍过来，然后在一场推断之后决定是否见面。

他的个子倒是可以，可头那么扁——姑姑在爷爷的追问下说，然后动了动嘴唇，忍住眼泪。

那你说说，你能能能能找个啥样的?！爷爷喃喃地结巴着说。

姑姑不吭气，她站起来，走出院子，把手放在我的头上，站立片刻之后，把我领出了院门。

我跟着姑姑，我的头从来没有这样被触摸过，我感到洋溢着异样的麻酥酥的氛围，我陶醉在姑姑的手掌之下，恭顺地跟着姑姑的脚步，有时，姑姑的手指游移到被叔叔打过的脖子那里，叔叔暴打之后形成的黑暗和麻痹区域立刻被解放出来，就像解放一座城市一样。我整个身体像风抚慰过麦田一样发出沙沙的隐秘的声音，我们穿过熟悉的小巷，路过一个个麦秸堆的打麦场，在锯齿形的土崖那里走上背离村庄的小路。

姑姑长长地吸了一下鼻子，我才抬头看姑姑，发现姑姑眼睛湿润。但是她正与眼泪做某种斗争，她也不低头看我，免得影响了她暗自做出的艰难抵抗。她只是以手的动作来证明她努力的复杂程度和惊心动魄，等她的手突然抓住我的头发，以至于我感觉到发根的疼痛时，我知道斗争到了最关键的时刻，我立刻迎合着姑姑，使她抓起我的头发来更舒适一些。等她用手一遍一遍轻轻地触摸整个后脑勺儿时，她的心中就略微舒缓一些。而她用手指轻轻抓捏我的脖子时，我觉得她已经沉浸在某种我无法捕捉的情感之中，她完全沉溺在其中，与混沌的世界苟合在一起。

我们路过缓缓爬升的梯田，梯田上的麦田集体摇晃着麦穗，它的摇晃把沉甸甸的绿色能量阶梯状传递到起伏不定的沟壑之中，与沟壑中黑暗的阴影对峙着，那里隐隐升腾着雾气，其中满沟杂乱的草和树显现出蛮横的力量，我们正慢慢沿着麦田行进，在大地上形成两个可以忽略的小点。我们下了一个长长的陡坡，把自己放进七横八纵的层层叠叠的沟壑之中，我们在令人敬畏的高大土崖根脚慢慢走动，蒿草挑逗般触碰姑姑的腰部和我的肩膀，看不到顶的土丘裸露出粗粝的黄土，直崖上的土坡奔腾着野草的河流，翻腾着蓝色和粉色的水花，似乎要在土崖上形成绿色瀑布扑下来。一蓬蓬病白杨长在沟壑深处，枝叶因为野蛮噬咬的虫子而变得惊悸和疯狂，姑姑似乎突然找到了相似的情绪，痉挛地揪住我的头发，随着肩膀的一耸一耸，开始谨慎地抽泣起来，接着似乎受到持续的大自然的感染和诱导，立刻放开一紧一紧的喉咙，号啕大哭起来。我抬头看到这个刚刚掩饰了稚嫩的姑姑突然又变成了哭鼻子的孩子，她发育迟缓的胸部似乎才开始微微绽露，精瘦的肩膀内侧随着剧烈呼吸形成两个贫瘠的洼地。姑姑的哭声在沟壑引起层层回应，之后，沟壑又恢复了冷酷和冰冷，它痉挛的荒蛮的力量似乎在驱赶我们。姑姑又变成一抽一抽的，然后在曲曲折折的喉部运动中，突然失控般哼一声，最后彻底冷静下来，重新将手放在我的头上，我们从另一个方向走出沟壑。

　　大妈重新认定了神仙的动机，认为叔叔埋在土中是因为叔叔曾经烧了木头神像，她准备徒步把黄纸叠成的塔奉送到天地庙，她需要一个有力气的男人做这件事，因为塔的底部是沉重的木头，这木头正是神对人的考验。没人再对她的建议感兴趣，大妈滑稽的牛眼突然失神起来，她鼓动说：这对咱妈好——神仙知道咱认错了，他就会大人不计小人过。

　　几天之后，一个罗圈腿的瘦小伙子不断出现在爷爷家，他不请自来，自我推荐说他要做爷爷的女婿，爷爷知道他是我们同村的一个穷苦人家，他只有一个斜眼的爹，我们常常看到这个老头坐在村边一个石头上，沉默地看着低处的田地和远处的河堤。偶尔有人在他跟前说谁的不是，他就激动地用他特有的鼻音嗓门说：

他是个倒灶鬼，欸，一个倒灶鬼，倒灶鬼，他不是倒灶鬼我头朝下走……

尽管这样也很少有人跟他说话，他只是坐着，到天黑的时候叹口气，回家去了。

小伙子听说大妈的提议，立刻决定跟大妈去天地庙走一趟。大妈组织了四个信徒跟在小伙子后面，大妈在最前面念念有词地跟神仙对话，小伙子端着黄塔，有些自嘲的眼神甜腻地跟围观的村民交流，但村民并没有接受他的目光，依旧有些超然地嬉笑着看这个奇妙的队伍，许多孩子跟随在队伍后面，踢踢踏踏荡起一阵邪恶的黄色尘土，小伙子怪异的罗圈腿姿势使队伍显得更为滑稽。最后在熙熙攘攘的信徒和烟尘充斥的天地庙里，他们遇到各地到来的神婆神汉，这些人带来各式各样的供品，他们互相稀奇地观望着走来走去，让庙里的火将他们的供品烧掉，喷吐出惊人的烟雾。

小伙子就这样像一粒寒碜的瘪麦粒镶嵌在我们家族的泥沼里，在我大妈不断的打磨和指挥下，瘪麦粒突然被推送到姑姑身边，姑姑执意躲避着，用眼泪和耸动的肩膀抵抗。让他拿出一千块钱的彩礼来，姑姑说。

小伙子一次次带着一千克拉的笑走进爷爷的家，但没有带来一分钱。

他没钱你你你你说怎么办？爷爷说。

让他拿来十匹布。

但奶奶的病情已经不容许这样讨价还价，他们在奶奶催促和越来越糟糕的病情之下，准备两天之后就举行仪式并结为新郎新娘。

姑姑和姑父成亲那天，奶奶被人抬到窗前，侧倚在摞起的被子上，她正好在右下角的玻璃那里看着窗外，她脸上扭曲的线条和门口的麻丝有某种类似的趋势，脸上看上去竟然毫无表情，只是有时能看到泪滴扑簌簌从脸上滑落下来，眼泪似乎是因为奶奶内部出了故障，才流溢到了外面。许多村民坐在小小院子里油腻的席面上大吃大喝，在放有木耳的鸡丝汤、切成方块撒着葱丝的猪肉卷子面前，他们不再关心院子里发生的事情，墙上到处贴着喜字，还有写着婚宴人员安排的方块红纸，门上的长条红色对联，它们跟姑姑穿在身上的红丝绸面衣服一起掀起另一场红色革命，它们在不顾一切地共谋，在隐秘地发出呼喊，甚至吹起浩浩荡荡的颜色冲锋号，急切地试图把姑姑打发到婆家，这是它们的共同纲领。姑姑被囚禁在一片红色之中，眼睛红肿，时时用手背擦去脸上的泪痕。而穿在绿色中山装里的姑父则喜气洋洋，但没人分享他的喜悦。我们家族的所有人都沉浸在特殊的诀别的悲凉之中，大爸常常将目光移到一侧，甚至会看远处的天空，悲伤使他变得更加注重自我的逃离和消失。爷爷不断催促姑姑走吧走吧，似乎害怕姑姑临场逃跑，或者只有他说这句话的时候，他才能抑制他的情绪。告别的唢呐声突然响起，姑姑突然走到窗前，嘴唇颤抖着看着奶奶，也不挥手，只是带着哭腔说：妈，我走了！妈，我走了！……隔着玻璃，奶奶完全听不到姑姑的话，但奶奶猛然动了动身子，像仰面朝天的昆虫无法翻身一样笨拙地扭动了一下，嘴巴无力地撇动着，眼睛已经被麻痹一样不能传递感情，她伸出能动的右手，婴儿般用手指使劲儿划拉着玻璃，姑姑大哭起来，但唢呐声在黄铜的激烈震荡中将姑姑的哭声挟持到自己的麾下。姑姑只见哭的动作，听不见哭的声音。突然间，一切都在喜庆的唢呐声中变成了哑剧，村民划拳的大声吆喝声，风箱的拍打声，炒菜的哧啦声，冲天的唢呐挟持着各种各样的声音，并裹挟着一队送亲的人马哗啦啦走向院门，眼泪扑簌簌往下流的奶奶表情越来越滑稽，已经有两个人扶住了奶奶，唢呐声突然停下来的一瞬，所有人都听到姑姑号哭的声音，号哭声似乎突然撕破了钢铁般坚固的唢呐声，从裂缝里奋力冲出。奶奶婴儿般的手指还在玻璃那里一抓一抓。

两天后，临终的奶奶在炕上跟所有人见了最后一面，奶奶靠着枕头半仰躺着，半眯着眼睛，但不知道她是否在看。奶奶处于最后的麻痹中，我胃病的父亲和鸟鼻的大爸陪在奶奶左右，爷爷远远坐在一侧，抓挠着花白的头发：跟你奶奶说句话。

奶奶，我是大虎。奶奶丝毫没有动静。

长年累月慢慢从白色变成酱色的墙壁似乎放松了对奶奶的搂抱，一层黑污和头油的枕头、因为岁月流逝而变成灰青色的被子、黑色裂纹的墙柜正随着奶奶一起麻痹过去，父亲茫然和凶猛的眼睛似乎也被奶奶的麻痹所俘获，灯绳处挂着的一团麻丝一直处于某种纠结的流浪之中，奶奶的临终突然唤醒了它，麻丝停止了内部的流动，似乎正紧张观望奶奶的思维。奶奶突然苏醒了过来，嘴里急切地呼噜着，能听见喉咙里的痰声，爷爷赶紧爬过去，仔细听奶奶的嘱咐，很长时间没人听懂奶奶含混的话，但爷爷最后弄明白了。

她在说三娃。三娃就是将自己埋在土中的叔叔。

送葬那天，我们家族的人重新集中在这个小小的院落里，姑姑和姑父带来了姑父斜眼的父亲，他不断走到我的爷爷跟前，用他的鼻音对爷爷说：就是这，就是这。似乎他很熟悉老伴儿去世的感受，他再次确认了这种华丽的送别带来的奇妙感觉，眼睛湿润地回忆了他老伴儿的葬礼。爷爷不停地掀起脏了的蓝色帽子，伸手摸他的头发。他豆大的眼睛开始内敛，缩短了放射的目光。

黑沉沉的巨大棺材在金色花纹的装扮下，妖冶而张扬地把它庞大的身体安放在原先放织布机的地方，棺材前的檀香香烟混合着奶奶的腐尸味道，在院子中漫无目的地寻找和翻腾，最后跟到处贴着的白纸、穿在身上的白色孝衣苟且起来。姑姑结婚时的个别喜字无法彻底地清除，在墙上留下隐秘的红色，红色似乎窥视着崭新的白色恐怖，惊惧地紧贴在墙上，长久地闭住眼睫毛很长的眼睛。我们家族和家族的外延几乎占了少半个村子，男男女女一大片都穿着白衣白裤，爷爷家的小四合院塞不下这么多人，他们只好把长长的队伍尾巴伸到巷子里，那些很少来往的男女竟然也是同一个血缘，甚至有些跟我对立的同龄孩子也穿着白衣。我的大爸和父亲披麻戴孝，跪在棺材前面哭喊，一大片下跪的人群露出略略发黄的白色后背，磕头的时候掀起有些污浊的可怕波浪。唢呐声再次响起在院落里，油漆着金色图案的黑色棺材被十几个汉子叫喊着扛出来，姑姑不停地向棺材俯冲，所有人踢踢踏踏跟在后面，像泛滥的白色河水一样冲出院门，大爸拿起瓦罐，在司仪的指挥下往地上摔去，瓦罐完好无损地滚落在地上，大爸再次拿起来，高举着摔下来，瓦罐依然没有破，他的动作有着假惺惺的凶猛，围观的村民和孩子笑起来，第四次，大爸摔碎了瓦罐。棺材开始在吆喝声中高速前进，庞大的黑色躯体高高昂着头，在空气中荡悠着，似乎正要脱离尘世腾空飞起，而金色的花纹在空中诡异地舞蹈着，有着纤弱娇媚的姿态。穿孝衣的婶子抱着披麻戴孝的孩子，跟在队伍里，仰天哭喊着，比自己爹娘去世哭得也凄惨，鼻涕都快垂挂到了鞋面上，帮忙的只好把孩子抱走，两人分别架住她的两个胳膊，她的两腿就干脆拖到了地上，在地上划出两道印子，人们后来说这是因为婶子想改嫁了。

　　棺材下了村里的坡，所有穿孝的人浩浩荡荡沿着田地中的土路向河堤走去，这是因为有人出主意，让死去的奶奶临走再看一眼自己的孩子，不然奶奶一定放不下心。之后他们还要从很远的地方再下河堤，几乎再次穿过村庄走上另一条去沟壑的路，最后在沟壑高高的土坡上将奶奶埋葬，那里将能俯瞰到整个村庄。甚至能看到河流。棺材在上河堤纤细的斜坡时，大部分抬棺的人几乎无路可走，他们眼看着棺材往下出溜，人们却说这全是因为由于奶奶伤心难过，因为马上就要见到自己的儿子。最后抬棺人折腾了片刻，把松软的土踩踏得震荡起来，被河面吹来的风送到远处，尘土在空中像仙风一样飘然而去。

　　浩浩荡荡的白色人群像滚滚波涛一样，跟着棺材走上河堤，当时，河堤一边是灰黄色的河面，一边是波动的绿色麦浪，我觉得河堤瞬间就像天堂的平台一样，正在特殊的航道航行。当棺材终于停下来时，所有人都看到微笑着的叔叔，叔叔变得更加黑瘦，显得他眼睛更为明亮，微露的牙齿雪白，他已经被换上了干净的孝衣，使他显得更为洁净和超脱。奶奶的棺材放在叔叔前面，棺材突然汹涌起特别的灵异的氛围，好像它立刻统治了正在悠然流动的河水和滚滚麦浪，那里正布起天地之间的漆黑幕布，而叔叔的微笑却像滑稽而轻佻的旋涡，似乎正嘲弄着这样庄严的氛围，可是那微笑是如此坦荡飘逸，竟然让人产生了敬畏之心。于是突然之间，号啕声大作，哭声惊天动地地冲向河流和麦田，长了黑色的翅膀一样喧嚣着飞向远处看不见的丘陵。

可是葬礼一结束，几乎没有人再搭理这个似乎摇摇欲坠的家庭，爷爷只磨了两把镰，这是因为叔叔的妻子要照看孩子，只有爷爷和姑姑去割麦。母亲只磨了一把镰，这是因为父亲有时连走到田地都坚持不到，而我还只是一个五六岁的孩子。爷爷戴上眼镜，在纸上用毛笔字分别写了："慎思""追远"，然后贴在墙上，燃上香，把奶奶的放大照片靠墙放上。那时，我才第一次发现，奶奶脸上的微笑跟叔叔的微笑几乎一模一样，因为那是一个类别的脸颊，那是两个相仿的额头，几乎同样的细眯眼，只是奶奶的脸面扩张了出去，变成了蒲扇，而叔叔的却相反地收拉了回来，成为茄子脸。

头七的时候，除了埋在土中的叔叔，全家人第一次全部聚拢在一起，大爸、大妈、父亲、母亲、叔叔的妻子、姑姑和姑父跪在原先放棺材的神龛前烧纸，爷爷站在一边，一副放任自便的样子。檀香燃起在奶奶遗像前，香烟缭绕在遗像里奶奶近乎妩媚的狐狸弯眼前，奶奶的笑容气氛活跃地荡漾在这个黑沉沉的客厅，姑姑再次痛哭起来，她的哭声匍匐在墙壁上，像牢牢粘在上面的纸一样，被香烟熏染着。父亲以怪异的姿势跪在地上，就像马上要在地上做俯卧撑一样，他不时地吸一下鼻子。叔叔妻子肥胖的身体包裹着肥沃深厚的悲伤，她近乎庄严地跪着，带着不属于我们这个家族的那种漠然。大妈虔诚地把头放到地上，嘴里念念有词：妈，有啥困难你言语着，给我们捎个话，我们小的给你烧纸，把钱、衣服给你送去。你尽管吃，别小气……

麦收前，我最后一次到柿子沟，带去又一个笨拙的老鼠夹子，父亲已经懈怠于磨老鼠夹子上的尖刺，尖刺还带着斑斑锈迹。在柿子沟，我看到十亩被灼热的太阳炙烤、稀稀拉拉的麦田正在变黄，麦子只有一尺高，被鼹鼠毁掉的部分显现出一个个巨大的扇形和圆形，像老天在麦田里画下的神秘符号，细瘦的麦穗似乎无力承受烈火般的阳光，正在细细的麦秆上扭曲自己。

我似乎又变成了孤单的一个人，我不再被席卷进大的事件波涛里，那天再次来到河堤上，此时河面已经下降了，露出有盐渍的黑色淤泥。桑葚树上，个别桑葚已经微微露出红色，我仔细寻找着这样的桑葚，我已不再过多地关注叔叔，我几乎把他当作了一棵树，只是这"树"现在穿上了奶奶给他纺织的棉布衣服。但是，等我听到有孩子们的叫声远远传来时，我立刻来到叔叔跟前，决定不离开叔叔，如果他们想靠近叔叔，他们也许最终会跟我说话，并可能会接纳我。也许我下意识来到河堤就是在寻求跟他们的和解。但他们只是站在离我十几步远的地方，几乎呈半圆看着我，男孩的白衬衫敞开着，露出黝黑的胸脯和肚子，我献媚地朝他们笑着，但他们都不说话，也不窃窃私语。我只好低下头来，第一次轻轻触摸着叔叔的耳朵，发现他的耳朵依然温热。我甚至依然能清晰地听见他的呼吸声，他的面孔更加黧黑，眉毛加重了，似乎要为眼睛搭个伞。他的双手恭顺地摊在前面的地上，手掌半伸开，里面一个小小的土坑，右手的土坑里居然顶出一个豆芽般的小草幼苗，他看上去那么别无所求，似乎愿意把拥有的统统送给别人。

看到我决不离开叔叔，男孩指使另一个孩子过来，我看着这个孩子走到我跟前，从他的表情看出他依然是一贯的鄙夷的态度，我自感遭到羞辱，想着要做出剧烈反抗，甚至会把某个人推到河里去，但我只是微弱地把这个孩子伸过来的手挪动了一下，接着他的手又返回来，揪住我的领口，将我一步一步推到河边，我用脚后跟蹬着地，只害怕他把我推到河里，我在心中辩解说，如果是那个高个子男孩来的话，我一定决然地下手。于是那只手一离开我，我立即盯着那个男孩，发送出一团怒火。那个男孩不以为然地用手拍击着叔叔毫无反应的面额。有个孩子甚至踢叔叔的后背，又有一个孩子，他走到很远的地方，突然猛冲过来，给叔叔飞起一脚，叔叔竟然很好地保持了自己的姿势，他依然微笑着。男孩吐了叔叔一口唾沫，然后回过头来看我的反应。

叔叔还没有换下白色丧服，他就像正在给大地服丧的会微笑的植物，还带着奶奶去世后留下的黑色的阵阵旋风。在这旋风中，我立刻义愤填膺。也许看到我的怒火，男孩动了动脚，似乎要向我这里走来，我立刻觉得有一股阴风迎面扑来，不由自主地咽了口唾沫，听见喉咙里响起滑稽的咯一声，上次他狠狠地将我的头摁到地上时，我能觉察到自己的额头蹭着沙砾，眼睫毛像笤帚一样扫着地面，我只好闭着眼，这黑暗使得未知的疼痛更惊心动魄，每一个落在头上的手掌，都像是叩击着木桩上的斧头一样，我不知道哪一下将是最后一下，当时只觉得自己的头越来越深地沉入地面，耳后响起不详的嗡嗡声。

看到男孩真的有走来的动作，我突然有些失声地献媚说：

你们来看，这里有个婴儿。那是一个从河的上游漂来的婴儿尸体，搁浅在河边的淤泥上。我为自己的无耻感到无法克制地战栗了一下。

这个婴儿仰躺在淤泥上，就像刚出生一样，过于白嫩的皮肤似乎在诱惑着人们用手来碰他，圆圆的可爱小脸，睁着一双青色陀螺般波纹状的眼睛，这眼睛现在已经完全收回了目光，这目光已经深深藏在视网膜里，他的脚还舒服地浸泡在河水中，随着水的波动，他的脚似乎在摇动，他小小的腿间器官嫩芽般害羞地露出来，好像他是河水刚刚捧出来的一个新生儿。我甚至把它跟死去的奶奶联系起来，他和奶奶似乎有一根纽带相连。

那些孩子现在都来到河岸下的淤泥上，我挨着个子高大的男孩，他现在不再注意我，他的一只脚跟甚至碰到了一荡一荡的河水，我复仇的欲望和献媚的欲望同时来到心底，但献媚的欲望竟然瞬间就打败了复仇的欲望，我突然想到，他们也会把我推到河里，而我是唯一不会游泳的孩子。这更坚定了我讨好的愿望。男孩指挥道：给我拿个棍子。

立即有个孩子上岸去找。他将棍子放在婴儿的脸上，轻轻碰了碰。他哈哈大笑起来，所有的孩子都兴奋地大笑。男孩注意到了我极力献媚的笑声，说：

　　谁让你站在这里的？你到岸上去，就你不准笑！

　　他们把我推推搡搡赶到岸上，我一爬上岸，就看到叔叔微笑的面孔，这微笑不知为何现在令我尴尬。我只好站在岸上看婴儿，突然意识到这就是死亡，死亡的感觉令我不寒而栗，我猛一回头，又看到叔叔微笑的眼睛，在河流令人眩晕的流动中，我的心中激起无数的想法，我看到远处的水光和黑色的桥，觉得这一切都变得分外陌生。也许就是那时，婴儿的死亡气息正在勾引叔叔彻底离开，就像专业的死亡向导一样，它试图将叔叔带离人间。

　　割麦前一天晚上，我一个人偷偷来到河堤上，我从来没有在月光下看过埋在土中的叔叔，此刻叔叔沐浴在如丝如缕的光波中，他乱蓬蓬的头发似乎被撒上了银粉，月光伸出它浮光掠影般的手指触摸着叔叔的瘦脸，甚至有一丝光跟叔叔眼睛里的光连接起来，使整个夜晚透出神秘的笑意，河水轻微的流水声好像来自河堤上的树，每棵树都如同刚从水中冒出的大水花一般，这让我走近叔叔时有些畏怯，但我想起叔叔白天不断被戏弄的狼狈，立刻有些急迫地走上前去，站在叔叔跟前。

　　但我很快又胆怯起来，叔叔那双沉甸甸的、被晒黑的手正放在地上，似乎它会立刻上来给我一巴掌。而叔叔的微笑此刻像花朵般绽放，似乎正从我曾经从玻璃、污迹、窗纸、树叶上看见的叔叔的微笑里收敛回精魂，此刻，它也从我过去看到的白云笑脸里撤退出来，变成一个抽象的微笑，让我无限迷醉和神往，好像我时时刻刻都可以触摸到。于是我走到河边，将提前准备好的一小瓶盐、醋、酱油、汽油、柴油、庆大霉素针液配制的毒药水洒进河水——原本我想用他毒死叔叔。然后，在叔叔微笑目光的注视下，解开裤子，往河里撒了一泡尿，滴在河边草丛里的醋、汽油、柴油、庆大霉素的气味跟尿骚味一起骚动起来，互相穿插挑逗，混合成令人恐怖的死亡的味道。那时，天空是那种似乎正在黑色中挣扎的幽蓝色，整个气味狂躁的氛围令我惊悸，它也翻腾出死婴在河边那天羞耻的一幕，许多年里，我都无法忘记这个神奇的夜晚。

当年春节下大雪的时候，我带着叔叔的孩子去河堤看叔叔，那时叔叔的妻子已经远远地改嫁了，孩子已学会蹒跚走路，甚至能够奔跑，像跳舞一样磕磕绊绊前进，每次失去平衡的时候，他又能神奇地保持住，只是他还没学会停步，你要是不管他，除非自己跌倒，他永远在奔跑。孩子已经能清晰地叫出爸爸了，尽管他看见所有的男人都叫爸爸，我们看着雪中的叔叔，叔叔完全成了雪人，眼睛在雪的深窝里依然倔强地露出微笑的目光，嘴巴也只是一个雪中的小洞，叔叔的鼻梁上堆着雪，鼻尖上还有一个小小的锥形的冰凌，叔叔在雪天雪地、连河流都冰冻的寂静世界里，依然保持着无人能理解的生命的顽强意志。

正当我们以为叔叔将永远待在河堤上时，叔叔以他独特的姿势永远离开了我们的视线。那是第二年的秋天，村民在不断传来的微弱汨汨声中醒来，发现河面已经延伸到了村边，甚至推倒了他们的院墙，明晃晃地进了崖下许多人家的院子，看不到对岸的河面由于失去了拘束，突然放松了下来，失去了奔流的功能，瘫痪在大地上，成为一面巨大无边的镜子。在原先河堤的地方，只留下几棵小白杨。我们都看到，属于叔叔的只有他那颗瘦长的脑袋，远看就像漂在水面的一粒瘪豆。几乎全村的人都站在高处指指点点盯着叔叔，在那天接近中午的时候，几棵小白杨相继倒下，叔叔身边的小白杨也突然歪倒了身子。紧接着，叔叔那颗瘪豆突然不见了，一两秒之后，在原来是瘪豆的地方，升起一个弧状的微微突起物，有些人说这是叔叔的脊背，也有人很确凿地说这是叔叔的屁股，人们嬉笑着说这是叔叔特别的告别仪式。嬉笑之后，细微的伤感波动在人们之间，因为再也看不到这么无所求的微笑。接着，随着小白杨倒下被水淹没，叔叔的屁股也不见了，河面成为完整的镜子，就像世界开初、完全被平静的大海覆盖一样。

大鱼的模样

床

　　莲姨这次没敢去扶他,她站在病床前看着他,脸上已经显现出为他焦急的迹象。为何她的架势总流露出一副蠢相?小卫每次都害怕她做出什么夸张的动作。莲姨站在那里,个子高大,额顶一道道横纹,她慢慢皱起眉头,稍稍移动了一下身子,头几乎要挨住墙上的壁挂式电视了。电视里正播《动物世界》,野犬群在袭击一群奔跑在非洲大陆上的斑马,一只野犬纵身跃起,紧紧咬住一匹斑马的脖子,身体吊在斑马脖子上,斑马的四蹄和野犬的两条后腿在莲姨的头上晃来晃去。

　　但是,小卫马上要走过来的时候,莲姨像是发现了什么秘密似的,你这样走就不疼啊,你看我……

　　小卫不耐烦地看看她,你省省吧。

　　这样一来,病房里的几个人都开始注意小卫,东北夫妇俩原先坐在床上低头商量什么,现在也站起来,笑眯眯地看他,像是遇到了多么可乐的事情。三号病床上的老人居然也不呻吟了,正侧过头来瞅他,眼神浑浊。老人请的女护工小安也微笑着看他们。他为此鄙夷地瞥了一眼莲姨,他能做的也就仅此而已。

高大的莲姨已经走了过来，她比不少男人都高，颧骨和四肢的骨骼结实宽大。这个莲姨，她了解他差不多所有的家庭生活，甚至知道他用哪种牙膏，穿哪种袜子、哪种裤头，还知道他有哪些恶习，有一次她差点儿看到他在盆浴。她知道他怎样跟他母亲斗嘴，曾经怎样刻薄地侮辱他母亲，他母亲怎样喋喋不休地数落他父亲。莲姨像游动的判官一样出现在他家里，为他们做饭，在他母亲跟前不断表现出对他的关心。还不停地把他家的私事讲给小区里散步的人，哪怕是一个刚刚遇见的陌生人，只要她搭上话，很快她就会把话题引到他们家来。

莲姨现在迫切要把她的行为付诸实施，也许为的是让旁观者看到她终于尽了陪侍的职责。她前倾着木板似的干巴平坦的上身，撅着屁股，两脚慢慢地蹭着走，两条胳膊像猴子那样摆动着，为的是脚底擦着地面时保持平衡。

你瞧，你瞧……

小卫没有理她，依旧跟刚才一样慢慢走动，隐忍着不发出呻吟声。现在他双手扶在病床上，他的整个臀部以及双腿都意识到，他的伤口随时会撕裂般疼痛，让病床变得巨大而难以攀越。他尝试着抬起一条腿，很快又放了下来，嘴里发出咝咝的声音，龇牙咧嘴的，哎哟妈，真疼！

你别那样上床，那会很疼的！我告你小卫，你应该这样……

莲姨紧挨着他给他示范，将男人似的身体慢慢放倒，匍匐在床上，然后小心翼翼地抬起一条腿，再抬起另一条腿。

小卫额头上沁出的汗滴慢慢流到眼角，他有些焦急和羞愧，自己只是要躺到床上去，居然也如此无能为力。之前，他居高临下地俯视其他病床的病人，比如那个东北人，患的是胃癌，已进入晚期；比如三号病床的老人，做了结肠手术好多天了，仍不敢下地走动。而他只是因为长了一个痔疮，而且已经不在屁眼里，已被医生切除掉了。他现在只是需要忍受切除后的疼痛，过不了几天他就会活蹦乱跳的。

此时三号病床上的老人转过脸去，又哼哼了两声，长长地叹了口气，移了移头顶上的帽子。那帽子是蓝色的,原先他并没有戴的。要上洗手间的时候,他到处寻找什么,护工小安问他找什么呢,他说帽子。你要戴帽子?他没有回答,一边哼哼唧唧,一边用眼继续寻找。戴上帽子从洗手间出来,他就再也不愿意摘掉了,觉得戴上帽子更舒服一些。

你按我的试试,你试一试呀。

行了行了,小卫终于有些怒了,您好好坐在那里行不?小卫双手按在床上,像是弯下腰去做起跑准备的运动员一样,不过看上去他很虚弱,有气无力的。他因为陡然生气脸色发白,但莲姨还在不依不饶地唠叨,我说你总是不听,看你前天晚上做完手术回来疼得都哭了,我知道那有多疼!

又提到了这件事。小卫的脸唰地红了,他狠狠地"切"了一声,突然间做出决定,双手一用力撑起下身,跪在了床沿上,然后一边嘶嘶叫着,一边往前爬了几下,慢慢地将身体侧放在病床上。在这个过程中,伤口疼到可怕的程度,像是要亲自呼喊。他干脆用被子将头蒙起来,这样就拒绝了其他人的审视。被子里隐隐升腾起热意,他张开眼睛,头顶因为没有蒙严实,微微有些亮光,从那里传递来外面的声音,其中一个笑得窈窈的,一定是莲姨做了什么愚蠢的鬼脸。他可以想象出来,她的鬼脸做得吓人。

这时,被子里开始愈来愈浓地弥漫着伤口上呛人的药味,这是他没有想到的。他越来越沮丧,觉得原先的生活突然划开一道口子,使他深陷在病床上,已经完全无法像他预料的那样进行了……

旧楼

小卫是因为到S医院看望一位上司,才欣然决定治疗他的痔疮的。

确认患了痔疮的那天,他拿着几盒中药和需要自己涂抹的药剂,有点儿不敢相信自己也会加入痔疮病人的行列。他下意识地将塑料袋里的药品掩藏在各种收据之间,觉得身上慢慢洋溢出一个新的身份,而这个新的身份多少有些污秽和隐私的成分在内。医生建议他可以手术治疗,他当时并没有答应。他从网上查到一些细节，发现痔疮手术其实简单得像削坏苹果一样，将削去他屁眼里的一块烂肉。

他的商务活动范围很广，他带着这点儿烂肉去过香港、台湾、东南亚，也出没于内地的许多城市。在泰国的时候，他出于好奇看了人妖表演，展现在他眼前的性活动让他大为惊讶。刺激欣喜的同时，他隐隐感到恶心。他的生活节奏紧迫，常常跟陌生人打交道，他们在办公室展现出公务的一面，在酒桌上又试图展现出江湖朋友的魄力。他也投入其中，谁都能看到虚假的部分，因为他们中的大多数人，分手后就没有再次见面的机会。有时候在奔忙了一天之后，他不得不在外地的宾馆里为自己上药，趴在床上怪异的姿势和药剂的味道提醒他，让他不得不重视身体里多余出来的腐烂部分。

患上痔疮之后，他走过很多陌生的地方，遇见身边随机出现的美景和美女，赞赏之余都会有点儿或隐或显的痛。痛就像是一种背景音乐，没有痛也会有痛的空白，那是特意为马上到来的痛留下的位置。置身于美景中的痛感使他不得不收敛了欲望，为他的感情世界蒙上一层奇怪的阴影。他难以无视这一身体上的变化，有时他正心猿意马地想某个姑娘，比如想小琪的时候，突然会有一丝针刺般的痛警告他，显得异常恶毒。他干脆换了一种应对痔疮的方式，那就是跟他的同事一起戏谑调侃它。慢慢地他发现自己的隐私变成了笑料，患病之前与患病之后已无所区别，他只是依靠本能和智慧来应对它带来的伤害。

半年以后，他的上司住院，去看望上司那天，他做出了手术的决定。他自豪地跟同事们说，自己要去S医院医治痔疮，他的话引起阵阵笑声。

这是全国最好的一家医院，是看肺癌、胃癌、宫颈癌、胰腺癌、脑癌、肝癌等等癌症，以及肾炎、肺心病、心脏病等等大病的地方，其中以癌症患者为最多。而他却是去看一个区区的痔疮。他所期望的是S医院那种优雅的服务和设施，最重要的是病房的环境。去看望上司那天，他第一次发现，住院楼居然可以建造得如此艺术。大厅占了几层楼高的空间，处处雕琢的建筑艺术让你误以为这是国家大剧院。大厅延伸了上百米长，两侧对称地矗立着至少有三层楼高的热带植物。巨大的枝形吊灯晶莹剔透，营造出华丽高雅的氛围。在他看来，它差不多有一节车厢那么大，每一个坠子般的晶亮的珠子比篮球还大。他走在光洁干净，有奇妙花纹的大理石地板上，上面可以照出人影来。空气清新极了，有一种淡淡的像是已被洁净过的气息。由于保安整天守在门口，禁止无关人员出入，医院内显得空阔、安静，有一种优雅的对称格局。墙壁和地板处处都散发着大理石深沉、凉爽的光。在楼上几乎空无一人的两侧走廊里，包着深紫色皮革的几排长凳正对着壁挂式大彩电，电视无声地播放着节目。站在那里，小卫有一种在消了音的天堂里的感觉。落地窗跟前，还有特设的圆桌和对称的椅子，比他去过的咖啡馆的设置还要精美。病区安安静静的，护士们轻声细语，所有的仪器看上去锃亮闪耀。病床可以用遥控器调控出各种姿势和高度，这跟他见过的集市般的住院楼根本不同。他觉得，在这里治病养病简直就是一种美妙的享受。

到医院那天他兴致勃勃，希望重新体会一下那种雅致的感觉。但出乎意外的是，他却被打发到了旧楼里面——一栋已经在风雨中挺立了三十来年的旧楼，旧楼当然也属于S医院，这让他始料未及。他当时已经做好各种安排，提前两三个月就在网上预约挂了号，跟单位请了假。他母亲也特意请假出来，陪同他高高兴兴办了住院手续，压根儿没想到会是这样的结果。

楼是旧了点儿，但医生还是一样的好医生。他母亲安慰他。

小卫沮丧地走进旧楼，他的沮丧随着他对旧楼的实地观望一步步加深，像置身于过时的迷宫一样，眼中的一切杂乱而又破旧，除了乙醇的味道，还能隐隐嗅到古怪的潮味。八十年代的绿色旧电梯慢慢悠悠地上升，像不堪重负似的吱吱咔咔作响。在楼上，他看到一条一丈宽的走廊，如果不停地沿着走廊走下去，结果你又会绕回来。原来这是一个呈锐角三角形的走廊，可以转圈儿。更让他惊奇的是，看到不少穿条纹病服的病人在这里走动,他们也不是要去哪里,只是在绕圈儿锻炼,有的推着悬挂液体的架子,骨碌骨碌地滚动,有的自己用手高举着液体,两脚嚓啦嚓啦地散步。有的精力充沛,简直有些兴高采烈;有的面色苍白,眼窝隐隐发青;有的肥胖,有的精瘦得可怕,脸上只剩下一双黑沉沉的颧骨。像误入疯人院一样,让他满是沮丧和惊讶,几乎都忘了自己来这里干什么,觉得自己来这里治痔疮实在是搞笑和荒唐。

那天他跟着护士一进病房,就一眼从窗玻璃里看到那个他心仪的住院楼:它就在旧楼的不远处,远远看去,这幢庞大建筑在清晨的阳光下生铁般幽幽发光,两侧微微向前,有一个艺术的弧面,像一个银灰色的巨大怀抱,充满了关怀。只是没有朝着小卫,它朝着另一个方向。

废弃的楼层

住院的第二天,小卫无意中看到了太平间的入口,那个入口悄悄地附着在一栋旧门诊楼的旁边,这让他心有余悸,产生了一丝不祥的预感。那时大约是上午的十一点,它恰好处在旧门诊楼的阴影里,像一个普普通通的小侧门,只是因为楼的主体过于庞大,才显得格外狭小、隐蔽。它有一个突出来的小小的水泥檐,灰突突的,没有特征。下面是一个门洞,水泥门额上写着隶书风格的三个小字:太平间。一定是它的样子太奇怪了,才引起他们的注意。"他们"指的是他和来看望他的小琪,直到他们疑疑惑惑地看清上面的字,才非常忌讳地绕开了。他的准女友小琪来医院看他,他带着她到楼下去散步,没想到就这么撞见了医院太平间的入口。到楼下去散步,是因为小琪站在病房门口不肯进病房,她把买来的康乃馨递给他后,只是匆匆扫了一眼病房里的情形,从她的位置,恰好能看到老人身上凌乱的插管。他只好带着她下楼去转悠。他记得他们看到"太平间"三个字后,小琪脸上出现一种奇妙的表情,就像遇到一个阿飞打口哨儿骚扰,赶忙收起笑容绷紧了眉头,变得严肃自闭起来。

那天下午，与他关系暧昧的同事小欢也来看他，她原本可以跟其他同事一起来的，但她找了个借口提前来了一小时。她居然送来一束玫瑰。他下意识地想要掩饰他们之间的暧昧关系，但她已经径直走进病房，跟病房里的人打声招呼，就一屁股坐到他床上。他刻意将她带出来，绕着病房外的三角形走廊走了一圈儿，在散步的病人之间谈话。之后，他突然生出一个奇妙的想法，他带她去了已经废弃的十五层楼上，那里不会有任何人再看到他们。

楼上原有的心脏病科等等都搬到新楼里去了，现在完全废置，整个空阔的楼层里只有他们两个人，到处传递出他们说话的回音。小欢甚至有些害怕，起初几根手指只是触碰一下他的胳膊，慢慢地就紧紧攀附住了。

在往日，他们的暧昧除了言语，也有肢体上的，他发现只要他向她走近，她就从不躲避。听他说话的时候，她常常紧紧挨住他，他已经十分紧张了，她似乎还要挨得更紧一些。有时他们的脸面近得能看到她脸上的汗毛，她依然貌似神态自如地说话。而在他未来的远景里，他一直只是将小琪列入他的女友名单，小欢并不在其中。但他居然也享受这样私密的氛围，他知道这样做很危险，稍有不慎，就会坠入无法预见的情感旋涡。他所做的似乎只能是等待，就像空中挥舞着一把手术刀，会自动切除他体内多余和腐烂的部分，混乱的感情并不需要他过多操心。

这里的格局跟楼上一样，大厅的五个电梯间不时响起嘎吱的声音，有时会叮地一响。走廊地板上荡了一层灰尘，空空的办公室门外依然贴着呼吸科监护室、医生办公室等字样，楼道不同位置贴着一病区、二病区，墙上描绘的一幅路线图上，依旧插着并不引人注意的广告卡片，上面写着：传授扑克麻将牌九技巧。

他们沿着走廊往前走，几个黑体大字贴在侧面的墙上：心脏超声往前走十米，左手边！他们为此相视一笑，一直走进无人再走过的地方，走廊里只留下他们的脚印。从玻璃窗里，他们看到房间里散落的一个个柜子，地上到处是凌乱的废纸。他一直用可笑而无聊的话逗小欢，小欢也非常配合地笑出声来。再往前走，几个红字出现在墙上：禁止在此说话！

他们再次相视而笑，但是笑的内容起了变化，也许是她紧抓着他胳膊的原因，他在她的眼波里看到了什么。她的脸倏地红了，稍稍低下了头，但是更加靠近了他。他心里叮地一响，她好像是听到了，突然抬起头来，鼻子几乎触着了他的下巴，他不由自主地将嘴唇迎了上去……

儿子

现在，小卫慢慢把头伸了出来，也许是想起这一幕，不知不觉他的头发已经汗湿了。因为两三天没洗了，再加上常常出汗，头发变得黏湿沉重，一绺一绺的。这在以前是不可思议的，每天早上，他都要将头发洗得干干净净。这个正躺在这里的自己，让他变得有点儿认不出来了。莲姨早已坐下来，坐在壁挂式电视下面，无聊地望着门外的走廊。

东北人的妻子不知为何出去了，只剩下东北人。他又像前两天独自待着时一样，蹲在床边，像小学生似的规规矩矩地翻着一本封面发暗的旧杂志——一本几年前的《家庭》杂志。他用一支旧钢笔敲着侧页，不时俯下身去，在侧页最靠上的空白处写字。三号病床上的老人也睡着了，护工小安趁老人睡觉的时候一定是又去串门了，她有几个同样是做护工的老乡。小卫看了看老人挂在高处的液体，袋子里只剩下袋底亮亮的一线，不知道小安会不会在液体滴完前回来。他想找到一件可以吸引他注意力的事情，便于打发时间，但他周围的任何事情都枯燥乏味，甚至令他厌恶，尤其是伴随着屁眼里的疼痛。那疼痛并没有减弱，像脉搏似的一下一下，像有一个活物蛰伏在那里。他有一种深入泥沼的感觉，病房里的生活实在是有些污秽。

在病房里看过许多个来回之后，他又看了看软管中部那个小管里缓慢的滴液，滴液慢慢地凝聚成一滴，然后晃晃悠悠地滴下来。最后，他的目光又落到老人那里，再次审视老人脖子上那个插管，老人脖子下面伸出一个预先设置好的接口，只要将液体软管拧上去即可。只有在目前这样的时刻，他才可以肆无忌惮地盯住老人看，以满足他的好奇心。他仔细观看旁边那个写着日文的特制输液仪器，一条流着豆浆颜色液体的细细的管子，蜿蜒地经过老人的咽喉，从那里直插到预先设置好的接头上。老人戴的帽子被顶歪了，下巴上花白的胡子看上去根根坚硬，占据了很大一块面积，显得老人黑瘦的脸更小了，越发增添了老人愁苦的睡相，就像是老人的遗容。

小卫已经习惯了老人摆在外面的那些私人物品，比如盖在老人被子上的劣质皮衣，肘部和袖口已露出褐色的斑驳的皮子。放在枕头边的皮马甲，边缘的毛已经油腻发黄。床头柜上盖着蓝色小盖子的廉价塑料杯，被茶垢锈得深紫发黑。老人的物品散发出一股羊膻气和火车上的怪味，更加重了病房里已经难闻的空气的污染。但是他都已经习惯了，不再像刚来的时候，不断皱起眉头吮吸鼻子，瞪着一双眼扫视一切引起他反感的地方。

他又扭过头去看那个东北人。他增加了动作的幅度，希望引起东北人的注意，但东北人并没有注意他。东北人到来的第一天，就俯下身在那本破杂志上面写字。他出于好奇，趁东北人不在的时候，悄悄偷看了东北人抄写下的一行字：为自己找到生活的目标……

东北人第一次出现在病房的时候，小卫并没有意识到他是一个病人，只见他喜气洋洋地走进来，眼角布满笑纹。小卫以为这人只是个病人家属，一定是忘记拿柜子里的什么东西，才进了病房。他正要扭头去听小安说话，东北人笑容满面地开口了，打问他们来自何处。又问他们，是不是自己不像个病人。东北人还特意看了看老人，直到引起老人的注意。

一点儿也不像。他和小安回答。

东北人解释说，他到现在也不觉得自己是病人。他本来是陪姐夫来，给他姐夫看肝腹水的，当时他因为闲得无聊，觉得自己胃里不舒服，就去做了个胃镜。

这一查，你们知道咋啦？查出我是胃癌三期。这下好了，我倒成了病人。

东北人拿到护士给他的条纹病服后,在他们眼前利索地穿上,换下身上的棕色休闲夹克,然后认真地叠好放到柜子里。一转眼,就在他们眼前变成一个穿条纹病服的病人,但看上去依然健康爽朗。直到那天中午,他的老娘、妻子、三个妹妹和一个姐姐,随着他老娘的一声大喊出现在病房,我的儿啊……

她们是得到消息后乘了一路火车从东北赶来的,是她们一大群人真正把胃癌带给了东北人。东北人的老娘一进病房,刚看到东北人的笑脸,就大声号啕起来。在他老娘哭声的带动下,其余的人也都哭起来,东北人刚开始还坚持笑着,好了好了,让她们停止哭泣,并且告诉她们没什么,但很快自己也眼圈红红地哭起来。

东北人一直没有抬头,小卫觉得东北人一定发现了他的举动,因为他还清了清嗓子。东北人坐在那里,大概仅仅凭感觉,就知道小卫一直在仔细打量他。他并没有回应,在书上面照着写了"家庭"两个字,然后下意识地端详起来,好像这两个字跟以前有什么不同。他能看出来,在他跟前,他的妻子努力表现得跟以前一模一样。但有时候,恰恰是这样的表现让他难过和惶惑,似乎他面前已经竖起死亡的路标,再也回不到过去的生活轨道了。刚开始他还努力装得毫不在意,但亲人们的号啕大哭使他无法再装下去了。他有时仔细观察妻子的举止,有时小心翼翼躲避妻子的一些做给他看的细微动作,包括像往常一样赞许地看着他,希望像往常一样得到他的回应。就在那一瞬间,让他记起二三十年前的某个情景,但两个情景的内涵已变得完全不同,让他不寒而栗。

现在病房里非常安静,东北人又毫无意义地写下一排字,他尽量把字写得整整齐齐,每一个字脚都站在虚拟的一条横线上。他放下笔,用眼角的余光觑着病床上的小卫,第一眼看到小卫的时候,就因为小卫是他儿子的同龄人而怀有好感,也就容忍了小卫那种都市人的轻浮自私、冷漠矫情的毛病。他的儿子二十岁出头,但是一直体弱多病,躺在病床上的形象保持了好多年。有时恍惚间，他会将小卫当成过去他躺在床上的儿子，他不知道儿子听说他患病以后会怎么想。有时他像眼前一样偷偷看着小卫，下意识地生出一腔爱怜，嘴角不由自主地流露出微笑……

滴液

小卫记挂着老人快要滴完的液体，于是扭头继续看那袋子里的滴液，袋子里已经看不到那剩下的亮亮的一线了，但软管里还是满满的。他耐心地盯着袋子的端口，直到端口微微一晃，随之出现一个亮晶晶的小点，这才看到正在缓慢下行的液体。他扫视一眼莲姨，发现她并不是瞅着门外，而是将头靠在墙上睡着了，半张的嘴角流着哈喇子。他又去看电视，调成静音的电视里一个主持人正在说话，接着是一个熙熙攘攘的广场，簇拥着成千上万的阿拉伯人，闹哄哄地只能看到人头，好像要到哪里去朝拜。

小卫又看看窗外，看到那幢新楼微微弯曲的顶端，在清晨金色的阳光下正变得炽热通红。病房的窗户是铝合金的，但已经陈旧松动，推拉起来晃晃荡荡，从缝隙里磕打出雾状的尘土。从窗户望出去，除了那个新楼的顶端，其余地方都空空的，连原先的淡蓝色也没有了，只有雾状的白色。他觉得这是一个特殊的时刻，在他的生命里从没有出现过这样的时刻，这样暧昧和离奇。也就在突然之间，他决定不告诉任何人，希望看到老人即将变空的滴液袋子会造成某种后果。他抬起头已看不到滴液，小管上部的软管里已经空了，不再有一粒粒滴液滴进中间的小管里。

小卫有些紧张地回过头来，看是否还有别人也在注意。这时东北人不再抄写，正抬头朝他微笑着。他出于谨慎没有回应，因为他无法判断他笑容的含义，觉得他的笑容跟往常有所区别，就像是装出来的。难道是东北人意识到了他的恶意？于是他躺下来，装出一副对周围毫不在意的样子，只用眼睛的余角偷偷瞅着那软管。他隐隐觉得，正有一只看不见的命运之手在搞乱他的生活，而他偏要跟看不见的这只手对着干。他屏住呼吸，仔细盯着中间越来越空的小管，非常执拗地想知道事情最后的结局。

量体温！

这时，一个小护士用网兜提着温度计盒走进病房，是那个动作干净利索的小姑娘，长着一张漂亮的脸蛋，走起路来旋风般摩擦着腿部，发出沙沙的声音。东北人已经拿到体温计。护士经过莲姨身边时，莲姨依然靠在那里睡觉，但现在她明显是在装睡，因为嘴角的哈喇子不见了，而且头也改变了位置。其实这样也好，小卫讨厌她像弹跳一样从凳子上站起来，表现出过分的细心和关怀。小护士带着一阵清凉的风走到他跟前，递给他体温计，他特意看了看起始温度，35.1℃。然后小护士又去叫老人：

大爷，你醒醒，测体温了。

说着揭开老人的被子，帮老人把温度计夹在腋下：

大爷夹好了，别掉了啊。

给老人重新盖好被子后，小护士的手突然出现在软管上，轻轻地抓住软管，迅速拧紧下部的滚球。她什么都没有说，非常利索地重新换上挂液，就噔噔噔地走了。

小卫简直无法理解，恰好在这个时刻，哪怕落后几秒钟也不行，小护士却出现了，使他的恶意没有得逞……

玫瑰

小卫非常沮丧，他下意识地抬起胳膊要做出什么动作时，一个东西从腋下掉了下来，是体温计。他拿起来看了看，37.6℃！

他开始不安起来，觉得这是一种诡异的报复。这居然是他的体温！他似乎早已料到会有这样的变故，生活正时时处处跟他作对。两年来，他一次都没有超过36.5℃。每个人的日常体温不一定都是36.5℃，他的一位同事是35.9℃，他母亲是36.4℃，等等等等，但他从来是最正常的那个。他有些惶惑无端地气恼起来，好像是害怕别人知道他的体温不正常。他做贼似的甩了甩体温计，又重新掖到腋下。

　　这时，小卫看到小安出现在门外，一边走一边跟某个人聊天，接着兴冲冲地从门外进来，脸上洋溢着笑容，先看了看老人的挂液——咦，换液了？也许因为自己体温的升高，小卫有些厌恶起小安来，尤其是看到她那张笑脸。他从没有这么期待老人能狠狠地训斥小安一顿，在此之前他总是站在小安的立场上看待老人。

　　老人已经醒来，但还保持着睡觉时的姿势，目光像磨光的石头泛着的光一样深沉，让人无法猜透。小卫甚至觉得，这是个精明的老头，等他和老人的目光相遇时，他感到一丝微微的蔑视。

　　此时老人盯着小安，目光追随着小安的走动，在老人的盯视中，小安的笑容渐渐不再那么丰富。小卫非常希望老人开口训斥小安，他一直暗暗期待着，只见小安将矮墩墩的身体放到床的一角，黝黑的脸上窝着一双贼亮的小眼。她转过脸来偷着乐似的看了小卫一眼，似乎希望得到他的回应。小卫却不想回应，他从腋下取出体温计，装模作样地看起体温来，看到水银线所指的刻度，37.6℃！而且仅仅测量了不到两分钟，就上升到这样的高度。

　　这至少意味着，他的伤口有了炎症。

　　小卫不再去操心别人，他重新躺下，把头扭向另一边。东北人的妻子回来了，带着几个焦黄的馅饼，病房里重新变得热闹起来。莲姨也站起来，格外热情地跟东北人的妻子搭话。小安说着什么，不断称赞那里的馅饼好，说她老早以前去那里买过。她们似乎终于找到了表演的机会，一个个满口的溢美之词。小卫决定无视她们努力营造的虚假气氛，将头稍稍往上一抬，便遇见插在瓶子里的一束玫瑰。那玫瑰开得正好，有一瓣玫瑰俏皮地抽身出来，卷曲着身子。而另一旁的康乃馨垂头丧气，有几朵花还长出溃疡似的黄斑。小卫为小琪的康乃馨感到沮丧，这一切似乎在向他暗示什么。这时，他看到一只粗糙的手伸过来，一把拿住敞口花瓶：

　　我给换点儿水吧。

小安胖墩墩的身体已经走到小卫面前,她也许不理解小卫为何有些冷落她,所以先做了个试探性的举动。其实他们的关系一直可以,一开始小安就把小卫当作下一个需要陪侍的人,不断找机会跟他搭话,帮他做些事情。但老人延迟了出院时间,她只好继续去陪侍老人,而小卫不得不另找保姆莲姨过来帮忙。

花瓶又重新放回到小卫的床头柜上,现在只剩下了玫瑰。玫瑰花瓣上洒了水滴,色彩像是受到了滋养,变得肥厚而神秘,绿色的叶子探着身子,向原先康乃馨的位置伸展,占据了花瓶的所有空间。

康乃馨蔫儿了,我给扔掉了。你看你对象的这玫瑰花,开得多好。小安跟小卫殷勤地说。小卫没有回应,他觉得她的举动像是为他做了某种抉择……

墙上的手掌

体温计!

那个小护士再次走进病房,胃癌病人赶紧从床头柜上拿起体温计,用纯正的东北话笑着说,36.5℃,老好啦!

小卫支撑起上身,把体温计递过去。他没有吭气,只希望护士悄悄填写在单子上。但是小护士没有,有些惊讶地问小卫,你发烧啊?37.8℃!好像这样的发烧是不应该的,纯属失误。这使小卫感到委屈和羞愧。

东北人夫妇带着饶有兴味的表情看着他,似乎要说什么,但他迫切希望他们放过他去。莲姨虽然侧身对着他,他也知道她心里是得意的。一时间,他觉得房间里怎么到处站立着人,使他无法将目光停留在某一个空处。他只好抬起目光,盯着电视机,然后继续往上抬,看着电视机上方的墙壁,在那里他看到一个手掌的印记。

是的,那确实是一个人的手掌印记!墙上一定布满了浮尘,即使不是三十年没有清扫,至少也有很长一段时间没有清扫了,不然不会留下那手掌的印记。孤零零地停留在那么高的地方，至少有三米高吧，一般人跳起来也够不到。那个手掌印记，就像CT里看到的那种，能看到一截一截的指关节。它是什么时候留下来的呢？为何会留在那里？为何又只有一只？他越来越感到有趣，想象着手掌印记背后的秘密。很快，他就觉得自己来这里看病是老天跟他开了一个恶意的玩笑，而那墙上的手掌印记，或许就是老天对他刻意的提醒。

想到这里，小卫反倒平静下来，接受了这样的安排。他重新看着小护士，小护士已经走到老人跟前，大爷您的体温计呢？老人正焦躁地在腋窝里寻找，可体温计显然已不在腋窝里了。我帮您找吧，小安过去，把手伸进老人的被窝里。这正好是个训斥的机会，但是老人没有，只是用责备的目光盯着小安，小安笑眯眯地看着小护士，一只手在老人的腹侧摸索了半天，把体温计摸了出来。

35.9℃，小护士说。

这时，一个熟悉的身影闪进病房，小卫看到那是他母亲。那一刻，他马上找到了往日被娇宠的感觉，满心的委屈脱口而出，他对经过身边的小护士说，我怀疑是你们医院的原因！我越想越觉得不对劲儿，你们动手术时没有给我换刀具，只是用水洗了洗。

小卫觉得他的话，在病房里一定会引起轩然大波，但是一点儿也没有，都没有什么反应，甚至连他的母亲。他们显然并不相信他的话，S医院可是全国最好的医院啊。

您可以向医院反映反映，我觉得不会的。小护士微笑着说。

你觉得不会就不会？万一传染上什么病就麻烦了。小卫说。

水

有那么一刻，他们同时都听到三号病床上的老人在喊什么，似乎已经喊了很久，因为老人看上去十分恼怒。他已无法像往常那样大吼了，那会震裂他的伤口。他只能压低嗓门儿，有些乞求似的发出沙哑的声音，只有看到他黑沉沉的表情，才知道他发怒了。清瘦的脸涨得又黑又红，一双怒目正对着小安的后背，而小安正关切地看着小卫，试图安慰他。直到东北人夫妇提醒小安，小安才转过身去。

老人叫道，水，水，喝水！

这下小安听清了，她不慌不忙地向窗台走去，去给老人倒水。病房里的人都盯着小安，觉得这是老人嫌小安过多地去关心别人的事情，而忽略了自己。他们想看看小安究竟怎样应付老人的严厉，但小安很是从容不迫，往一盏小杯里倒了点儿开水，然后像给婴儿冲奶一样，捧在手心轻轻地摇动几下。那动作让人觉得，她是那么体贴入微，要是老头再不满意的话，简直就是无理取闹。小安笑容可掬地走到老人床边，完全无视老人阴沉沉的面孔，她用臂弯扶起老人来，把老人的帽檐拉拉正，然后将小水杯递给老人。

我以为你还是不敢喝呢。

老人没有理会小安，像饮酒似的抿了一口，接着木然地瞪着眼睛，又抿了那么一小口。喝完一小口之后，老人就痛苦地呻吟起来。他一直感到憋胀，憋得腹部像铁块一样，容不下任何一点儿东西。之前，他常常要医生停止输营养液，动完手术三天以后，医生要他到病房外面散步，免得肠道粘连，他却说不敢出去，只是用手扶着床稍稍站一会儿就又躺下了。而且就那么一会儿，他已经冒出一身冷汗，剧烈的疼痛像要马上夺走他的老命。再往后，他也一直没有出去散步，动完手术都第九天了，连主治医生都有些着急了，但他顶多是到病房的卫生间去撒泡尿。谁劝说都不行，他不敢喝水，更不出去散步。可今天，他居然主动要水喝，而且喝了两口。

这次老人没有像以前那样，一喝完就躺下，而是披着衣服坐在那里，似乎怀着侥幸的心理，希望肚子里不再有所反应。可是很快，他的眉头又皱了起来，嘴唇也开始绷紧了，两小口水正像杀手一样在他肚子里冲杀。好他妈狗日的，他又痛苦地呻吟起来……

大剪刀

小安又走了过来。

小卫的母亲正看着他，一边用手指抚摸着玫瑰，为玫瑰暗自感到宽慰和欣喜。儿子给她说过几次小琪，她也看过小琪的照片，此刻的触摸让她又记起照片中那个清丽的姑娘。但出于儿子目前的状况，她并没有用眼神向儿子暗示什么。小卫却显然生气了，他把头埋进胳膊，不再搭理他们。他母亲已经见惯了他这种撒娇和无理取闹，但是每次又心疼不已，忍不住要劝慰几句。慢慢地，她似乎也相信了儿子的话：

你好好回忆回忆，你见到的，或许是别人用完的没收拾。

用不着回忆，我亲眼看到的啊，如果不是亲眼看到，我也不会相信的。

别瞎说，那是你紧张得过头了，你一紧张就发烧！莲姨说，我寻思这么大的医院，不会给你用使用过的手术刀具。

就是你让他们用，估计他们也不敢，你以为这是乡下的小门诊？东北人插嘴道。

好好放你的心吧，一定不会有事！东北人看着小卫的母亲说，小卫的母亲也非常信任地看着他。他又扭过头去看小卫，小卫却丝毫没有反应，似乎对一切劝慰已厌烦至极，似乎他随时会"切"的一声，让他们的劝慰统统见鬼去。

东北人突然觉得是时候了，他有时也会讲到那把大剪刀的故事，但从没有用在如此恰当的时刻。他带着一种莫名的兴奋，或许他觉得，之所以发生那样的事，完全是为了今天他可以讲出一个事情来。他清清嗓子说，我那孩子啊，看花我多少钱了，差点儿就没命了，就是因为一把剪刀。他表述得并不清楚，但他妻子知道他说什么，含情脉脉地看着他，像在鼓励他讲下去。

他看了看周围的人，莲姨又向他走近一点儿，脸上自视甚高的表情没有了，眼里闪烁着同情而急切的目光。除了莲姨，其他人也对他怀有某种期待，他接着说：

那年头生孩子都是找接生婆，用咱们家里的大剪刀剪脐带。完事以后，我那孩子生下才两天就发高烧，我们抱到镇医院去看，可根本就查不到病因，我们只好又抱了回去。

他记得清清楚楚，他们把体重只有五六斤的孩子搂在怀里，由于发高烧，孩子的嘴不停地微微抽搐，他看着一张娃娃脸的妻子，不知道该怎么办才好。他们那里习惯于早婚，当时他们只有十七八岁，实在是好好照顾不了孩子。屋外正刮着腊月的寒风，他妻子坐在炕上，不停地盯着孩子看，看着看着眼泪就掉下来了。两天之后，他们再次抱上孩子去了镇医院，可是医院仍然不接收孩子，说孩子连血都抽不出来了。最后他们只好又离开医院，医院外面有一堆垃圾，上面能看到冰冻在雪中的废弃针头，他们就站在垃圾堆旁边，一时间像失掉魂一样。他们几乎同时冒出一个可怕的念头，是不是应该听从医生的话扔掉孩子？也就在那一刻，他的妻子说，咱们还是再去县医院试试吧，或许县医院能救了咱孩子。县医院在八十里之外，刚下过一场小雪，路上已凝结成冰。他们往东南方向看了看，远处是白茫茫的天际线。他心里升起一阵奇怪的饥渴似的感觉，想都没想就和妻子一步一滑地走去。他们差不多走了一白天，赶黄昏的时候到了县医院。一进县医院，他们就不由自主地奔跑起来，都忘了看看孩子是否还活着，等医生打开孩子的包裹时，或许是孩子睡着了，或许是孩子昏迷了，总之是他没有看到孩子任何活着的迹象。医生把孩子迅速抱进急救室，他们坐在外面的凳子上等着，好像不是在等孩子救活的惊喜，而是在等孩子死亡的消息。他们不停地哆嗦着，这时才发现自己快冻僵了，双脚好半天才有了痛痒的感觉。

而今，同样是在医院里，不过是在北京，在全中国最好的医院里。东北人回过头去，看到妻子通红的眼睛里溢满眼泪。

是败血症！医生后来对他们说，是那把大剪刀剪脐带时惹下的祸，养这孩子老费钱了！

可不是嘛，妻子接住说，前些年孩子才脱离危险。因为孩子体弱，我们舍不得让孩子干活儿，你看把老头子累得落下个胃癌。得病前还天天开车，吃饭有上顿没下顿的。

你看看，都是一把大剪刀害的。

伤口

很长时间，他们都没有听到三号病床上老人的呻吟了，原来老人也在扭头看着他们，像是一直在仔细听着。现在，几乎所有的人都回头去看小卫，小卫也注意到了这一点，他希望能了解这些人有多少幸灾乐祸的成分。他们像是刚刚从东北一个小医院里观看了惊心动魄、寒碜凄切的场面，就立刻回到了这个病房，又来赶着看第二场。他甚至看到了那把黑铁做的大剪刀，剪刀上面还沾着血迹，让他浑身起了一层鸡皮疙瘩，让他惶恐地想起盘子里那些肛瘘手术用具。但令他惊奇的是，他又似乎很乐意享受这样的氛围，因为他母亲站在那里，不管他们心里有多幸灾乐祸，脸上也都是一副同情的表情。他看到莲姨的眉头重新皱得紧紧的，表现出她惯于悲天悯人的神情。但是就在这时，两个小护士推着护理用品车走进病房，破坏了病房里形成的氛围。两个小护士径直走到老人的病床前为老人换药，东北人夫妇、小安、莲姨好像为了躲避尴尬，也押长目光去看护士为老人换药。这让他有些沮丧，只有母亲关切地看了他一眼。但之后，她也转过头去。他们就这么轻易放弃了对他的关注，让他实在是有些愤怒。

他们无声地看着另一场戏，甚至连老人也垂目看着小护士的动作，只见一下揭起他的被子，露出布满腹部的重重纱布，一条很长的白布在腰部缠绕着伤口，防止他的伤口绷裂。

小护士的手指像触摸鼓面一样摸了摸厚厚的纱布，又往外拉了拉被子。病房里的其他人差不多都看到老人被刮干净阴毛的软塌塌的生殖器耷拉在两腿间，小卫以为他母亲和莲姨会有所回避的，至少会显得有些难为情，但是半点儿也没有，似乎像小护士一样司空见惯了。莲姨甚至走到病床跟前，为了看得更仔细一些。

两个小护士解下那条白布，又小心翼翼地揭开纱布，一道歪歪扭扭的伤口横在肚子上，粗粗的线依然缝在上面，留在伤口尾部的线头翘着头。老人一副预备着忍受疼痛的表情，白白的肚皮一起一伏，上面的伤口也一起一伏。护士上了药水，重新把新纱布敷在伤口上，然后取出一条长长的白布，再紧紧地裹在纱布上，像捆扎东西一样，一直缠绕了两层。每次因为收紧裹布摇晃一下，没有阴毛掩盖的生殖器也跟着晃动一下，简直像新生儿的一样。老人感到腿间冷飕飕的，生殖器第一次暴露在这么多女人面前，除了羞耻之外，他又感到一点点说不清的快意。他任由两个小护士折腾，体会到一种被照料的感觉，护士给他盖上被子以后，一滴汗珠从他额头滚到鬓角，又从鬓角滚落到枕头上。

因为疼痛和紧张，他已经大汗淋漓。

血

现在，两个小护士离开了病房，病房里人的目光也跟着离开了老人，每个人脸上并没有显出刚看过什么的表情。

小卫越来越觉得这病房里就像一片目光严密的丛林，被人打量也打量着别人，充满奇怪的意味。也许是他们的沉默激起了老人的兴趣，老人偷偷地瞥过来一眼，恰好与小卫的目光相遇，这次老人没有那种轻蔑的感觉，而仅仅是因为好奇，多多少少还有点儿刚刚做过什么的羞怯。他俩是真正遭遇过手术刀的病人，然后两个人扭过头去，回到各自的世界。

小卫又积累起对母亲的怨怒，她竟然抛开自己去看老人的伤口。这时母亲关切地走过来，坐在他跟前，像往日那样把手放在他脖子上试试温度，让他感觉好受些了。每次他生病了，母亲都会神经质地焦虑，他以为听了给他动手术用旧刀具的话，母亲一定会心急如焚，却没想到母亲出乎意料地淡定。小卫故意躲开母亲的目光，生气地侧躺下来。

他的举动终于影响到了母亲，母亲又像过去一样焦虑起来：

小卫，你要确定了，我就去找他们医生，这么大的医院，咱们花了那么多钱，他们还要节省一副手术刀具。真要是出了什么问题，我跟他们没完。

小卫这才抬起身子，语气仍旧坚定地说，妈你别说，他们还真有可能用了洗过的手术刀！我亲眼看到护士从满是血迹的器械里挑出给我使用的手术刀。

那也可能是拿去清洗的，并不一定就给你用。小安走过来说。

我亲眼看到护士手里拿着我的手术单子，一边念单子上的使用器具，一边在各种手术刀里挑挑拣拣。上面清清楚楚写着"肛瘘手术使用器具"，刀子上还往下滴血呢。

哎呀，你不是看错了，就是你记错了。莲姨也过来说。

小卫最反感她的腔调。

我给你去问问，小卫母亲接住说，隔壁35号病房的，有一个也做了肛瘘手术，我一定要搞清这是怎么回事！

小安带着小卫母亲走出病房。在敦实的小安身后，小卫的母亲显得清瘦而孤单，黄色的烫发束在头后面，半露出细瘦的脖颈。穿着摩登的宽大的裤子，裤脚几乎埋没了她的高跟鞋，高跟鞋只能凭借嘎嘎的声音，显示自己不甘于埋没的存在。

小卫记得，动手术的那一层楼几乎全是手术室，手术室外面像过道一样，一些病人的家属走来走去。他和他母亲那天就看到那个做完肛瘘手术的胖女人，从他们面前走过去，妈呀妈呀地叫着，浑身在不停地哆嗦，几乎无法走路了。但是没有医生搭手扶她一下，差点儿摔倒在他们跟前。

他进去的时候，手术室还没有清理，地上有两摊血，手术台的垫子上满是血，手术刀盘里也是血，护士正当着他的面收拾。

看到那些血，他就有些不知所措，希望眼前的一切都不是真的。而且，这栋旧楼的陈旧设施和压抑灰暗的手术楼层，让他有一种做梦的感觉。那手术室已经有三十多年的历史，有很多病人或许就死在手术台上。

大鱼

胖女人在输液，一输完就过来。小卫的母亲说。她回到病房里重新坐在小卫床边，摸了摸小卫的头发。

周围的人现在开始慢慢转变他们的观点，开始朝着小卫所希望的方向发展，他们似乎相信了小卫的话，认为这家全国最好的医院也一样缺德，为了节省费用省去了更换医疗器械包。他们只等胖女人输完液，来印证他们的观点。这时，东北人下床去了病房的卫生间，他妻子掉转脸看着小卫，看着看着眼睛里就沁出泪花来了。让小卫很是吃惊，以为她把自己当成了她患上败血症的儿子，使他甚至忘记了他们正在讨论的问题。

俺老头子，东北人的妻子悄声对周围的人说，看上去老好的，其实坐在那里心里也琢磨事哩，他也挺难过的。说着，朝门口卫生间的位置看了一眼，用手擦了擦眼泪。听见卫生间响起水声后，赶忙向大家使个眼色，用袖子又擦了擦眼睛。要不的话，俺老头子现在早捕鱼去了。见男人从卫生间出来，她笑吟吟地对大家说。

东北人出来的时候，发现周围的人都用特别的眼神看他，让他感觉到有点儿怪异，似乎预料到了什么。听见他妻子在说捕鱼，他便清楚了她的用意，那是他最喜欢谈的一个话题啊。他接住妻子的话说，俺们那旮儿，不是有个乌苏里江吗？说着说着，就兴奋起来了：

我的妈呀，要是每年能捕到一条大鱼，那就赚大了。

打鱼主要是他和他姐夫、妹夫三个人。打鱼期到了，他们就停下手头的其他工作，一起去江上捕鱼。他们要捕捞的除了普普通通的鱼，还有几百斤重的大鱼。他妹夫开着个小杂货铺，平日沉默寡言，只在许多杂物和小零碎上捏捏弄弄。但在捕鱼的时候，最是沉着机智，洞悉水里的各种秘密，还发明了许多机巧的小设计。他姐夫是个狂热而迷信的捕鱼者，收集了大鱼的各种信息，然后预言今年大鱼会在哪里出现，如何能够抓到它。他姐夫和妹夫经常为了捕鱼地点发生争执，都认为自己预料得对。他姐夫跟他一样，也是一个卡车司机，为别人运货跑长途，很是能说会道，喜欢吹嘘和神侃，也喜欢恭维陌生人，朋友和哥们儿多的是。在江上捕鱼的时候，有时会疯癫癫地走来走去，一双戏谑的笑眼不停地在江面上滴溜，每隔五分钟就冒出个可笑的主意，让他们乐一乐。他姐夫用木头刻了一条一尺长的鱼，钉在船头上，每天早晨都会站到船头上，对着木鱼神神道道几句。

你只穿个大裤衩在那里拜，太不讲究了！有一次他调侃他姐夫。

你不懂，鱼天生啥都不穿，它才不管你穿不穿衣服。他姐夫说。

差不多每次捕鱼期都有一艘船中彩，捕到一条几百斤重的大鱼，可以卖出天价来。在过去十年里，他们只捕到过一次大鱼，不过也算是很幸运的了，更多的人一辈子都没同大鱼沾过边。最重要的是，他们捕到的是乌苏里江有史以来最大的一条鱼，差不多有一千斤重吧。那天，他们三个大喊大叫，躺在大鱼身边让人给他们照相，据说那照片后来还上了报纸。也就是从那时起，他一直深信自己是老天最眷顾的人。

哇，一千斤重，那有多大呀？小安问。

多大？从这一头到那一头，至少有这么大。东北人比画了病房的整个宽度。

有那么一瞬间，好像大鱼就在他眼前，就平躺在病房里，浑圆的身子笨重地压着地板，一只鱼鳍在轻轻摆动。

若是在我们那旮儿打问俺老头子，只要问捕到大鱼的那个姓王的汉子，我们那旮儿的人就知道你找的是谁了。东北人的妻子似乎在证明她男人过去决不是现在的样子……

竹竿

病房里的人看到东北人妻子的笑眼里再次闪现出泪花，就都把目光移开了。就在这个时候，三号病床上的老人喊叫道，小安，小安！

老爷子要咋？小便呀？小安走过来。

老人指指门外，他还从没有出去过，现在准备试着出去散散步。二十岁出头的小卫，因为痔疮手术窘态百出，使他备受鼓舞，觉得他还是幸运的。他只是疼痛，并没有发烧。他的疼痛有时让他觉得自己似乎挺不过去了，甚至连一点点水都不敢喝，但是到现在他还好好活着。上午他又试着喝了两口，也没有引起他担心的严重后果，把肠道一塌糊涂地给胀破，他甚至有精力耐心地听完了东北人捕鱼的故事，中途没有哼哼一声。

老人慢慢把腿放到一侧，把钩住被单的别针解下来，别针上拴着肠道插管和插管上的袋子，管子里是一段一段的血。如果袋子里除了血还有其他东西，那就意味着手术失败了，前几天就有个胃癌病人因此重新上了手术台。他再次觉得自己是幸运的，仅仅是切除了个息肉，只是因为他年老的原因，才让他难以承受。小安从头顶拿下巨大的乳黄色营养液袋子，放到有轮子的输液架子上，架子中间是个日本进口的方形控制器，能准确地按量输送肠道营养液。老人坐在床沿上，觉得自己就像要出远门似的，小安给他披上厚厚的黑色呢绒外套，扶正了帽子。老人尝试着站在地上，慢慢佝偻起身子，一只手把衣服下摆收拢住，捧着下腹，一只手扶住架子，害怕架子走得快时，会把各种管子牵扯住。疼痛立刻加剧了，让他几乎难以忍受，全身开始燥热冒汗。但他坚持迈开小步，小安用酱紫色的短粗右手握住架子，慢慢地往前推移，因为中间压着那个铁一样沉的日本器械，架子的轱辘发出格外沉重的声音。莲姨赶紧让开路，其他人也都看着低头磨蹭的老人。这是老人第一次出去遛弯儿，伸着脖子，半弯了腰，脖子和肠道的插管，以及盘绕的各种管子，一起形成一个令人畏惧的"架势"。

老人慢慢地走出病房,给病房留下一种凝重的气氛。

他们目送老人走出门,临出门之前,小安朝他们眨了眨眼,之后,骨碌碌的声音便在走廊上响起来。

昨天主治医生跟主任医生在办公室议论,我才知道老人得的也是癌症——结肠癌,只是家属隐瞒得好,老人到现在也不知道,只说自己长了个息肉。东北人的妻子压低声音说,医生说老人的肠子截了有一尺长,在手术室就差点儿不行了。如果刀口一直长不住,一直不敢吃饭,那就玩完了。

老人试着往起直直上身,原本他是不敢这么往起直的,因为肚子下面一直在疼痛,现在他只是想感觉一下刚才喝了两口水,肚子是否更胀更难受。他感到整个下腹凝成了一团,团得快把肚皮撑破了。肚皮被绷带紧紧缠绕着,他其实根本感觉不到肚皮,只是神经质地揣想肚皮不适。疼痛让他一阵阵出汗,甚至禁不住想哼哼几声,但是他咬紧牙关忍着,只有忍无可忍时才哼一声。

老人前面,也有亲自推着输液架子行走的病人,穿着蓝白相间的旧病服,跟他身上的病服一样蓝色都洗淡了。离他最近的是一个因化疗脱光头发的中年妇女,一看就是个癌症患者,脸白得要命。她慢慢地挪动着,这时候站住了,回头看了老人一眼,似乎要歇息一下。老人正好直起腰来,看到她的眼睛巨大,有一个青黑的深窝,空洞而没有任何表情。老人又侥幸地想,幸亏自己仅仅是长了个息肉,如果是癌症的话,那就玩完了。老人心中感叹的时候,一个头发脱光的中年男人又从他身侧走过,而且居然是倒着走路,手里用一截竹竿挑着液体,液体用细绳拴着。竹竿随着中年男人后退的步幅,在老人眼前一晃一晃。中年男人脸面精瘦清白,但是精神状态很好,这非常鼓舞老人,相比之下他就有点儿过于矫情了。他试图加快点儿步子,可是依然不行,腹部的剧痛在强烈警告他。

终于,老人站在了锐角三角形走廊的另一个锐角里,他已经是第十五次走走歇歇了,额上的汗珠噗噗落在地上。他只能弯腰保持着奇怪的姿势，甚至连蹲下都不敢，那样腹部会更疼。不管从哪个方向走，他都需要一大截距离才能回到房间，他觉得自己陷在那里，若仅凭自己的能力，是无论如何也回不到病房去的……

大鱼的模样

同样做过肛瘘手术的胖女人走了，她知道的并不比小卫多，但胖女人走路时稳重的步伐，使她看上去已不像一个病人。这让小卫吃惊不小，觉得胖女人很快就会从容自如地行走在大街上，而他连上床都困难，并且还在发烧。

小卫侧身躺在床上，刻意对床前的莲姨视而不见，她总想在他母亲跟前表现得殷勤。小卫母亲上班走后，莲姨就把谈话的目标转向东北人，不断看着东北人，想安慰点儿什么。但东北人坐在床上，正背对着她，她只好转向东北人的妻子。

这病，莲姨对东北人的妻子说，关键是心态呀！

对对对，东北人猛地回过头来，和妻子一起附和道。

莲姨看到自己的话引起反响，就更加兴致盎然。她说，这病就是个这，只要心态好就行，心态一差就玩完了。真的，一定要保持好心态！

东北人的妻子脸上保持着笑容，突然一下子没有忍住，红红的眼眶里就溢出泪水。东北人侧过脸看着妻子，看到妻子没来得及躲闪开的泪眼时，低头把手搭在妻子肩膀上，从床上探下两只脚来，把脚伸进鞋子里。妻子默默地陪着他，一起走出了病房……

小卫下意识地把被子往上拉了拉，一直拉到脖子那里，他只希望莲姨不再打扰他。

现在东北人的床空出来了，枕头边扔着一本旧杂志。小卫把目光投放在那白色的病床上，避开莲姨在床脚游荡的高大的身影。他的目光再往起稍稍一抬，便看到那束含苞欲放的玫瑰，让他又不由得想起小欢来，想起他们在废弃楼层里的吻。他还记得"此处禁止说话"那几个黑体大字,那似乎并不是警示别人的,而是很多年来一直在等待他们的到来。他目不转睛地看着玫瑰,一个花瓣正要掉落,从颤颤掉落的花瓣的颜色,他又想起手术室里到处的血迹。他记得刚进去的时候,手术室还没有清理干净,地上留下的两摊血映照出头顶的灯影。等护士有条不紊地收拾好以后,他就被安排到手术床上,看到医生在清点手术器械盘里滴血的手术刀。按照肛瘘手术的清单,这个情景始终盘桓在他脑际,接着他们把盘子端走了,是否他们还用那些器具,是否重新拆了新包,他就一概无从知晓了。当时他仅仅是恐惧,放展身体躺下的时候,直觉得上下牙齿打战。

他的身体一阵阵发冷和哆嗦,但是一想到东北人捕获一千斤重的大鱼,他就又镇定了许多。他努力推想东北人当时捕获大鱼的情景,在中国地图那个公鸡头部的最东边,乌苏里江该是一条怎样的河流?它的水面有多宽广?东北人的船怎样在水面上游动?随后他的脑中便出现了那条大鱼,只见水面下一个黑沉沉的阴影,在缓慢、神秘、沉静地游动。它的眼睛圆而慈祥,靠近肚腹的地方是淡黄色,再往下是一片银白,而背部和背鳍是黑青色。东北人的小船,虽然捕捞的渔具一应俱全,但它是一只破旧的木船,船后面安装着突起的引擎。他实在无法想象,这样一条船咋会捕获那么大的一条鱼。于是,他只好绕过这个百思不得其解的细节。现在是一条巨大的鱼躺在湿淋淋的船板上,巨扇一样的尾巴在疯狂摆动。

之后,他的注意力又回到水中,期待遇见其他的大鱼,而且真的遇见了一条,它正在那里不知危险逼近地嬉戏,笨重的身躯表现出一种憨态。那憨态让他越来越平静,越来越感到欣慰,到后来竟发现自己就是那条大鱼,在水中怡然自得地悠游。这时,前面另一条非常熟悉的大鱼朝自己游过来,并用头触动他,说:

瞧你额头烫得……

他仔细一看,这是一条长得跟莲姨很像的大鱼,正愚蠢而着急地看着他:

……瞧,小卫啊,你保准更烧了。